JOHN NIVEN

Die F*CK-IT-LISTE

Roman

Aus dem Englischen
von Stephan Glietsch

WILHELM HEYNE VERLAG
MÜNCHEN

Die Originalausgabe erschien unter dem Titel THE F*CK-IT LIST
bei William Heinemann, Penguin Random House, London

*Sollte diese Publikation Links auf Webseiten Dritter enthalten,
so übernehmen wir für deren Inhalte keine Haftung,
da wir uns diese nicht zu eigen machen, sondern lediglich auf deren
Stand zum Zeitpunkt der Erstveröffentlichung verweisen.*

Unter www.heyne-hardcore.de finden Sie das komplette
Hardcore-Programm, den monatlichen Newsletter sowie
alles rund um das Hardcore-Universum.

@heyne.hardcore

Penguin Random House Verlagsgruppe FSC® N001967

Vollständige deutsche Taschenbuchausgabe 04/2022
Copyright © 2020 by John Niven
Copyright © 2020 der deutschsprachigen Ausgabe
by Wilhelm Heyne Verlag, München,
in der Penguin Random House Verlagsgruppe GmbH,
Neumarkter Straße 28, 81673 München
Redaktion: Thomas Brill
Lektorat: Markus Naegele
Umschlaggestaltung und Illustration:
Nele Schütz Design / Margit Memminger
Satz: Schaber Datentechnik, Austria
Druck und Bindung: GGP Media GmbH, Pößneck
Printed in Germany

ISBN: 978-3-453-67744-9

Für Stephanie

AMERIKA, 2026

KAPITEL 1

»... normalerweise stellt jeder dieselbe Frage.«

»... verstehe«, sagte Frank erneut.

Es kam nicht gänzlich unerwartet. Die toten und ruinierten Ex-Frauen, die toten Kinder. Manche würden sagen, Frank Brill war ein außerordentlich glückloser Mann, geboren an einem außerordentlich glücklosen Punkt der Geschichte. Einem Moment in der zweiten Hälfte des 20. Jahrhunderts, an dem das Amerika, das es einmal gab und das es hätte geben können, zwar verloren, aber weiterhin spürbar war. Wie ein Kind, das in die sommerliche Luft starrt, wo eben eine schillernde Seifenblase geplatzt ist, spürte Frank noch immer einen Hauch, eine feucht schimmernde Ahnung des alten Amerika auf seiner Haut. Aber dieser jüngste, der finale Tiefschlag, war nicht zu leugnen. Fast wollte er lachen, dem Schicksal ins Gesicht lachen. *Fick mich? Fick dich doch selbst!*

Es war ein klarer, kalter Novembernachmittag, und im Sprechzimmer herrschte absolute Stille, nur durchbrochen vom sanften Brummen des Computers auf dem Schreibtisch, das Frank an das leise Rattern eines Taxameters, die sich stetig summierenden Kosten, denken ließ. Er kannte den Arzt nicht gut. Im Augenblick fiel ihm nicht mal dessen Name ein. Aber Frank war alt genug, um sich an eine Zeit zu erinnern, in der das die Ausnahme gewesen wäre, damals, als Ärzte noch Hausbesuche machten. *»Wir rufen Doktor Wood, damit er nach dir sieht«,* hätte seine Mom gesagt. In Amerika kam ein Arzt heutzutage nur noch zu dir nach Hause, wenn du reich oder tot warst. Und Frank war nichts davon. Er hatte sich die Praxis aus der Liste der zugelassenen Ärzte herausgepickt, weil der Weg dorthin nicht so weit war.

Der Arzt schob ein Blatt Papier zur Seite und sah Frank abwartend an. Frank blickte aus dem Fenster in den kleinen Garten im Innenhof, nackt und kahl wie alles hier im Mittleren Westen. Die Knospen an den Spitzen der Zweige einer Magnolie waren winzig und sahen aus wie abgestorben. Mit Frühlingsbeginn, Anfang März, würden sie auftreiben und sich bald darauf zu cremeweißen Blüten öffnen. Das wusste Frank, weil in seinem Garten ebenfalls eine Magnolie stand. Manchmal erblühte sie bereits Mitte März, manchmal erst in der zweiten Aprilwoche. Das hatte vermutlich mit dem Wetter zu tun. Damit, wie kalt der Winter gewesen war und so weiter. Er würde Alexa danach fragen, wenn er wieder nach Hause kam. Wobei es in seinem Alter schon traurig war, die Dinge wachsen zu sehen und nicht zu wissen, wie oder warum sie das machten. All die Blumen und Bäume, deren Namen er nicht kannte. Niemals kennen würde. Es gab so vieles, von dem er stets gedacht hatte, er würde es irgendwann verstehen, einfach durch eine Art osmotischen Alterungsprozess. (Beim Wort *osmotisch* erinnerte er sich an den Biologieunterricht in der zehnten Klasse. Daran, wie er und Robbie in der letzten Reihe herumgealbert hatten. Robbie in seinem Styx-T-Shirt.) Sachen wie Schreinern oder Elektrik. In seiner Jugend schienen alte Männer solche Sachen einfach zu wissen. Aber an Frank waren sie offenbar spurlos vorbeigezogen, und die Jugend von heute wusste nicht einmal, dass sie existiert hatten. Wie hieß noch mal das Ding, das er benutzen sollte, wenn es nach seiner Tochter gegangen wäre? Irgendwas mit »Task«. Task Bunny?

»Alles klar«, sagte er. »Danke.«

»Ähm, Mr. Brill?«

Frank, der bereits nach seinem Mantel griff und sich die zerschlissene Baseballkappe mit dem Logo der Colts auf das dünner werdende graue Haar setzte, drehte sich noch einmal um. »Ja?«

»Sie haben doch sicher noch Fragen.«

»Nein.«

»Wir müssen über die Behandlungsmöglichkeiten sprechen.«

»Nein«, seufzte Frank. »Müssen wir nicht.«

Der Arzt stand auf und kam um den Schreibtisch herum. Er war jung. Halb so alt wie Frank. Irgendwas mit »Bau«. Bow. Bowden. Das war's. In der Highschool hatte Frank mal eine Lizzie Bowden gekannt. Wenn man lang genug lebte, gab es irgendwann kaum noch etwas, das keine Erinnerungen weckte. Ihre Titten ... er hatte gespürt, wie sie sich beim Klammerblues gegen seinen

Brustkorb pressten. Er war damals achtzehn Jahre alt gewesen, und die Party ihrem Ende entgegen gegangen. Zu welchem Song hatten sie getanzt? Zu einer Ballade. Einer dieser langsamen Rausschmeißer-Nummern.

»Hören Sie«, sagte Bowden, legte nervös eine Hand auf Franks Schulter und holte ihn zurück in die Gegenwart. Der Jungspund machte das nicht zum ersten Mal, hatte aber auch noch keine Routine darin. »Mr. Brill, Ihre Reaktion ist sehr viel verbreiteter, als Sie glauben. Wenn der erste Schock überwunden ist und sie mit ihren Angehörigen darüber gesprochen haben, verstehen die meisten Menschen aber, dass es vernünftig ist, sich alle Möglichkeiten genau anzusehen statt einfach nichts zu tun.«

Task Rabbit! So hieß das Ding. Auf ihrem Handy. »Ich habe keine Angehörigen, Doc.«

Frank sagte das frei von Verbitterung oder Selbstmitleid. Es war nur eine sachliche Feststellung. *Gute Prosa ist wie eine Fensterscheibe.* Ein Orwell-Zitat, mit dem er seine Juniorreporter gerne daran erinnert hatte, ihre Texte klar und nüchtern zu halten.

»Tut mir leid«, sagte Bowden.

Frank zuckte mit den Schultern. Was sollte man dazu sagen? Er wollte es dem armen Kerl etwas leichter machen. »Keine Sorge, junger Mann. So ist das Leben. Ist halt dumm gelaufen.« In Wahrheit kämpfte Frank gerade gegen ein Gefühl an, das der junge Arzt nur schwerlich verstanden hätte.

»Soll ich Ihnen die Nummer eines Psychologen geben? Jemand, der …«

»Nein, danke.« Frank machte einen Schritt Richtung Tür.

»Mr. Brill, Frank, ich glaube, Sie verschließen die Augen vor der Wahrheit.«

»Warum?«

»Warum was?«

»Warum verschließe ich die Augen vor der Wahrheit?«

»Weil ... nun, normalerweise stellt jeder dieselbe Frage.«

»Sie wollen unbedingt, dass ich es ausspreche, oder?« Bowden sah ihn bloß an. Frank seufzte erneut. »Na gut, ich spiele mit. Doc, wie lange hab ich noch?«

»Also.« Der junge Mann musste schlucken. »Das ist schwie...«

»Jaja«, sagte Frank. »Es ist schwierig zu sagen, aber es könnte alles von X bis Y sein. Je nachdem, wie aggressiv er ist und wie viel Geld wir in die Behandlung stecken. Geben Sie mir einfach ... eine Hausnummer.«

»Ohne Therapie? Vielleicht drei bis sechs Monate.«

»Na schön. Dann werden wir den scheiß Ball wohl einfach so spielen müssen, wie er liegt.«

»Ihn spielen, wie er liegt?«

»Ich vermute, Sie sind kein Golfer?«

»Everytime You Go Away«. Das war der Song. Das musste ... wann gewesen sein? Im Abschlussjahr? 1984? Wer zum Teufel hatte diese Schnulze gesungen?

Mit diesem Gedanken im Kopf durchquerte er den Empfangsbereich und trat unter dem besorgten Blick der Sprechstundenhilfe auf den kalten, windigen Parkplatz hinaus.

Schilling, Indiana. 32 000 Einwohner.

Die Arztpraxis lag in einem kleinen Einkaufszentrum am Stadtrand, wo inzwischen fast alles zu finden war. Es gab Rechtsanwälte (McRae, Dunbar & Wallace: *»Wir nehmen auch Pro-bono-Mandate an«*) und einen Laden, der früher mal als Maklerbüro gedient hatte, inzwischen aber schon seit ein paar Jahren verwaist war. Ein verblichenes Transparent im Schaufenster verkündete: »IVANKA 2024! MAKE AMERICA GREATER!« Gleich auf der anderen Seite der Schnellstraße lag eine kleine Mall: Schuhgeschäft, Nagel- und Sonnenstudio sowie eine Olive-Garden-Filiale. Die grasgrünen Schilder eines Subway suggerierten, das Essen dort sei gesund, und vermutlich war es das sogar. Zumindest verglichen mit dem KFC nebenan, wo Frank auf dem Heimweg manchmal angehalten hatte, um einen großen Eimer mit Hähnchenteilen zu kaufen. Damals, als er noch Verwendung für einen ganzen Eimer hatte, weil es mehr Münder als nur den eigenen zu stopfen gab. Auf dem Parkplatz vor den Fastfood-Läden wirbelte der vorbeibrausende Verkehr den Müll auf. In den staubigen Benzindämpfen jagten Papierservietten, Pappschachteln und Styroporbecher einander im Kreis herum. Das Büro der Zeitung – ihr letztes Büro vor der Schließung – hatte östlich von hier gelegen, nur ein Stückchen weiter die Interstate 22 runter. Ob es wohl immer noch leer stand? Mit Brettern vernagelt? Frank war seit Monaten nicht mehr dort gewesen, um nachzusehen. Er wartete an der Bordsteinkante, um einen FedEx-Transporter passieren zu lassen – elektrisch, fahrerlos und sehr, sehr leise. Die verfluchten Dinger jagten Frank noch immer einen Höllenschreck ein. Frank, der sich lieber an Altbewährtes hielt. Der heute wie eh und je seine Autoschlüssel aus der Tasche fischte, obwohl er den Versicherungsstatistiken, laut denen selbstfahrende Autos deutlich weniger Unfälle verursachten als solche, die von Menschen gesteuert wurden, nicht widersprochen hätte. *Alles völlig logisch,* dachte er, während er dem FedEx-Fahrzeug dabei zusah, wie es auf der anderen Seite des Platzes vorsichtig und laut piepsend in eine Parkbucht zurücksetzte. SELBSTfahrende Autos überschritten niemals das Tempolimit, weil sie spät dran waren. Sie übersahen weder Stoppschilder, noch drangsalierten sie andere Verkehrsteilnehmer, indem sie vorsätzlich zu dicht auffuhren. Die Chips und Sensoren ihrer Prozessoren sorgten dafür, dass sie ausreichend Abstand zu anderen Fahrzeugen bewahrten und die Verkehrsregeln befolgten. Sie waren unzweifelhaft und nachweislich sicherer. Trotzdem jagten sie Frank Angst ein.

Er setzte sich auf eine Bank und beobachtete den mittäglichen Verkehr. Mit seinem rechten Fuß trommelte er auf den Bürgersteig. *Ich könnte etwas zu trinken gebrauchen,* schoss es ihm durch den Kopf. *Ich hätte jetzt wirklich gerne einen Drink.* Genauso reflexhaft verschwand Franks Hand in der Hosentasche und umklammerte einen winzigen Plastikpinguin. Dreizehn Jahre war es jetzt her. Er atmete ein, zwei Mal tief durch, und dann war es vorbei. Dieses Gefühl, gegen das Frank angekämpft hatte und das Dr. Bowden nur schwerlich verstanden hätte? Es war *Erregung.* Denn Frank wusste schon seit Monaten, dass er an Krebs erkrankt war. Die

Appetitlosigkeit, die Schmerzen da unten, die Probleme beim Toilettengang. Er hatte wie ein Verrückter gegoogelt. Frank hatte immer schon gern recherchiert. Sicher einer der Gründe, warum er so ein guter Reporter gewesen war. So wie später seine organisatorischen Fähigkeiten dazu beigetragen hatten, ihn zu einem guten Redakteur zu machen. In den zurückliegenden Monaten, als der Krebs in ihm gewachsen war und er allmählich gelernt hatte, ihn wie einen alten, lange vermissten Freund willkommen zu heißen, hatte er diese beiden Fertigkeiten genutzt, um unermüdlich an etwas zu arbeiten, das inzwischen zu einem Stapel aus fünf Ordnern angewachsen war. Diese Akten – pink, orange, grün, gelb, rot und gestaffelt nach dem vermuteten Schwierigkeitsgrad – thronten auf dem Esstisch neben seinem Computer. Und da sich seine Diagnose nun bestätigt hatte, war es an der Zeit, seinen Plan in die Praxis umzusetzen. Frank war sechzig Jahre alt. Er war in seinem ganzen Leben nie in Konflikt mit dem Gesetz geraten. Aber jetzt war es soweit. Er würde sterben. Und das bald. Daran gab es nichts mehr zu rütteln.

Nach allem, was er in den letzten Jahren durchgemacht hatte, waren Frank Selbstmordgedanken nicht fremd. Gedanken? Scheiße, er war über Brückengeländer gestiegen, hatte mit Whiskey und Rasierklingen in der Badewanne gelegen und sich auf einer Alu-Trittleiter in der Garage ein Seil um den Hals gebunden. Mehr als einmal hatte er sich ausgemalt, was er vor seinem Tod als Letztes sehen würde: das schwarze Wasser, das auf ihn zustürzte; die Korkfliesen an der Badezimmerdecke, während sich um ihn herum das warme Wasser scharlachrot färbte; der Eimer mit blauer Farbe (*das Kinderzimmer*) auf dem Regal zwischen Werkzeugkasten und Schneeketten, der immer wieder aus seinem Blickfeld verschwand, während Frank kreiselnd von der Decke baumelte und seine Augäpfel sich mit Blut füllten. Aber er hatte jedes Mal gekniffen.

Jetzt würde er nicht kneifen.

Frank hatte drei Frauen und zwei Kinder gehabt.

Jetzt hatte er niemanden mehr.

Ich habe keine Angehörigen, Doc. Alles, was er hatte, war Die Liste.

KAPITEL 2

»Das ist ein gutes, anständiges Leben, mein Junge.«

Die Schuld daran, dass er Zeitungsjournalist geworden war, trug sein alter Herr. Frank Sr. war Schriftsetzer gewesen, im Druckhaus an der Coolidge Street. Wo inzwischen Häuser mit Eigentumswohnungen standen – zwei Zimmer ab 195 000 Dollar, keine Anzahlung nötig –, hatte er mit glühend heißen Metallplatten hantiert. 1953, gleich nach dem Schulabschluss, hatte er dort angefangen und sein Handwerk von der Pike auf gelernt. Als der Sohn die Highschool beendete und sich nach einem Job umsah, hatte der Vater bereits dreißig Jahre an der Maschine gestanden. Bei ein paar Bieren auf der Veranda des alten Hauses an der Hoover Street hatte Frank ihm eines Abends anvertraut, dass er am allerliebsten Schriftsteller werden wollte. Der alte Mann hatte erst scharf eingeatmet und dann respektvoll gepfiffen. »Junge, Junge, Frankie. Ich weiß ja nicht. Scheint mir 'ne harte Nuss, damit Geld zu verdienen.« Sein Dad war stets beeindruckt gewesen von den Zeitungsleuten, die aus den Büros nach unten kamen, um die Layouts zu überprüfen. Die Schlussredakteure und der Chefredakteur,

Arnie Walker, ein Ex-Marine und Ike-Eisenhower-Wiedergänger, der die *Schilling Gazette* mehr als dreißig Jahre lang herausgegeben hatte. Von 1946 bis 1977, als das Blatt noch die »Stimme der Tri-County-Region« gewesen war und die Auflage bei über 200 000 Exemplaren gelegen hatte. Der alte Arnie war mit einem Herzinfarkt an seinem Schreibtisch zusammengeklappt, in der einen Hand ein Schweinefilet-Sandwich und in der anderen einen halb lektorierten Artikel über den geplanten Bau einer Autobahn in einem Naturschutzgebiet.

Wenn Arnie und seine Jungs in die Druckerei runtergekommen waren, um die Korrekturen vorzunehmen, hatten sie mit den Schriftsetzern gelacht und gescherzt. Aber statt eines Blaumanns trugen sie dabei Hemd und Krawatte. Ihre Hände und Fingernägel waren nicht schmutzig von der Druckerschwärze. Und freitagnachmittags, wenn sie die Samstagsausgabe in trockenen Tüchern hatten, waren sie alle zu Macy's Bar & Grill rübergegangen, gar nicht weit entfernt von dort, wo Frank jetzt rechts abbog und lauthals über den Verkehr fluchte. Wäre er weiter geradeaus gefahren, dann wäre er direkt daran vorbeigekommen. Der Laden war immer noch eine Bar. Ende der Achtziger hatte sie ihren Namen in Barcadia geändert, dann in irgendetwas anderes. Frank wusste nicht mehr, wie sie heute hieß. Bei Macy's hatten sie dann mit Brock Schmidt, dem Eigentümer der *Gazette*, an der Bar gestanden, ihre Krawatten gelockert, ihren Drei-Martini-Lunch genossen, gelacht, gescherzt, lamentiert und darüber gefachsimpelt, wer gute Texte schrieb oder wer wen beschissen hatte. Ein Anblick, bei dem

Franks Dad jedes Mal dachte: *So lässt es sich leben.* »Aber vielleicht ist es ja doch etwas für dich. Du könntest schreiben und würdest dafür bezahlt werden. Das ist ein gutes, anständiges Leben, mein Junge. Ich könnte ja mal mit Mr. Walker reden.« 1983 hatte Frank die Highschool abgeschlossen und bei der *Gazette* als »Laufbursche« angefangen. Er hatte Kaffee und Sandwiches für Redakteure geholt und Akten von einem Schreibtisch zum anderen kutschiert. Er lernte, was einen gelungenen Einleitungstext ausmacht. Es war die Ära der elektrischen Schreibmaschinen und der zweizeilig beschriebenen A4-Bögen, kommentiert mit blauem Stift. Der Linotype-Satzmaschinen, bedient von Männern mit schwieligen, verbrannten Händen. Der Scotch-Flaschen in den Schubladen der Redakteure. Doch es sollte nur noch wenige Jahre dauern, bis auf sämtlichen Schreibtischen diese rauchgrauen Kisten mit dem kleinen Apfel auftauchten. Sie erlaubten es, die Texte direkt am Bildschirm zu setzen.

Frank nahm den Freeway und fuhr stadtauswärts. Er schaltete das Radio an. In den Nachrichten wurde darüber berichtet, dass Vizepräsident Hannity sich gegenüber der UN geweigert hatte, sich für das amerikanische Vorgehen im Nachkriegs-Iran zu entschuldigen, wo die USA schamlos die Ölreserven des Landes plünderten. Als Reparationszahlungen für die gefallenen US-Soldaten nahmen sie alles, was sie kriegen konnten. Frank wechselte den Sender: Journey spielten »Don't Stop Believin'«, einen Song, bei dessen Erscheinen er noch auf der Highschool gewesen war. Obwohl er die Nummer inzwischen so oft gehört hatte, dass es vermutlich aufregender gewesen wäre, der Endlosschleife einer Sprachaufnahme des eigenen Namens zu lauschen, blieb er auf dem Sender.

In den Neunzigern – Frank war inzwischen stellvertretender Chefredakteur – hatte das Klackern von Kunststofftasten das metallische Rattern der großen Smith-Corona-Maschinen abgelöst, und sein Vater verlor den Job, den er unter acht US-Präsidenten ausgeübt hatte.

Aber Frank machte Karriere.

Er besaß einen Riecher für gute Geschichten, war gewissenhaft bei der Recherche und kam hervorragend mit Mr. Schmidt zurecht. Es gefiel ihm, Teil einer eingeschworenen Truppe zu sein (damals noch ausschließlich Männer), in deren Verantwortung es lag, sechs Tage in der Woche aus dem Nichts eine Zeitung zu erschaffen. Frank arbeitete gerne unter Druck. Auch wenn manche (etwa seine erste Frau Grace) sagen würden, dass sich Frank eine harte Schale zulegte, während er die Karriereleiter in Richtung Chefredakteur hinaufstieg. Eine sarkastische Fassade, wie sie wohl entsteht, wenn ein intelligenter und einfühlsamer Kerl die Gesellschaft und Anerkennung von Männern sucht, die sehr viel abgebrühter sind. »Blödsinn«, knurrte Frank jetzt laut und bog nach links in die Harding Street ab, wo er zu Hause war.

Eine kleinbürgerliche Straße im Mittleren Westen, gesäumt von amerikanischen Linden und Einfamilienhäusern, die allesamt zwischen 1940 und 1970, zwischen der G. I. Bill und der Mondlandung, erbaut worden waren. Eine Straße für Familien, wo Fahrräder an den Veranden lehnten und Plastikspielsachen in Vorgärten herumlagen, die aussahen wie zum Mittagessen oder Fernsehen verlassene Schlachtfelder. Wo die Kinder bereits die halbe Straße runter waren, bevor sie hörten, wie hinter ihnen die Haustür zuschlug. Frank hatte das Haus Anfang 2009 gekauft, gemeinsam mit seiner dritten und letzten Frau Pippa. Das war jetzt siebzehn Jahre her. Er hatte zum richtigen Zeitpunkt zugeschlagen: Kaum war auf dem Scheidungsvertrag zwischen ihm und seiner zweiten Frau Cheryl die Tinte getrocknet, brach der Immobilienmarkt zusammen, und er hatte das Haus mit seinen drei Schlafzimmern und zwei Bädern zum Schnäppchenpreis bekommen. Mit dem Zeitpunkt hatte er Glück gehabt, mit allem anderen leider nicht. Wie sich herausstellte, brauchte Frank am Ende nur ein Schlafzimmer und ein Bad. Kurz bevor er endgültig mit dem Trinken aufgehört hatte, war er oft durchs Haus gestreift. Ein Glas mit Scotch oder Gin in der Hand, hatte er in die ungenutzten Zimmer gestarrt – mittlerweile bloß Lagerräume voller Kartons und Plastiktaschen – und sich das Leben vorgestellt, mit dem sie hätten erfüllt sein können. Hatte sich das Lachen und die Streitereien ausgemalt, deren Zeugen diese Räume hätten werden können.

Wenn er am späten Nachmittag von seiner jeweiligen Tagesaktivität zurückkehrte, meistens irgendeiner Besorgung, und seinen Wagen in der Auffahrt parkte, betrachtete Frank oft seufzend das Haus und dachte dabei an den immer gleichen Abend, der vor ihm lag: Zuerst würde er sich in der Küche eine Fertigmahlzeit zubereiten und als Beilage vielleicht ein paar grüne Bohnen oder etwas Brokkoli dämpfen, um sich so vorzumachen, dass er tatsächlich etwas kochte – es war eine Art Zugeständnis an seine Gesundheit. Darauf folgten gewöhnlich lange Stunden, in denen er las und durchs Fernsehprogramm zappte, während die Straße draußen langsam in der Dunkelheit versank. Dann die endlosen, müßigen Plaudereien mit Alexa, die Streitgespräche mit Gott, die Wut auf die Welt, bis ihn schließlich die Müdigkeit übermannte und er in seinem Fernsehsessel einschlief, auf dem Tisch neben ihm die Reste der Fertigmahlzeit (Carbonara, Hackbraten, Fisch in Soße, alles kaum angerührt), in seinem Schoß ein Roman, den er schon mehrfach gelesen hatte (*Garp, Ehepaare, Der Sportreporter*). Ein Film, den er dutzendmal gesehen hatte (*Der weiße Hai, Wall Street, Stirb langsam*), flackerte in dem dunklen Zimmer einsam vor sich hin, bis irgendwann die halb ausgetrunkene Tasse Kräutertee mit einem dumpfen »Klonk«, das Frank nicht mehr hörte, auf dem Teppich landete. In den frühen Morgenstunden schreckte er dann gewöhnlich auf und starrte einen Moment lang orientierungslos auf den Streifen Licht, der durch den Spalt zwischen den Vorhängen fiel, bis ihm allmählich klar wurde, dass er mutterseelenallein in seinem Wohnzimmer saß.

Als er an diesem Abend aus dem Wagen stieg, fühlte sich Frank allerdings zum ersten Mal seit Ewigkeiten optimistisch, fast schon fröhlich. Auf ihn wartete Arbeit.

Er vermisste seinen Job. Die Tätigkeit eines Tageszeitungsredakteurs – selbst bei einem so kleinen Lokalblatt wie der *Gazette* – war in seinen Augen vergleichbar mit der eines Filmregisseurs. Jeden Tag taten sich neue Herausforderungen auf ... ständig tickte die Uhr. Immerzu wurde man etwas gefragt. »Was ist hiermit?«, »Was hältst du davon?«, »Hast du dir das angesehen?«, »Wir brauchen dringend ... die brauchen von dir ... ich brauch mal deine ...«. Er wurde *gebraucht*. Und dann auf einmal nicht mehr. Diese verdammten kleinen grauen Kisten. 2001 war Frank im Alter von fünfunddreißig Jahren zum Chefredakteur befördert worden. Ein Posten, den er fünfzehn Jahre lang innehaben sollte. Wie sich herausstellte, waren es fünfzehn Jahre voller Budgetkürzungen, Entlassungen und schrumpfender Werbeeinnahmen, bevor die kleinen grauen Kisten, die seinen Vater erledigt hatten, dann auch ihn erledigten. Brock Schmidt, der inzwischen auf die Siebzig zuging, verkaufte die Zeitung und setzte sich in West Palm Beach zur Ruhe, kurz nachdem Donald Trump seine erste Amtszeit als Präsident angetreten hatte.

Frank hatte geglaubt, sein Leben könnte nicht mehr schlechter werden. Heute musste er kichernd den Kopf schütteln, wenn er daran dachte, wie massiv er die grausame Raserei des Universums unterschätzt hatte. Er war damals erst neunundvierzig Jahre alt und zum dritten Mal verheiratet gewesen, mit einer viel jüngeren Frau, von der er einen vierjährigen Sohn hatte. Da er über dreißig Jahre bei der *Gazette* beschäftigt gewesen war, und die meiste Zeit davon in einer Führungsposition, fiel seine Abfindung entsprechend großzügig aus.

Pippa war in ihren Beruf als Lehrerin zurückgekehrt, und Frank hatte endlich Gelegenheit, an seinem Buch zu arbeiten – das heißt, er wurde zum Hausmann. Von einem, der die Brötchen nach Hause brachte, wurde er zu einem, der zu Hause die Brötchen backte. Und Focaccia. Er lernte, wie man Sauerteig ansetzt, und legte sieben Kilo zu. Irgendwann landete der Brotbackautomat in der Garage. Frank verbrachte einen Großteil seiner Zeit in der Stadtbibliothek und recherchierte dort für sein Buch, das er sich in prächtigen Farben als eine Geschichte des sozialen Wohnungsbaus in Indien ausmalte. Ein paar Monate später, er hatte bereits mehrere dicke Notizblöcke vollgeschrieben, brach er das Vorhaben schlagartig ab. An einem der benachbarten Tische war ihm ein alter Mann aufgefallen. Der Mann war verwahrlost, eindeutig obdachlos, und hatte ebenfalls einen Stapel Schreibblöcke vor sich, allesamt randvoll mit Notizen für ein Buchprojekt, einer Art mythologischem Universalschlüssel. Frank schlenderte am Platz des Mannes vorbei und riskierte einen Blick über dessen Schulter. Eine Passage lautete: *»Das Zentrum ist alles. Das Zentrum wird von den Engeln im Gleichgewicht gehalten. Die Engel unterliegen dem HERRSCHENDEN PRINZIP (siehe Anhang 2). Das HERRSCHENDE PRINZIP ist ...«* Frank bemerkte, dass sich der Mann Zeitungsschnipsel in die Ohren gestopft hatte. Von da an ging er nicht mehr in die Stadtbibliothek, um an seinem Buch zu arbeiten.

Stattdessen machte er Adam morgens für die Schule fertig, besuchte den Golfplatz oder die Driving Range, kümmerte sich um die Einkäufe und die Vorbereitungen für das Abendessen. Wenn die beiden dann Punkt 16:30 Uhr wieder vor der Tür standen, goss er sich eine Cola Light ein und empfing sie mit einem Teller Karottenstifte, einem Glas Milch für Adam und einem kalten Pinot Grigio oder Sauvignon für Pippa. Sie unterrichtete an der Truman-Grundschule, die auch Adam besuchte. Ganz genau. *Die* Truman-Grundschule in Schilling, Indiana. Jetzt geht Ihnen ein Licht auf, oder? Spätestens, als Sie die Daten mit der Schule und den Namen Pippa und Adam in Verbindung gebracht haben, wussten Sie vermutlich, wo der Hase langläuft, nicht wahr?

Wenn Frank nun zehn Jahre später an diese Zeit zurückdachte, dann sah er sie stets durch eine rosarote Brille. Er konnte gar nicht anders. Seine Erinnerung daran funktionierte wie diese Rückblenden im Kino. Die Bilder in seinem Kopf sahen aus wie von Tony Scott oder Adrian Lyne gefilmt (er war diese Woche sowohl bei *Top Gun* als auch bei *Eine verhängnisvolle Affäre* eingeschlafen): mit reichlich Vaseline auf der Linse, weichgezeichnet und überbordend, verwischt und opulent. Doch wenn er sich selbst gegenüber ehrlich war, und alles andere schien zum jetzigen Zeitpunkt sinnlos, dann musste er sich eingestehen, dass er sich damals schrecklich unsicher und wertlos gefühlt hatte: ein in den Sechzigerjahren geborener Amerikaner, der seine Zeit mit Backen und Einkaufen verschwendete.

Auch das war etwas, das man erst mit zunehmendem Alter erkannte: Nur im Rückspiegel sah man sein Leben durch die rosarote Brille. Blickte man nach vorne, durch die Windschutzscheibe, dann waren da nur Panik und Chaos, weil alles viel zu schnell passierte.

Frank öffnete die Haustür, trat ein, warf seine Schlüssel auf das Tischchen im Flur und rief laut: »Alexa, ich bin zu Hause.«

»Hallo, Frank«, sagte sie. »Wie war dein Tag?«

»Ich habe Krebs.« Er legte den Mantel ab.

»Tut mir leid, das verstehe ich nicht, Frank.«

»Ich doch auch nicht. Licht!« Alexa schaltete das Licht an. Sie war ein Geschenk seiner Tochter gewesen. Frank fühlte sich ... ja, wie eigentlich? Ihm war nach Feiern zumute. Vielleicht würde er später etwas essen gehen. Er füllte ein Glas mit Eiswürfeln und schüttete Cola darüber. Dann schlenderte er durch den Flur, blieb auf der Schwelle zum Esszimmer stehen, trommelte mit den Fingern gegen den Türrahmen und betrachtete den Aktenstapel auf dem Tisch, den PC, die Teller, Schüsseln und die gelben Notizblöcke. Er nippte an seiner Cola, schaltete den Computer an und setzte sich steif auf einen der Esszimmerstühle. Er hatte das Gefühl, dass er einen Toast aussprechen sollte, auf den Krebs, der sich in seinem Arschloch breitmachte. Wie passend. Frank hatte es seinem amerikanischen Durchschnittsarsch weiß Gott schwer gemacht: Egal ob rotes Fleisch, Chilischoten, Jalapeños, frittierte Hähnchenteile, Pizza oder Nikotin – er hatte massenweise ungesundes Zeug konsumiert und alles mit einem Meer aus Schnaps runtergespült. Nicht, dass er das mittlerweile bereute. Aber wenn man seinem Körper jahrzehntelang den Stinkefinger zeigt, dann wirft der eben irgendwann das

Handtuch. Das würden Sie auch nicht anders machen. »Fick mich?«, würden Sie sagen. »Fick dich doch selbst! Du kannst den Scheiß alleine ausbaden, Kumpel! Ich bin raus!«

Frank fiel ein, dass er noch eine Überweisung vom Spar- aufs Girokonto zu erledigen hatte, da er vorhatte, morgen eine größere Menge Bargeld abzuheben. Als er die Homepage der Bank aufrief, fiel ihm das Passwort nicht ein. Diese verdammten Passwörter – wie viele davon waren eigentlich heutzutage nötig? Pippa hatte ihm geholfen, das Online-Banking einzurichten. Wo hatte er den Mist doch gleich notiert? Er drehte eine der gerahmten Fotografien auf seinem Schreibtisch um. Das Bild zeigte Pippa, Adam und ihn. Auf der Rückseite standen in seiner eigenen Handschrift aus winzigen, akkuraten Blockbuchstaben sämtliche Passwörter. Pippa hielt das für keine gute Idee. »Ach, komm schon«, hatte er zu ihr gesagt. »Das ist nicht dein Ernst, oder? Woher soll ein Einbrecher denn wissen, dass auf der Rückseite dieses Fotos meine Passwörter stehen?«

Bei der Überweisung des Geldes fiel ihm das Datum ins Auge: der 11. November. *Da war doch was ...* »Alexa«, rief Frank, »CNN.« Er hörte, wie hinter ihm der Fernseher ansprang, und als er sich umdrehte, sah er, dass die Parade in Washington schon in vollem Gange war.

Gewaltige Menschenmengen drängelten sich auf offenen Tribünen. Knallrote MAGA-, KAGA- und MAG-Kappen auf den Köpfen, wedelten sie mit ihren Fähnchen und jubelten den Truppen zu. Panzer, Haubitzen, Sturmfahrzeuge, Raketenwerfer und Tausende von Fußsoldaten walzten vom Weißen Haus in Richtung Kapitol. An der Spitze rumpelten mehrere riesige Abrams-M1-Kampfpanzer, von denen jeder einzelne sechzig Tonnen wog. Soldaten standen aufrecht in den geöffneten Luken und salutierten steif vor dem Podium. Übertönt vom Lärm des schweren Kriegsgeräts hörte man leise den Jubel der Massen – »USA! USA! USA!« –, als die Kamera über die Zuschauerreihen schwenkte. Da war es, das wahre Amerika. Jene Menschen, die aus Florida, Nebraska, Kentucky und aus Franks Heimat Indiana nach Washington gereist waren, um den Veteranen ihren Respekt zu erweisen, obwohl sie es sich kaum leisten konnten. Durchgefroren, klatschnass, in dünne, billige Mäntel gehüllt und mehrheitlich alt und fett, präsentierten sie ihre Schilder mit Slogans wie »GOTT SCHÜTZE DIE TRUMPS«, »TOD DEN DEMOKRATEN« und »SPERRT SIE EIN«. Letzteres fand Frank zunehmend rätselhaft, da Ex-Senatorin Clinton schon vor drei Jahren friedlich entschlafen war. Hatten diese Leute etwa Angst vor Geistern? Oder befürchteten sie, eine Zombie-Hillary könnte sich aus ihrem Grab erheben, um ihnen ihre Waffen wegzunehmen und noch mehr E-Mails zu löschen?

In den Anfangsjahren waren bei der Parade keine Panzer mitgefahren. Das hätten die Straßen nicht ausgehalten. Als eine der ersten Handlungen während seiner zweiten Amtszeit hatte Trump deshalb ein Multi-Milliarden-Dollar-Programm für den Ausbau der Pennsylvania Avenue initiiert, über die seitdem jeden November diese Monster rollten.

Wie aufs Stichwort schwenkte die Kamera zur Präsidentenloge: Vizepräsident Hannity mit seiner Frau, rechts von ihnen – auch mit achtzig Jahren noch alle überragend – Donald und seine vierte Gattin Crystal, unübersehbar hochschwanger, und zwischen den beiden Paaren die Präsidentin und ihr zweiter Ehemann Greg. Seit Jared für den gewaltigen Haufen Mist, den sein Schwiegervater verbockt hatte, den Kopf hinhalten musste, schmachtete er auf Rikers Island. Mit einem Mal stürzten drei Kampfjets aus den Wolken und donnerten über die Parade hinweg. Trump legte eine schützende Hand auf Ivankas Schulter, brüllte ihr etwas ins Ohr und bohrte den Zeigefinger in den Himmel. Ivanka trug einen cremefarbenen Mantel und einen pelzbesetzten Hut, ihr Vater zum schwarzen Mantel die obligatorische rote Krawatte. Trump blickte auf die gewaltige Masse jubelnder Menschen hinunter und präsentierte ihr seinen erhobenen Daumen. Die Menge rastete aus. Zugegeben: Es war ein Geniestreich gewesen, Pence zu feuern, als die zweite Amtszeit erst halb vorbei war, um dann Ivanka als Vizepräsidentin zu nominieren, bevor er selbst aus gesundheitlichen Gründen zurücktrat. Ivanka war automatisch zur Präsidentin ernannt worden, weshalb sie bereits achtzehn Monate im Sattel gesessen hatte, als sie das erste Mal zu einer Wahl antreten musste. Eine ihrer ersten Amtshandlungen war eine Amnestie für ihren wegen zahlreicher Vergehen angeklagten Vater.

»Angesichts der aktuellen Situation im Iran und in Nordkorea stellt sich natürlich die Frage«, kommentierte der CNN-Sprecher die Bilder der Jagdflugzeuge, die über dem Kapitol in der Ferne verschwanden, »ob wir diese Kampfjets dort wirklich entbehren können.« Einige Jahre nachdem Trump auf den Rollbahnen von Teheran und Seoul gestanden und seine Siegesreden gehalten hatte, dauerten die Nachwehen der Kriege weiter an. Immerhin: Aus dem Iran floss bereits Öl. Welchen Profit das amerikanische Volk aus der postnuklearen Kraterlandschaft Nordkoreas ziehen würde, blieb dagegen weiterhin unklar.

»Alexa, Fox«, sagte Frank.

Der Kanal wechselte. Das Bild der Kampfflugzeuge war mehr oder weniger dasselbe, aber die Reporterin schaltete bei ihrer Moderation zwei bis drei Gänge höher. »OH, WOW!«, brüllte sie über den Lärm hinweg. »LEUTE, IHR MÜSSTET WIRKLICH HIER SEIN! DAS WAR EINFACH UNGLAUBLICH!«

»Die neuen F-36-Jets, Roberta ...«, sagte der Sprecher im Studio.

»Ganz genau, Ken! Etwas Fortschrittlicheres werden Sie am Himmel nicht finden!«

Die Bildregie schnitt zurück auf die applaudierenden Trumps in ihrer Loge. »Und da ist Crystal«, juchzte Roberta, »und ich muss sagen, sie sieht absolut *umwerfend* aus.« Die neue Frau des Ex-Präsidenten rief Donald etwas ins Ohr. Sie war achtundzwanzig, wusste Frank, und damit nicht viel älter, als Olivia jetzt gewesen wäre. »Sind sie nicht ein wunderschönes Paar?«, plapperte Roberta weiter. Trump, da waren sich alle einig, hatte sich enorm ins Zeug gelegt, um nach Melanias Tod über seine Trauer hinwegzukommen. Die ehemalige First Lady war bei einem Hubschrauberabsturz ums Leben gekommen. Nur wenige Monate nach seinem Rücktritt und gerüchteweise direkt nachdem sie a) die Scheidungspapiere und b) einen achtstellig dotierten Buchvertrag unterschrieben hatte.

»Und Roberta, ich glaube, Crystal trägt einen Entwurf der Präsidentin, kann das sein?«

»Da liegst du völlig richtig, Ken. Das ist ein Hosenanzug. Selbstverständlich kann man dieses Modell auf der Website des Weißen Hauses best...«

»Alexa, mach die Scheiße aus.«

»Tut mir leid, Frank. Ich habe dich nicht verst...«

»FERNSEHER AUS!«

Der Bildschirm wurde schwarz, und im Raum herrschte wieder Stille. Die Uhr auf dem Kaminsims verriet Frank, dass es fast 17 Uhr war, und draußen brach allmählich die Dunkelheit an. Er sollte jetzt besser etwas essen. Schließlich musste er noch packen. »Alexa?«, fragte er grüblerisch, fast schon philosophisch, und schwenkte die Cola in seinem Glas.

»Ja, Frank?«

»Wie kommt es, dass Gott mich hasst?«

»Tut mir leid, Frank, ich verstehe die Frage nicht.«

Sein Blick schweifte über die Flaschen mit Spirituosen, die auf der Anrichte Staub fingen. *Warum eigentlich nicht?*, fragte er sich nicht zum ersten Mal. *Was spielt das jetzt noch für eine Rolle?*

Bei den seltenen Gelegenheiten, wenn Frank gelegentlich Gäste empfing, zeigten sich vor allem diejenigen, die ebenfalls mit dem Trinken aufgehört hatten, beeindruckt davon, dass er mit all dem Alkohol in Sichtweite lebte und dennoch abstinent blieb. Sie gingen alle zu den Anonymen Alkoholikern und konnten es nicht fassen, dass er niemals das Bedürfnis verspürt hatte, das Zeug in die Spüle zu schütten. Frank konnte das nicht nachvollziehen. Ob die Flaschen nun da waren oder nicht – was spielte das für eine Rolle? War dieser dramatische Moment an der Spüle wirklich nötig? Bis zum nächsten Schnapsladen waren es nur fünfzehn Minuten. Wenn er wollte, könnte er jederzeit hinfahren und sich den Kofferraum vollladen. Er hatte sich dafür entschieden, nicht mehr zu trinken, basta. Ob er Schnaps im Haus hatte oder nicht, änderte daran gar nichts. Frank hatte nie eine Selbsthilfegruppe besucht. Er hatte einfach aufgehört. Statt einer Medaille – diesen kleinen Metallmünzen, die man bei den AAs bekam – trug er einen winzigen Pinguin mit sich herum, der einmal Adam gehört hatte. Pippa hatte dem Jungen das Spielzeug weggenommen, weil sie befürchtete, er könnte es verschlucken. Und Frank hatte es eines Nachmittags auf dem Regal in der Küche gefunden. Manchmal half ihm der Pinguin, sich zu fokussieren. Auch jetzt, als er noch einen letzten Blick auf die Flaschen warf, drückte er ihn zwischen Daumen und Zeigefinger, bevor er zur Tür ging und das Licht ausmachte.

Franks Abstinenz hatte ihre Gründe.

Er war mit der Zeitung aufgewachsen und hatte sein gesamtes Berufsleben dort verbracht – sie war immer präsent gewesen, genau wie die Kultur des Trinkens, die

dort gepflegt wurde. Er hatte mit siebenundvierzig aufgehört, als Adam zwei Jahre alt war. Es hatte kein Aha-
Erlebnis, keinen absoluten Tiefpunkt gegeben, der einer
plötzlichen Einsicht vorausgegangen war. Frank hatte
bloß allmählich erkannt, was ihn diese fast dreißig Jahre
während Gewohnheit kostete. Es hatte Phasen gegeben, in denen er nichts trank, hier mal eine oder zwei
Wochen, dort ein paar Monate, aber er hatte stets wieder damit angefangen. Dabei war ihm etwas aufgefallen: Wenn er trank, wurden seine Arbeitszeiten länger.
Dann blieb er bis spätabends im Büro, gönnte sich ein
Gläschen Whiskey mit den Redakteuren, und nachdem
sie die Ausgabe in Druck gegeben hatten, ging er mit
dem Team noch in die Kneipe. Bei den gesellschaftli-
chen Aktivitäten sah es nicht anders aus: Nach dem
Golf blieb er gerne noch ein bisschen im Clubhaus. An
den Abenden, die er zu Hause verbrachte, fand er häufig
einen Vorwand, um sich in sein Arbeitszimmer zurück-
zuziehen – vor allem, wenn er schon einen sitzen hatte.
Dort spann er dann seine großen Ideen, profilierte sich
im Internet. Danach kam der Kater. Gewöhnlich kein
sonderlich heftiger. Keiner, der ihn schachmatt setzte.
Aber oft genug machte er ihn grantig und verschlossen.
Dabei tat er nüchtern wirklich nichts lieber, als Zeit mit
seiner Frau und seinem Sohn zu verbringen. Wenn er jedoch trank, war ihm seine Familie ein wenig lästig. Als
er auf die Fünfzig zuging, führte die Erkenntnis, dass
Adam sein letztes Kind sein würde, zu dem Entschluss,
ab jetzt einhundertprozentig für die Familie da zu sein.
Das war der Tag, an dem er im Lebensmittelladen einen

Sechserpack Softdrinks kaufte. Statt sich abends beim Kochen eine Flasche Wein aufzumachen, trank er Cola Light mit Eis – und beließ es dabei. Seit dreizehn Jahren hatte er keinen Alkohol angerührt.

Er hatte sich nur einen einzigen Fehltritt geleistet, den die meisten Menschen wohl als völlig verzeihlich empfunden hätten ...

KAPITEL 3

»Viele der Opfer waren vermutlich nicht sofort tot ...«

Gegen Mittag, vor etwas mehr als neun Jahren.

Der 5. Mai 2017.

Es war ein wunderschöner Tag, ungewöhnlich warm und sonnig. Auch Franks Laune hätte kaum sonniger sein können: Nach dem Gewinn der freitäglichen Viererpartie ließ er sich in der Umkleidekabine des Forest Glade Golfclubs von seinen Gegnern abklatschen. Um 8:30 Uhr hatte er Pippa und Adam an der Schule abgesetzt, kurz nach 9 Uhr den ersten Ball gespielt und um 13:04 Uhr die Dusche verlassen. Daran erinnerte er sich so genau, weil er auf die Anzeige der Digitaluhr über der Tür gesehen hatte, die von der Umkleide ins Clubhaus führte. Aus dem Speisesaal hatte es verführerisch nach gegrilltem Käse geduftet. Er hatte überlegt, noch bis zum Lunch zu bleiben und dazu vielleicht ein Rootbeer zu trinken, bevor er dann nach Hause fuhr.

Forest Glade war der günstigste Golfclub in der Umgebung von Schilling. Wenn man mit fünfzig Jahren schon zweimal geschieden war, dann hatte das seinen Preis, und den Mitgliedsbeitrag für den Country Club in

Crescent Heights konnte sich Frank nicht mehr leisten. Anfang der Neunziger, als er noch mit Grace verheiratet gewesen war, hatte das anders ausgesehen: Sie hatten keine Kinder und er deshalb jeden Samstagmorgen genügend Zeit und Muße, um mit George, Al und Brad Golf zu spielen, während Grace sich mit deren Ehefrauen – Gina, Clio und … Melanie? Mandy? – beim Tennis vergnügte. Im Sommer traf man sich anschließend zum Lunch und zu Cocktails am Pool. Was war wohl aus all diesen Leuten geworden? Wir führen nicht nur ein einziges Leben, sondern mehrere Leben in einem. Menschen kreuzen unsere Wege, bis wir sie wieder aus den Augen verlieren und nur noch an sie denken, wenn wir die Adressliste für die Weihnachtskarten durchgehen oder uns ein altes Foto in die Hände fällt.

An jenem Mittag im Mai waren Frank und seine Golfpartner gerade aus der Dusche gekommen und trockneten sich ab, als eines der älteren Clubmitglieder in die Umkleide platzte. Mit den Worten »Um Gottes willen, habt ihr es denn noch nicht gehört?« kletterte der Mann auf einen Hocker, um an dem vorsintflutlichen Fernseher, der unter der Decke an der Wand hing, den Sender zu wechseln – komischerweise erinnerte sich Frank noch heute daran, dass der Golf Channel ein Porträt von Sergio Garcia zeigte, der vor nicht allzu langer Zeit das Masters gewonnen hatte. Der Alte schaltete den Lokalsender WRTV aus Indianapolis ein. Auf dem Bildschirm erschien die Luftaufnahme eines braun-weißen Gebäudes. Obwohl es in das rotierende Blaulicht zahlreicher Polizeiwagen getaucht war, kam es Frank seltsam vertraut vor. Aus dem Off sagte ein Reporter: »Die Polizei hat sämtliche Zufahrtsstraßen gesperrt und evakuiert nun alle Einwohner in der Umgebung, da offenbar noch immer Schüsse fallen.« Die gelbe Tickermeldung am unteren Bildschirmrand verkündete: »Zahlreiche Tote bei Schießerei an Grundschule in Schilling, Indiana befürchtet ...« Frank Brill hörte ein lautes Rauschen in seinen Ohren.

»O Gott, Frank«, sagte einer seiner Golfpartner, Art oder Ted. »Ist das nicht die Schule von deiner Frau?«

Von dem, was direkt danach passierte, wusste er nicht mehr viel, aber offenbar hatte er sich angezogen und war ins Auto gestiegen. Das Nächste, woran er sich erinnerte, war die Rangelei mit einem Polizisten an der Straßensperre auf der Eisenhower Street. Der Straße, die zum Eingangstor der Truman-Grundschule führte. »MEINE FRAU UND MEIN SOHN SIND DA DRIN!«, hatte Frank den Mann angeschrien.

»SIR! TRETEN SIE ZURÜCK!«

Man konnte es hören, nicht mal einen Kilometer entfernt: *pop-pop-pop-pop-pop-pop*. Frank hatte sich auf den Beamten gestürzt, ihn zu Boden gestoßen und wollte losrennen. Plötzlich lag er selbst auf dem Asphalt, und seine Ohren klingelten. Ein anderer Polizist, der aus dem Nichts aufgetaucht war, stand über ihm, ein schwarzer Schatten vor der Sonne, den Schlagstock in der Hand, und sagte: »Zwingen Sie mich nicht, Sie zu verhaften, Sir!« Frank erinnerte sich an das Gefühl der Hilflosigkeit. Wenige Jahre zuvor, als er noch Chefredakteur der *Gazette* gewesen war, hätte man ihn anstandslos passieren lassen. Wenn doch nur einer der älteren Beamten vor Ort gewesen wäre, jemand wie Chief Jacobs. Sie kannten Frank. Sie hätten ihn näher herangelassen. Nah genug, um ... was eigentlich?

Pop-pop-pop-pop-pop.

AUS DER *WASHINGTON POST* VON SAMSTAG, DEM 6. MAI 2017

SCHILLING, INDIANA. Bei einem Amoklauf in einer Grundschule sind in dieser Kleinstadt im Mittleren Westen am Freitagnachmittag laut Auskunft der Behörden 22 Menschen zu Tode gekommen. Unter den Toten befindet sich auch der mutmaßliche Schütze, den Quellen innerhalb der Strafverfolgungsbehörden als Daniel Kemp (21) identifizierten. Wie die Polizei bestätigte, hat Kemp offenbar in der gemeinsamen Wohnung erst seinen Vater Ted Kemp getötet, bevor er mit dem Auto zur Truman-Grundschule fuhr.

In dem Fahrzeug wurden laut Aussage der Behörden drei Schusswaffen gefunden: ein halbautomatisches Bushmaster-Sturmgewehr Kaliber .223 und zwei Pistolen – eine Sig Sauer und eine Glock.

An der Schule angekommen, erschoss Kemp drei weitere Erwachsene – darunter der Schuldirektor Michael Schneider – und 19 Kinder. Sie wurden in zwei verschiedenen Räumen des Gebäudes getötet, so die Polizei.

Die Opferzahl ist die dritthöchste in der Geschichte der USA, nach dem Amoklauf auf dem Campus der

Virginia Tech in Blacksburg und an der Sandy Hook Elementary School in Connecticut. Doch das schiere Ausmaß des Massakers am Freitag sowie die Tatsache, dass es sich bei den Opfern erneut um kleine Kinder und bei dem Tatort um eine Grundschule handelt, steigert die Trauer und das Entsetzen ins Unermessliche.

In einer Ansprache aus dem Oval Office nannte Präsidentin Trump den Schützen »einen Feigling und Verlierer« und erklärte, sie beziehe die Opfer und deren Familien in ihre Gebete mit ein. Die Präsidentin versprach »äußerst umfassende Maßnahmen, um weitere Tragödien wie diese zu verhindern«, ohne jedoch detailliert darauf einzugehen, was sie zu unternehmen gedenkt. »Mein besonderer Dank gilt den Ersthelfern«, fügte Trump hinzu. »Der Polizei und den Sanitätern, die, wie ich finde, in Rekordzeit vor Ort waren. Innerhalb von drei oder vier Minuten. Wirklich unglaublich, wenn man sich das mal überlegt. Absolute Rekordzeit.«

Laut behördlichen Quellen sind unter den Toten auch eine Mutter und ihr Sohn. Pippa Brill unterrichtete bereits seit einem Jahr an der Truman Elementary, als ihr fünfjähriger Sohn Adam dort eingeschult wurde. »Pippa hatte für alle ein Lächeln übrig, war immer engagiert und mit Begeisterung bei der Sache«, berichtet die ehemalige Vorsitzende des Elternbeirats Chrissy Carson.

In einem Telefoninterview erinnert sich Carson unter Schluchzen daran, wie Brill zu Beginn des Jahres die Kinder umarmte. »Ihre Schüler haben sie geliebt.«

Joe Deering, der eine Zeit lang in derselben Straße wohnte wie die Kemps, beschreibt Daniel Kemp als introvertiert, aber keineswegs bedrohlich. »Ich würde ihn höchstens als etwas unbeholfen bezeichnen, keine Ahnung, halt still und schüchtern. Er konnte einem nicht in die Augen schauen«, so Deering am Freitagabend am Telefon. »Vielleicht ein bisschen seltsam.«

Polizisten schildern das Schulgelände als einen der entsetzlichsten Tatorte, die sie je erblickt hätten, und laut Behördenaussagen benötigten die Ersthelfer psychologische Betreuung. Nachdem die ersten Schüsse gefallen waren, feuerte der Schütze unaufhörlich weiter und hielt die Polizisten vor Ort noch fast eine Stunde in Schach. Tragischerweise waren viele der Opfer offenbar nicht sofort tot.

Einige der evakuierten Kinder berichteten später, ihnen sei gesagt worden, sie sollten die Augen geschlossen halten, bis sie draußen seien. Die Polizei hat nach eigener Aussage im Laufe des Tages den exakten Aufenthaltsort sämtlicher Schüler und Schülerinnen überprüft, auch derjenigen, die wegen Krankheit nicht zum Unterricht erschienen waren.

Die Schusswaffen, die der Täter am Freitag einsetzte, wurden laut Angaben der Strafverfolgungsbehörden vermutlich legal erworben. Sie waren auf ein Familienmitglied von Daniel Kemp registriert.

Die Polizei hatte auf mehrere Notrufe reagiert. Laut L. Peter Rancer, Lieutenant der Indiana State Police, näherten sich die ersten Streifenwagen sowohl der örtlichen Polizei als auch der Staatspolizei um 12:10 Uhr der Schule, wo sie »alle nötigen Maßnahmen einleiteten, um das Gebäude nach einem aktiven Schützen abzusuchen«.

In der kleinen Stadt südlich von Indianapolis eilten zahlreiche Polizeiwagen unter Sirenengeheul Richtung Grundschule. Jane Marcellus, Kassiererin bei der First Trust Bank, nimmt an, ungefähr dreißig Streifenwagen gezählt zu haben. Mitten in einer geschäftlichen Transaktion schrie einer ihrer Kunden: »O mein Gott! Ich muss meine Kinder holen!« Marcellus war mit der Familie Kemp gut bekannt: Sie hatte Ted Kemp jahrelang bei der Buchhaltung geholfen und sogar einen Hund von ihm gekauft. In einem kleinen Ort wie Schilling kennt jeder jeden. »Es gibt wohl kaum eine Familie, die nicht betroffen ist. Das ist ein schwerer Schlag für diese Stadt.«

Um 13:48 Uhr gelang es der Polizei schließlich, das Gebäude zu stürmen, und die Beamten durchsuchten die Klassenzimmer nach dem Schützen. Doch als sie ihn fanden, hatte sich der Täter schon selbst gerichtet.

Kein Polizist feuerte auch nur einen einzigen Schuss ab.

Wenn Frank die Ereignisse rekapitulierte, ging er im Kopf wieder und wieder die zeitlichen Abläufe durch: Um 13:05 Uhr hatte er zum ersten Mal auf die Uhr gesehen, kurz bevor dieser Mann in die Umkleide gestürmt war, um den Fernsehsender zu wechseln. Wie lange hatte er gebraucht, um sich anzukleiden? Zwei Minuten? Noch mal zwischen zehn und fünfzehn Minuten, bis er dort war? Bei der Rangelei mit dem Polizisten konnte es höchstens 13:25 Uhr gewesen sein. Während Frank heulend auf der Bordsteinkante gehockt hatte, ging die Schießerei noch mindestens zehn Minuten weiter. Bei jedem einzelnen »Pop« hatte er dasselbe gedacht: War das meine Frau? War das mein Sohn? Pippas Leichnam wurde im Flur gefunden. Kemp hatte sie viermal von hinten getroffen. Die Schüsse waren mit einer 9-mm-Glock aus nächster Nähe abgegeben worden. Die Austrittswunden befanden sich in Höhe des Nabels, des mittleren Brustbeins, der rechten Brust (*die Brust, die du zum ersten Mal im milchigen Licht eines Hotelbadezimmers gesehen hast*) und der Schädelbasis. »Dieser letzte Schuss in den Kopf? Der war ein Segen, Frank«, hatte Chief Jacobs ein paar Tage später zu ihm gesagt. »Der hat sie sofort getötet. Danach hat sie nichts mehr mitbekommen.« Darin einen Segen zu sehen, erschien Frank überaus seltsam. Aber verglichen mit dem Schicksal, das seinen Sohn ereilt hatte, war es vielleicht wirklich einer. Adam wurde in seinem Klassenzimmer gefunden, dem ersten, das Kemp betreten hatte. Das ballistische Gutachten ließ darauf schließen, dass der Täter den Raum mit der Glock und der Sig Sauer – in jeder Hand eine Pistole – unter Feuer genommen hatte, bis die Magazine geleert waren: pro Waffe fünfundzwanzig Schuss, mit denen er die Lehrerin (Miss Janos) und sechs der fünfjährigen Schulkinder tötete sowie acht weitere verletzte. Adam war bei dem Versuch, sich hinter einem Bücherregal zu verstecken, in den Bauch getroffen worden. Vermutlich um 12:31 Uhr, also etwa zum selben Zeitpunkt, an dem Frank, wie er später herausfand, am achtzehnten Loch einen schönen langen Drive schlug, mit dem er den Ball rechts neben den Bunker spielte und in einer Linie mit dem Green zum Liegen brachte. Irgendwann zwischen diesem Schuss und 13:48 Uhr – als die Polizei den Raum betrat, nur wenige Minuten nachdem sich Kemp die Waffe in den Mund gesteckt hatte – war Adam verblutet. Frank hatte unzählige Stunden damit verbracht, diese siebenundsiebzig Minuten zu rekonstruieren. Hatte sein Sohn nach seiner Mutter geschrien? Nach ihm? »Bitte, Daddy! Hilf mir, Daddy!« Wie schlimm waren wohl die Schmerzen gewesen? Frank erinnerte sich, dass er Adams Finger einmal versehentlich in der Küchentür eingeklemmt hatte, als der Junge drei Jahre alt gewesen war. Er konnte die Schreie noch immer hören. Aber *diese* Schmerzen?

Allein beim Versuch, sich Adams Qualen vorzustellen, bekam er noch zehn Jahre danach weiche Knie und Schwindelgefühle. Frank war auf genügend Schießständen gewesen, um zu wissen, dass sein Sohn den beißenden Geruch des Kordits gerochen haben musste. Er musste gesehen und gehört haben, wie seine Mitschüler vor Schmerz schrien und weinten. Acht Kinder waren unverletzt geblieben. Was hatten diese Kids getan? Wollten sie den anderen helfen? Hatte vielleicht eines von ihnen versucht, diejenigen zu trösten oder zu beruhigen, die angeschossen waren? Frank hatte sich bemüht, Kontakt zu einigen Eltern der überlebenden Schüler aus Adams Klasse aufzunehmen. Doch die gaben ihm höflich zu verstehen, dass sie ihren Kindern nicht zumuten wollten, dieses Trauma noch einmal zu durchleben.

Also blieb Frank nur seine eigene Vorstellungskraft, die ihn bereitwillig mit allen möglichen Details versorgte: die Blutlachen auf dem Boden, dickflüssig und dunkel wie Motoröl; winzige Fingerchen, die Gedärme in Wunden zurückstopften; die Austrittswunden, die schon bei Erwachsenen so groß wie Unterteller waren. Bei Kindern? Vermutlich wie Suppenschüsseln oder Servierteller. Die vielen kleinen Stimmchen, hoch und schrill, wie sie »Mami, Mami!« schrien, sich zu einem infernalischen Chor vereinigten. Die Brandmale, die der Lauf der Waffe auf der Haut derjenigen hinterlassen hatte, die durch aufgesetzte Schüsse gestorben waren. Es erschien unvorstellbar, aber es sollte sogar noch schlimmer werden. Ein paar Tage nach dem Amoklauf gab Frank dem Nachrichtensender CNN ein kurzes Interview. Krank vor Kummer, murmelte er etwas von der Notwendigkeit, zu verhindern, dass so eine Tat je wieder geschah. Das Video verbreitete sich im Internet. Plötzlich griffen ihn die NRA-Trolle in den sozialen Medien an, und auf Fox nannten sie ihn einen Kommunisten. Beschimpften ihn als schwul. Manche von ihnen stürzten sich auf den Umstand, dass seine Frau von hinten erschossen worden war. Sie legten es als Beweis dafür aus, dass sie weggerannt war und ihre Schüler im Stich gelassen hatte. Frank wusste genau, wohin Pippa gerannt war. Zu Adams Klassenzimmer. Sie war zwanzig Meter davon entfernt auf dem Flur gestorben.

»Scheiß auf diese Schwuchtel und seine feige Schlampe«
@mAGASTeVe33
»Dieser liberale Vollhonk Frank Brill ist ein
Schwanzlutscher«
@patriothunter118822
»Ich wette dem Typ sein Kind starb heulend wie ne Pussy«
@trumper21

Und so ging das immer weiter. Auf gewisse Weise fand Frank diesen Mist sogar heilsam. Der Schock, den er beim Lesen mancher Kommentare empfand, war so ziemlich das Einzige, das die Mauer seiner Taubheit durchbrechen konnte. Diese emotionale Erstarrung während der endlosen, elenden Monate des Sommers 2017, in dem er nach vier Jahren ohne Alkohol wieder täglich zur Wodkaflasche griff. Heulend, wehklagend, brüllend und zähneknirschend schlurfte er in Unterhose in seinem leeren, brütend heißen Haus herum. Niemals wieder würde er Pippa einen eiskalten Pinot Grigio öffnen, wenn er ihr Auto in der Auffahrt hörte. Niemals wieder Karottensticks für Adam schneiden.

Im Herbst 2020, kurz vor der Wahl, wurde Franks Trauer dann von einer noch größeren amerikanischen Tragödie überschattet. Präsident Trump reagierte auf das Massaker an der Truman-Grundschule, indem er einen neuen Beauftragten für Waffenfragen ernannte: den NRA-Vorsitzenden Robert Beckerman. Eine, wie manche fanden, ziemlich merkwürdige Entscheidung. Beckerman verfolgte eine neue Strategie, die dazu führte, dass in der Presse bald von sogenannten »Rambo-Lehrern« die Rede war. Landesweit wurde in den Schulen nach waffenbegeisterten Pädagogen gesucht, die einen Gehaltsbonus erhielten, wenn sie sich an der Waffe ausbilden ließen und diese im Unterricht stets bei sich führten. Beckermans Vorgehen wurde von den Anhängern des Präsidenten zunächst frenetisch gefeiert. Allerdings legte sich die Begeisterung sogar beim harten Kern spätestens nach dem Coolidge-High-Massaker in Kentucky: Die beiden siebzehnjährigen Schüler Lee Marks und Howard Devlin waren mit AR-15-Sturmgewehren und mehreren Pistolen bewaffnet in das Gebäude eingedrungen und hatten das Feuer auf ihre Mitschüler eröffnet, um sie dann gnadenlos niederzumähen. Der Werklehrer Donald Lafferty (bewaffnet mit seinem eigenen AR-15) und Walter Huff, der Hausmeister der Schule, der in der Kammer für die Reinigungsutensilien (neben einer Flasche Fusel) eine Beretta 9 mm gebunkert hatte, stellten sich den beiden Tätern entgegen. Nach Schätzung der Polizei wurden in dem anschließenden chaotischen Feuergefecht mehr als dreitausend Schuss abgegeben. Als sich der Pulverdampf schließlich legte, waren vierundneunzig Schüler und acht Mitglieder des Schulpersonals tot – darunter auch Huff, der versehentlich von der Polizei erschossen wurde. Insgesamt kamen 102 Menschen ums Leben. Damit war es der schlimmste Amoklauf in der Geschichte der USA. Im Anschluss an Trumps Wiederwahl, zwei Monate nach dem Massaker, peitschte Beckerman dann das von ihm eingebrachte Coolidge-Gesetz durch: Es erlaubte das offene Tragen von Schusswaffen überall in den USA.

Die höllische Zeit nach Pippas und Adams Tod hatte für Frank nur ein Gutes. Am Morgen nach der Schießerei an ihrer Schule hatte das Telefon geklingelt. Das war nicht ungewöhnlich, es klingelte damals alle zwei Minuten: die Presse, Freunde, irgendwelche Spinner. Frank ließ die Anrufer auf Band sprechen, lag dabei im Hausflur auf dem Boden, trank Bier und fragte sich, wo er war. Dann hörte er eine hohe und zittrige Mädchenstimme. Sie sagte: »Hi, Dad. Ich bin's. Olivia.«

Olivia, Franks fünfzehnjährige Tochter.

Das einzige Kind aus seiner zweiten Ehe.

Sie hatten seit zwei Jahren nicht mehr miteinander gesprochen.

KAPITEL 4

»Das Land wird unser einundfünfzigster Bundesstaat.«

Kurz nach 19 Uhr druckte Frank ein paar Routenpläne und Karten aus, schaltete den Computer dann aus und brach anschließend zum Essen auf. An der Autotür zögerte er, den Schlüssel schon in der Hand. Bis zu seinem Lieblings-Diner Carlo's waren es zwei Minuten zu fahren oder zehn Minuten zu laufen. Nachdem er die Notwendigkeit, sich zu bewegen, gegen die Kälte abgewogen hatte, steckte er gerade die Autoschlüssel in die Tasche, als jemand rief: »Guten Abend, Frank.« Es war die alte Mrs. Rosen, seine Nachbarin, die ihren kleinen Hund ausführte.

»Hallo, Rachel«, erwiderte Frank.

»Bitterkalt ist das«, sagte Mrs. Rosen.

»Allerdings. Ich hab die Nase voll davon. Morgen verschwinde ich erst mal von hier. Ich fahre für ein paar Wochen runter nach Florida und spiele ein bisschen Golf.«

»Sehr gut, Frank. Das ist genau richtig.«

Frank stapfte mit den Füßen. »So. Ich muss noch was erledigen.«

»Pass auf dich auf, Frank. Und genieß die Sonne.«

»Das mach ich. Ich wünsch dir einen schönen Abend, Rachel.«

Sie blickte Frank nach, als dieser den wärmenden Mantel enger um sich zog, während er unter den kahlen Bäumen die Straße entlanglief, und dachte, was wohl jeder Nachbar dachte, der Frank begegnete: *Du armer, armer Mann.* Frank wusste das, aber es störte ihn nicht. Er sang leise vor sich hin – »You take a little piece of me, with you« – und stieß beim Laufen kleine Atemwölkchen in die Nacht. Am Ende der Straße wartete er kurz, bevor er die Lincoln überquerte, die Hauptstraße, die von Westen nach Osten durch die Stadt verlief. Frank hatte sein ganzes Leben lang hier gewohnt. Seine Eltern, seine Kinder und eine seiner drei Ex-Frauen waren hier begraben. Die Luft um ihn herum – sie war voller Geister. Doch heute Abend kümmerte ihn das nicht. Nein, heute Abend war Frank guter Dinge. Beinahe fröhlich. Während er darauf wartete, dass die Ampel umsprang, horchte er in sich hinein, versuchte zu erspüren, ob das Ding da drin auch wirklich sein zerstörerisches Werk verrichtete. Das Ding, das ihn umbringen würde. Das ihn befreit hatte. Das dafür sorgte, dass er diesen Plan, an dem er schon so lange gefeilt hatte, nun endlich in in die Tat umsetzte.

Links von ihm, im Westen, lag das Stadtzentrum. Rechter Hand, im Osten, ein Viertel namens Barksdale. Früher hatten die Leute es Little Germany genannt. Dort war er zur Highschool gegangen – auf die Jackson. Beim Gedanken daran schoss ihm ein Bild durch den Kopf:

Er sah sich und seinen besten Freund Robbie McIntyre (der orangefarbene Ordner) im Frühling des Abschlussjahres, wie sie auf dem Rücken lagen und einen Joint rauchten, auf dem Flachdach hinter der Schule, mit Blick auf den Sportplatz, wo das Football-Team gerade trainierte. Aus der Ferne hörte man das Gebrüll von Coach Hauser, der die Spieler tadelte oder sie anfeuerte. Robbie war auch im Team gewesen. Und dann plötzlich nicht mehr. Frank sah ihn wieder vor sich, wie er sich aufsetzte, mit geröteten Augen an dem kleinen Joint zog, in die Sonne starrte und leise in sich hineinfluchte: »Diese miese Drecksau ...« Das war alles, was er je dazu gesagt hatte. Hätte Frank schon damals wissen müssen, was los war? Immerhin waren Robbie und er die besten Freunde gewesen.

Bis zu ihrem Schulabschluss. Danach fing Frank bei der Zeitung an, und Robbie ging nach North Carolina aufs College. Frank hatte ihn erst zehn Jahre später wiedergesehen – auf Robbies Beerdigung. Er lag in einer Kiste aus Kiefernholz, seine Haut war kreideweiß. Es war das erste Mal, dass Frank einen Toten sah. Robbie war achtundzwanzig Jahre alt geworden.

Die Ampel sprang um, und Frank überquerte die nächtliche Straße, während er weiter Zwiesprache mit seinen Toten hielt. Das Diner war hell erleuchtet, das Schaufenster beschlagen. Hinter dem Grill hantierte Carlo in seinem weißen Kittel herum, und die Kellnerinnen, ganz in Schwarz, trugen Kaffeetassen und Krüge mit Eiswasser an die Tische. Für einen Wochentag war der Laden gut gefüllt. Bei Franks Eintreten bimmelte die Glocke, und vereinzelt hoben Gäste den Blick. Dem einen oder anderen nickte er zur Begrüßung zu.

Das ist Frank Brill, der arme Kerl. Seine Frau. Und sein Sohn. Seine Tochter auch. Armer Frank.

O ja, und stellt euch vor, ihr Arschlöcher, hätte Frank am liebsten gesagt, *jetzt habe ich auch noch Krebs. Wie findet ihr das? Setzt das dem Ganzen nicht die Krone auf?*

»Hallo, Frank«, begrüßte ihn die junge mexikanische Kellnerin, die er so sympathisch fand – Carmel? Nein, Carmen –, und führte ihn zu einer Sitznische. Na gut, ganz so jung war sie auch nicht mehr. Vermutlich Ende dreißig. »Ich hab Sie über die Straße gehen sehen«, sagte sie und schenkte ihm etwas Wasser ein, bevor sie das Besteck und die Speisekarte vor ihn legte. »Ganz schön kalter Abend für einen Spaziergang ...«

»In meinem Alter muss man sich fit halten.«

»Nein, nein. Sie sind doch in den besten Jahren. Eine Cola Light?«

»Gerne. Was ist das Tagesgericht?«

»Hühnchenpastete.«

»Das nehme ich. Danke, Carmen.«

Frank zog den Ordner aus seiner Jacke und legte ihn neben das Wasserglas. In der Nische auf der anderen Seite des Gangs erschallte Gelächter. Vier Kerle Mitte dreißig teilten sich einen Pitcher mit Bier und eine Schüssel Chicken Wings. Er kannte sie nicht. Sie sahen aus, als wären sie nicht von hier. Alle vier hatten ihre Waffen – drei Automatikpistolen und einen großen Revolver – auf den Tisch gelegt. Es blieb kaum noch genug Platz für das Essen und die Getränke. Kein ungewöhnlicher

Anblick in diesen Tagen. Die Leute wollten sich hinsetzen, um etwas zu essen. Aber die Dinger hingen am Gürtel, unter den Armen oder steckten sogar im Hosenbund (in den meisten Staaten blieb das unbestraft, obwohl das Tragen eines Holsters gesetzlich vorgeschrieben war) und störten dabei, also landeten sie eben auf dem Tisch. Das Coolidge-Gesetz. Die Kellnerin brachte seine Cola. Frank schüttete sie in das eisgekühlte Wasserglas. Er störte sich nicht daran, dass der Schaum über den Rand lief und auf dem Tisch Pfützen bildete. Er trommelte mit den Fingern auf dem orangefarbenen Ordner. Akte Nummer eins.

Die Liste. Wann hatte er damit angefangen?

Vor drei Jahren. Nach Olivia. Ein Psychologe hätte sie vermutlich als »Bewältigungsstrategie« bezeichnet. Als einen Weg, um seine Machtlosigkeit und seine Wut zu kanalisieren. Nachdem ihm vor ein paar Monaten der Verdacht gekommen war, der bei seinem Besuch in der Praxis von Dr. Bowden bestätigt wurde, hatte Frank sich der Liste mit neuem Eifer zugewandt. Wie sein Krebs war auch sie stetig weiter angewachsen. Aus zwei Namen waren erst drei, dann vier und schließlich – nach reiflicher Überlegung und Recherche – fünf geworden.

Fünf Namen. Die Auswahl war teils persönlich, teils politisch motiviert, obwohl selbst das Politische noch ziemlich persönlich war.

Frank hatte zu jedem dieser Namen eine eigene Akte angelegt. Natürlich hatten manche mehr Recherche und Planung erfordert als andere. Und als der Arzt heute

Mittag die drei magischen Worte ausgesprochen hatte, lag die Konsequenz auf der Hand. Noch vor dem Verlassen der Praxis war die Liste von einem therapeutischen Hilfsmittel zu etwas überaus Handfestem geworden. Auf gewisse Weise, das wurde Frank nun klar, hatte er auf diese Diagnose gewartet, beinahe darauf gehofft. Er nippte an seiner Cola. »Wäre unsere Lebenszeit nicht so begrenzt«, hatte ein befreundeter Arzt mal zu ihm gesagt, »würden wir alle irgendwann Krebs kriegen.«

»Bitte sehr, Frank. Darf es sonst noch was sein?«

»Nein, danke.«

Vom Tisch gegenüber ertönte erneut schallendes Gelächter. Die Gruppe leerte bereits ihren zweiten Pitcher. Frank schnitt in die Kruste der Pastete. Dampf stieg ihm ins Gesicht und ließ seine Brillengläser beschlagen. Die Füllung – Hühnerbruststückchen mit Erbsen und Möhren in einer dicken Soße – war zu heiß, um sie sofort zu essen. Frank tunkte eine Gabel mit Kartoffelstampf hinein und schob sie sich in den Mund. Die Pastete war gut, aber er hatte mal wieder keinen Appetit. Schon seit einiger Zeit musste er sich zum Essen zwingen. Langsam kauend ging er noch einmal die Streckenplanung durch. Anfangs hatte sie sich ständig geändert, und zwar jedes Mal, wenn er die Reihenfolge umstellte. So lange, bis er sich schließlich entschlossen hatte, die Chronologie nicht nach der geografischen Zweckmäßigkeit, sondern nach der Schwierigkeitsstufe auszurichten. Man sollte den zweiten Schritt schließlich nicht vor dem ersten machen. Auf diese Weise würde er zwar kreuz und quer durchs Land fahren, aber das ging in Ordnung. Geld war kein Problem: Nach seiner Kalkulation hatte er mehr als genug, um die Sache zu Ende zu bringen. Oder zumindest so weit zu kommen, wie es ihm eben möglich war. Notiz am Rande: Er musste morgen zur Bank, um ein paar Tausend Dollar für Reise- und Übernachtungskosten abzuheben. Kreditkarten wollte er nur im Notfall benutzen, um möglichst wenig Spuren zu hinterlassen.

»Alter, das ist 'ne *Investition*. Für die nächste Generation.«

»Blödsinn. Das Land ist für immer unbewohnbar, Mann.«

Je mehr sich der zweite Pitcher leerte, desto lauter wurden die Typen gegenüber.

»Erzähl keinen Scheiß. In Hiroshima leben auch Menschen, stimmt's? Im beschissenen *Hiroshima*. Hab ich recht? Wie lang hat das gedauert? Dreißig oder vierzig Jahre?«

»Ganz genau. Oder dieses Kaff in Russland. Cher-nochwas. Ist Jahre her. Die Russkis leben da jetzt auch wieder.«

»Kann sein. Das ist aber was völlig anderes, da drüben ... Kommt schon, Leute: Wir haben das Land *ausradiert*.«

»Aber hallo.«

»Wenn ich's euch doch sage. Noch dreißig Jahre! Das Land wird unser einundfünfzigster Bundesstaat. Ich sag's euch, Mann.«

Die Rede war von Nordkorea. Sie diskutierten darüber, was mit den rund 80 000 Quadratkilometern geschehen sollte, die davon übrig waren. In seinen letzten Tagen im Amt hatte Trump voller Enthusiasmus von den »gewaltigen« Möglichkeiten geschwärmt, die sich dem Baugeschäft dort boten. Frank starrte mit gesenktem Kopf auf sein Essen.

»Golfplätze, Hotels, Casinos …«

»Hallo, können wir bitte die Rechnung haben.«

»Das wird wie 'ne Mischung aus Vegas und Hawaii.«

»Voll der Hammer, Mann.«

»Nein, Alter, das sind mehr als fünfzehn Prozent. Ein Fünfer reicht völlig. Die Schlampe war voll lahm. Das Essen hat ewig gebraucht«, hörte Frank die Typen um Carmens Trinkgeld schachern.

Für Präsidentin Ivanka schien der Wiederaufbau von Nordkorea keine Priorität mehr zu sein. Im Einklang mit dem, was viele Kommentatoren auf Fox als »Trump Light«-Politik bezeichneten, war der Ton der neuen Regierung tatsächlich sanfter geworden. Von »Siegesbeute« wurde kaum noch gesprochen und stattdessen vermehrt den Forderungen der internationalen Gemeinschaft das Wort geredet: Reparationszahlungen für die überlebenden Nordkoreaner, für alle Südkoreaner und die Menschen im Norden Japans, die Bürger von Sapporo, die durch die andauernden Nordostwinde nach dem unangekündigten Abwurf der 200-Megatonnen-Bombe radioaktiv verseucht worden waren. Die Weltgemeinschaft vor den Kopf zu stoßen, fiel Ivanka nicht ganz so leicht wie ihrem Vater. Oder ihrem Bruder. Die Entscheidung, ob Ivanka oder Don Jr. ihrem Vater auf den Thron folgen sollten, war offenbar eine recht knappe Angelegenheit gewesen. Don Jr. schlug sich besser an der Basis, beim harten Kern der Anhänger, aber Ivanka hatte das Potenzial, mehr unentschlossene, mehr weibliche und mehr beziehungsweise zumindest ein paar gebildete Wähler an sich zu binden. Am Ende setzten die Trumps – vollkommen richtig – darauf, dass der Markenname ausreichen würde, um die Stammwähler bei der Stange zu halten, und dass Ivanka deren Zahl vielleicht sogar vergrößern würde. Gerüchteweise hatte sich selbst Trump gefragt, ob sein Sohn nicht einfach *zu* dumm und *zu* durchgeknallt war. Wenn Ivanka zu viel über Frauenrechte sprach oder sich zu offensichtlich an die LGBT-Gemeinde ranschmiss, begab sie sich auch heute noch auf dünnes Eis. So was gefiel der Basis überhaupt nicht. Das bügelte der Clan dann wieder aus, indem er Don Jr. auf Fotosafari in den Mittleren Westen schickte. Oder er ließ ihn in irgendeiner Arena schimpfen und brüllen. Es gab Gerüchte, dass die Trumps planten, ihren Coup 2028 zu wiederholen, indem sie Hannity in die Wüste schickten und Don Jr. zum Vizepräsidenten ernannten. Als Testlauf.

Die Waffenfreaks brachen auf. Frank beobachtete, wie einer von ihnen, ein kräftiger Kerl mit kariertem Hemd, Cargohose und einem kleinen Kinnbärtchen, seine Knarre demonstrativ in sein Lederholster schob. Frank seufzte und schüttelte den Kopf. Der Typ bekam das mit. »Entschuldigung?«, sagte er.

»Wie bitte?«, erwiderte Frank.

»Hast du ein Problem, mein Freund?«

»Die Waffe«, murmelte Frank und deutete mit einem Nicken in Richtung des Schulterholsters. Der Kerl blickte auf den geriffelten Gummigriff seiner Automatik, fast so, als wäre er überrascht, sie dort zu sehen, dann starrte er Frank an. »Geladen, entsichert und rund um die Uhr griffbereit, Alterchen ...«

»Bist ein richtig harter Typ, was?«, antwortete Frank.

Die Freunde des Kerls scharten sich um ihn. Zu viert bauten sie sich vor Franks Sitznische auf und starrten ihn giftig an. »Wie war das, Mister?«, fragte einer von ihnen.

»Harte Burschen seid ihr. Protzt mit euren Knarren rum und jagt den Leuten Angst ein.«

Der Typ mit dem Bärtchen machte drohend einen Schritt auf Frank zu. Einer der anderen legte ihm die Hand auf den Arm. »Vergiss den Wichser, Al«, sagte er.

»Du trägst also keine Waffe – obwohl sich das für einen guten Amerikaner gehört?«, stichelte der Kinnbart.

»TRUMP!«, brüllte der andere Frank ins Gesicht. »TRUMP! Wenn's dir nicht passt, dann verpiss dich doch.«

TRUMP! TRUMP! Obwohl er schon seit einigen Jahren nicht mehr im Amt war, waren die Rufe immer noch ständig und überall zu hören, auf der Straße, in den Kneipen, bei Streitereien. Sie brüllten seinen Namen, weil er für ihre Überzeugungen stand. Ihn zu proklamieren, war ein Glaubensbekenntnis. Ein Wort, ein Credo, eine Marke.

»He! Bitte! Das reicht jetzt!«, sagte Carmen, die nun mit Carlo im Schlepptau auf der Bildfläche erschien. »Hier sind Familien, die in Ruhe essen wollen.«

»Fick dich, du Schlampe! Hast du 'ne Aufenthalts-genehmigung? Na? Hast du?«

»Vielleicht jagen wir dir ja die Ausländerbehörde auf deinen braunen Pelz.«

»Raus. Los, verschwindet!« Das war Carlo.

»Du kannst dein Trinkgeld vergessen, du Schlampe.«

»Geht einfach.«

Sie schoben sich an ihnen vorbei zur Tür, und die anderen Gäste starrten mit gesenktem Kopf auf ihr Essen, um jeglichen Blickkontakt zu vermeiden. »TRUMP, IHR WICHSER!«, brüllte der Bärtige beim Rausgehen, und ein einzelner Gast bekundete seine Unterstützung, indem er ihm ein solidarisches »Trump!« hinterherrief. Die Türglocke bimmelte, und dann war es wieder still.

»Frank«, sagte Carlo. »Mach doch nicht immer solchen Ärger.«

KAPITEL 5

»Die schnellste Strecke ist immer die, die man kennt ...«

Am nächsten Morgen, einem Samstag, war Frank wie üblich früh auf den Beinen – noch vor Sonnenaufgang. Er packte zügig und effizient. Ein großer Rollkoffer mit ausreichend Kleidung und Toilettenartikeln für eine Woche musste reichen. Er plante zwar, länger unterwegs zu sein, aber wenn er etwas benötigte, würde er sich eben neue Sachen kaufen und das alte Zeug entsorgen. In einem Kleidersack verstaute er seinen guten blauen Anzug (Olivia hatte ihn für Pippas und Adams Beerdigung mit ihm zusammen ausgesucht ... der einzige Anlass, zu dem er ihn getragen hatte), ein Sakko und ein paar Krawatten. Vielleicht würde er ja mal ausgehen. Sich ein letztes schickes Essen gönnen. In eine Umhängetasche packte er seinen Laptop, Akkus, die fünf Ordner, die übrigen Notizblöcke, seine Woodsman Kaliber .22 und eine Schachtel mit Munition. Er wusste, dass die Woodsman nicht die geeignete Waffe für sein Vorhaben war, aber seiner Meinung nach sollte sie für die Nummer eins ausreichen. Danach würde er weitersehen. Er brachte das Gepäck raus zum Auto, lud es in den Kofferraum und kehrte wieder ins Haus zurück.

Als draußen das erste Licht die Dunkelheit aufhellte, ging Frank bei einem Kaffee noch einmal seine Route durch: raus aus der Stadt, südwärts bis auf die Interstate 64, dann immer nach Westen. Mit ein bisschen Glück würde er zur Mittagszeit in St. Louis sein. Nach einem kurzen Imbiss ging es anschließend rund acht Stunden lang auf der I-44 bis runter nach Oklahoma City.

Insgesamt lagen nicht mehr als zwölf Stunden Fahrt vor ihm. Trotzdem fühlte es sich an, als ob der Kerl, der das Ziel dieser Reise war, all die Jahre in einem anderen Land, wenn nicht sogar auf einem anderen Planeten gelebt hatte.

Frank füllte seinen Flachmann mit dem restlichen Kaffee und schaltete alle Elektrogeräte ab. Er drehte die Heizung aus und vergewisserte sich, dass die Hintertür abgeschlossen war. Dann stellte er den Brief auf den Kaminsims, wo man ihn auf jeden Fall finden würde. Bevor er das Haus verließ, blickte er sich ein letztes Mal um. Er fragte sich, ob er angesichts der Gewissheit, dass er niemals hierher zurückkehren würde, nicht etwas mehr empfinden sollte. Oder zumindest das Bedürfnis verspüren müsste, ein paar Worte zu sagen. Doch ihm fiel nichts ein. Nur, wie Adam sich immer verabschiedet hatte, wenn sie nach Florida in ihre Ferienwohnung gefahren waren.

»Mach's gut, Haus«, hatte Adam dann gesagt.

»Mach's gut, Haus«, sagte Frank.

Zum Frühstück stoppte er bei McDonald's. Warum sollte er sich jetzt noch um sein Gewicht und seinen Cholesterinspiegel sorgen? Er holte sich einen Hash Brown sowie einen McMuffin mit Würstchen und Ei. Eigentlich das Einzige, was ihm bei McDonald's schmeckte, doch er bekam nur ein paar Bissen runter. Die Bank hatte gerade erst geöffnet, als er dort ankam, und trotzdem bildete sich vor den Schaltern bereits eine Schlange. Während er wartete, begrüßte er ein paar Leute mit einem Nicken. (*Armer Frank. Der arme Mann.*) Als ehemaliger Chefredakteur der Lokalzeitung und natürlich wegen seines tragischen Schicksals war Frank vielen Bürgern von Schilling besser bekannt als sie ihm. Das war einer der Gründe dafür, dass er kaum noch vor die Tür ging, schon gar nicht samstagmorgens ins Stadtzentrum. Aber am Geldautomaten hätte er bloß ein paar Hundert Dollar bekommen, deshalb blieb ihm keine Wahl. Ein älterer Herr, den Frank aus dem Golfclub kannte und der gerade einen Einzahlungsbeleg in die Gesäßtasche seiner Altmännerhose schob, sprach ihn an. »Hallo, Frank«, sagte er. »Wie geht's?«

»Gut, gut ...«

»Hier ist immer 'ne Schlange, nicht wahr?«

»Ja, immer.« In der Stadt gab es nur noch diese eine Bank. Früher hatte man an jeder Ecke eine finden können.

»Ich hab dich lange nicht mehr im Club gesehen.«

»Mein Knie. Ist im Arsch. Ich werde wohl ein neues brauchen.«

»Oh, verdammt.«

»Allerdings.«

»Was sollen wir machen, Frank? Wir werden alt.«

»Das stimmt.«

»Ich hab letztens erst zu Freddie Lewis gesagt ... du erinnerst dich doch an Freddie? Er ...«

Über einem freien Schalter blinkte das Licht auf. »Tut mir leid, ich muss ...«

»Kein Problem. Lass dich nicht aufhalten.«

»Also dann. Mach's gut.«

Frank schob den Auszahlungsschein über den Tresen. Die Kassiererin runzelte die Stirn. Sie war jung, hübsch und etwa im selben Alter, in dem seine Tochter jetzt gewesen wäre. »Tut mir leid, Mr. Brill, aber das sind dreitausend Dollar.«

»Na und? Auf dem Konto müssen fünfzehntausend sein.«

»Ja. Aber bei Barabhebungen, die zweitausend Dollar überschreiten, müssen wir vorab informiert werden.«

»Seit wann?«

»Schon seit ein paar Jahren. Wir haben einfach nicht mehr so viel Bargeld vorrätig wie früher. Heutzutage zahlen die Leute eher mit ...«

Frank seufzte und lehnte sich auf den Tresen des Schalters. »Können Sie für mich denn keine Ausnahme machen?«

»Einen kurzen Moment, bitte ...«

Sie eilte davon. *Heutzutage zahlen die Leute eher mit ...*

O ja, dachte Frank, *sie bezahlen sogar eine beknackte Dose Cola oder einen Schokoriegel mit ihrer Kreditkarte. Bargeldlos hier, Apple Pay da.* Vor ein paar Wochen hatte er auf dem Markt gesehen, wie ein junger Bursche versuchte, eine Banane mit dem Smartphone zu bezahlen. Ungelogen. Der Kerl war sogar angepisst, dass es nicht ging. Aber vermutlich würde es nicht mehr lange dauern, bis auch das ganz normal war. Bargeld würde dann endgültig der Vergangenheit angehören. Das hätte auch Vorteile: Sie wären die neuen Hundert-Dollar-Scheine wieder los. Die mit Trump drauf. Das Gesicht extra schlank und die Schultern betont muskulös gezeichnet, den stolzen Blick in die Ferne gerichtet. Ihre Einführung war eine von Ivankas ersten Amtshandlungen gewesen. In Kalifornien wurden die Scheine offenbar boykottiert. Das musste man sich mal vorstellen: ein Kind, das versuchte, mit dem Handy eine Banane zu kaufen. So weit war es schon gekommen. *Himmel, du solltest dich hören,* dachte er, *du klingst wie ein alter Mann.* Besser, er hielt die Füße still und erregte keine unnötige Aufmerksamkeit. Sollte er mehr Geld brauchen, als die Bank ihm gab, konnte er jederzeit zum Geldautomaten gehen.

Mit einem diensteifrigen Lächeln im Gesicht kehrte die Kassiererin zurück. Frank schaute hinüber zu dem Büro, aus dem sie gekommen war, und sah durch die Glastür, wie ihr der Filialleiter hinterherblickte. Ben Soundso. Er war in der Schule ein paar Klassen unter Frank gewesen. »Alles bestens, Mr. Brill, bitte entschuldigen Sie die kleine Verzögerung. Also, wie soll ich das Geld stückeln?«

Um 9:25 Uhr saß Frank wieder hinterm Steuer und verließ die Stadt Richtung Westen. In der Innentasche seines Sakkos steckte ein Umschlag, prall gefüllt mit zwanzig Hundert-Dollar-Noten, von denen ihn Trumps Gesicht anstarrte. Zehn Fünfziger, zwanzig Zwanziger und zehn Zehner. Im Radio lief sein Lieblingssender, und die Klimaanlage war auf die richtige Temperatur eingestellt.

In Carefree, etwa zwanzig Kilometer nördlich von dort, wo der Ohio die Grenze zu Kentucky bildet, erreichte er die I-64, bog dann rechts auf den Freeway ab und fuhr schon bald durch die Wälder des Hoosier Nationalparks. Nackte Platanen zu beiden Seiten der Straße und die aufsteigende Sonne im Rücken, ging es erneut westwärts. Er war noch nie im Winter hier durchgekommen. Frank hatte diese Wälder immer mit der glücklichen Anfangszeit seiner ersten Ehe verbunden. Mit ihren gemeinsamen Sommerferien, damals in den späten Achtzigern und frühen Neunzigern, als sie kaum Geld hatten. Wie so häufig, wenn man weite Strecken alleine fährt, schweiften Franks Gedanken, eingelullt vom Summen des Asphalts unter den Rädern, zurück in die Vergangenheit …

Die Eltern von Grace – der alte Tony Deefenbach und seine Frau Marge – besaßen eine Ferienhütte am Lake Monroe. Zwei Schlafzimmer und fünfhundert Quadratmeter Wald, mit einem kleinen Teich und einer Feuerstelle zum Grillen. Frank war damals Anfang zwanzig gewesen. Wie die meisten jungen Leute hatte er gegen einen guten Schluck nichts einzuwenden. Eines Tages saßen Tony und er nach dem Essen auf der Veranda, während die Frauen das Geschirr abspülten (*Mann, das sollte man heute mal versuchen*, dachte Frank), und gönnten sich einen. Wie hieß das Zeug noch mal, das der alte Deefenbach immer getrunken hatte? Amaretto. Wie so viele dieser Oldies, die in der Zeit der Großen Depression aufgewachsen waren, stand Tony auf Süßes. Er war ein zäher alter Hund. Ein kräftiger Kerl mit Stoppelfrisur. Reagan-Fan. Hatte die Landung in der Normandie überlebt. Von Tony hatte Frank die Woodsman bekommen, und er hatte ihm auch beigebracht, wie man damit schoss. Draußen im Wald hinter der Hütte hatte er auf Flaschen und Dosen gezielt. (»Verdammt, Frankie, drück zu! Kräftig! Wie bei 'ner Titte!«) Als er zum ersten Mal versucht hatte, das Magazin neu zu laden, waren ihm die winzigen .22er-Patronen zu Tonys großem Ärger wie Tic Tacs durch die patschigen Finger gerutscht und zwischen die Blätter und Piniennadeln auf den Waldboden gefallen.

Aber sein Schwiegervater war kein schlechter Kerl gewesen. Er hatte Frank in sein großes Herz geschlossen – was der ihm dankte, indem er es brach und Tonys Tochter mit Cheryl betrog. Und das auch noch gleich nachdem Grace ihre Fehlgeburt hatte. Er war mit Cheryl im Kino gewesen. Sie hatten sich *Titanic* angesehen. Nachdem sie sich lange nur in dunklen Ecken herumgedrückt hatten, war es ihr erstes richtiges Date. Doch kaum dass er wieder zu Hause war, hatte das Telefon geklingelt. Der Alte, der bereits auf die achtzig zuging, hatte ordentlich einen im Kahn ... und geigte ihm gewaltig die Meinung. »Du Hurensohn, du nichtsnutziger, untreuer Hurensohn!«, hatte er ihn beschimpft. Und alles, was Frank erwidern konnte, war: »Es tut mir leid, Tony. Ich wollte ihr nicht wehtun. Es tut mir ehrlich leid.« Als Cheryl dann während des Telefonats aus dem Bad kam, hatte Frank einfach aufgelegt und ihr gegenüber behauptet, der Anrufer habe sich verwählt. Nach diesem schrecklichen Abend im Jahr 1997 hatte Tony nie wieder mit ihm gesprochen. Grace heiratete später dieses Arschloch von einem Zahnarzt, was alles nur noch schlimmer machte. Der Kerl brachte sie um ihr gesamtes Erspartes. Und auch Tony sollte er einen Großteil seines Geldes kosten. Es war natürlich nicht Franks Fehler, dass Grace diesen Kerl geheiratet hatte. Sie war wütend gewesen, verletzt, Mitte dreißig, kinderlos, musste über eine schlimme Enttäuschung hinwegkommen und hatte vielleicht Torschlusspanik gekriegt. Aber wenn Frank sie nicht für Cheryl verlassen hätte, dann wäre womöglich alles anders ausgegangen und Grace nicht zur Alkoholikerin geworden. (Diese endlosen Spekulationen: *Wenn X nicht passiert wäre, wäre Y nicht passiert, und dann ...*) Der alte Deefenbach war ein paar Jahre danach gestorben. Auf Tonys Beerdigung war Frank nicht erwünscht gewesen. Tony und Grace waren weiß Gott nicht die einzigen Menschen, denen Frank wehgetan hatte. Im Laufe seines Lebens hatte er eine Menge Scheiße gebaut. Aber Frank sah eine Chance, zumindest ein bisschen davon wiedergutzumachen, und mit jedem Kilometer Asphalt, der vor ihm in der Morgensonne glänzte, rückte diese Chance ein Stück näher.

Sein Handy brummte: Das Navi informierte ihn, dass eine kürzere Route verfügbar war, aber Frank beschloss, es zu ignorieren und auf der I-64 zu bleiben. Das erinnerte ihn an ein Gespräch, das er vor einer Ewigkeit – lange bevor es Navis, Google Maps, GPS und all diesen Kram gab – mit Tony geführt hatte. Frank hatte Grace nach einem Date daheim abgesetzt und dort laut überlegt, auf welcher Route er am schnellsten zum Haus seiner Eltern zurückkäme. »Weißt du was, Junge«, hatte Tony gesagt und seine Hand auf Franks Schulter gelegt. Sie standen im Hausflur, und durch die offene Küchentür konnte er Grace und ihrer Mom dabei zusehen, wie sie mit lautem Klirren und Klappern Töpfe und Pfannen wegräumten. In der Luft hing der Geruch des Abendessens (Hühnchen, Paprika). »Die schnellste Strecke ist immer die, die man kennt ...«

Es stand außer Frage, dass Frank in seinem Leben eine Menge bedeutsamere Gespräche geführt hatte. Zum Beispiel, als er mit Grace Schluss gemacht hatte. Warum war ihm dann ausgerechnet dieses im Gedächtnis geblieben? Selbst Jahrzehnte danach? Warum erinnerte er sich an eine ganz konkrete Formulierung aus dieser Unterhaltung und exakt daran, wo er in dem Moment gestanden hatte, als sie geäußert wurde, wenn ihm aus Gesprächen, die sehr viel folgenschwerer waren, nicht ein einziger Satz einfiel?

Gott, woran man sich so alles erinnerte.

Ein rhythmisches Rattern, verursacht durch die Metallfugen einer Brücke, holte Frank in die Gegenwart zurück. Der Blick aus dem Fenster verriet ihm, dass er gerade den Wabash überquerte, der hier die Grenze zwischen Indiana und Illinois bildete.

Die wilde Ödnis entlang des Wabash gehörte zum Drei-
ländereck, bestehend aus dem Nordwesten Kentuckys,
dem Südwesten Indianas und dem Südosten von Illinois. Ihm wurde klar, dass über eine Stunde verstrichen
war, seit er den Wald durchquert hatte. Seine Kiefer-
muskeln schmerzten bereits vom Gähnen. Es war kein
gutes Zeichen, dass er aus seinem Tagtraum nur erwacht
war, weil der Straßenbelag gewechselt hatte. Ein paar
Kilometer hinter der Brücke sah er ein Hinweisschild
auf eine Raststätte. Eine Tasse Kaffee. Ein kleiner Imbiss.
Volltanken. Den Augen ein oder zwei Minuten Ruhe gönnen. »Können wir anhalten, Daddy? Bitte, bitte, ja?«, hatten die Kinder immer gebettelt und dann laut gejubelt,
wenn er schließlich nachgab. Seine toten Kinder.

* * *

Frank parkte direkt vor dem Restaurant unter der rot-
weiß-blauen Leuchtreklame. Er war schon lange nicht
mehr in einem Road King gewesen. Hier in Illinois
war die Rasthof-Kette deutlich häufiger vertreten als
drüben in Indiana. Ihr Logo hatte sich in den letzten
zehn Jahren stark verändert. Es hatte immer schon rote,
weiße und blaue Elemente besessen, aber nun war es
im Grunde ein riesiges Stars-and-Stripes-Motiv. Der »Un-
terstützt unsere Truppen«-Schriftzug darunter wirkte,
als wäre er fester Bestandteil des Logos.

Frank klappte den Sitz zurück und schloss für einen
Moment die Augen. Er öffnete das Fenster eine Hand-
breit, um frische Luft hineinzulassen, und der Lärm des

Autohofs drang in den Wagen: das Zischen und Quietschen, wenn die großen Trucks zum Stehen kamen oder losfuhren; das *Ding-ding-ding* der Zapfsäulen; das Brummen und Klappern der elektrischen Türen, wenn die Kunden kamen und gingen; das Dröhnen der Hupen auf dem Highway; Musik – Rock, Hip-Hop, Pop – aus den sich öffnenden Autotüren; Kindergeschrei und Gesprächsfetzen auf Englisch und sogar auf Spanisch, das man heutzutage nicht mehr so häufig in der Öffentlichkeit zu hören bekam. Die komplette Geräuschpalette des inneramerikanischen Transitverkehrs.

Im Rasthof war es hell und laut. Nach einem ausgiebigen Besuch auf der Toilette kaufte sich Frank eine Packung Minzdragees und einen Becher Kaffee. In der Schlange an der Kasse lauschte er abwechselnd der Musik – einer Instrumentalversion von »Livin' La Vida Loca« – und den Gesprächen um ihn herum – *»Ich habe ›nein‹ gesagt, junge Dame ... sobald wir angekommen sind ... Hast du mir da Zucker reingetan? ... Ich geh mal kurz auf Toilette ... Wir treffen uns am Auto ... Oh, bring mir bitte Erdnusskrokant mit ...«* Mit müden Augen starrte er auf die Regale und korrigierte in Gedanken reflexhaft die handgeschriebenen Schilder: lauter Grabsteine für gemeuchelte Sprache, auf denen »Tee« und »Kaffee« mittels Anführungsstrichen zu Surrogaten ihrer selbst degradiert wurden, gespickt mit überflüssigen oder fehlenden Apostrophen, groben Rechtschreibfehlern und schrecklich entstellten Wörtern, an denen ein irrer Professor grausame Grammatikexperimente durchgeführt hatte. »Dass Leben ist zu kurz um Billig-Bier zu trinken«, verkündete ein Schild. Den Redakteur in Frank machte das jedes Mal rasend, und er fragte sich unweigerlich, ob Amerikas Niedergang damit zusammenhing. Aber er war zu alt und zu müde, um daraus eine schlüssige Theorie zu entwickeln. Außerdem hatte das vermutlich längst jemand erledigt. Im *New Yorker*. Oder im *Atlantic*. Jemand, der jünger und cleverer war.

Schon komisch … noch 2016, vor zehn Jahren also, hatten in Illinois, dem Staat, in dem er sich gerade befand, beinahe sechzig Prozent der Bevölkerung Clinton gewählt, wobei Chicago natürlich stark ins Gewicht fiel. In Indiana, auf der anderen Seite des Wabash, den er gerade überquert hatte, also nur ein paar Kilometer weiter, hatte dagegen nahezu derselbe Prozentsatz für Trump gestimmt. Das hatte sich gründlich geändert. 2024 war Ivanka in Illinois zwar immer noch gescheitert, aber schon sehr viel knapper. Wobei das mittlerweile keine Rolle mehr spielte, denn die politische Landkarte Amerikas sah inzwischen aus wie eine Blutprobe unter dem Mikroskop: ein dicker roter Flatschen mit ein paar winzigen blauen Viren (Kalifornien, New York) darin. Frank fragte sich, wie es bei den nächsten Wahlen wohl aussehen würde.

Aber das Jahr 2028 würde er ohnehin nicht mehr erleben.

Plötzlich quietschten draußen Reifen. In der Warteschlange reckten alle ihre Hälse, um zu sehen, wie zwei schwarze Vans auf den Parkplatz rasten. Sie waren noch nicht zum Stehen gekommen, da sprangen bereits mit Schutzwesten, Helmen, Gewehren und Schlagstöcken ausgerüstete Männer aus den Fahrzeugen und rannten auf den Shop zu. Vor ihm in der Schlange brach Chaos aus. Zwei Männer – beide Mexikaner – sprinteten unvermittelt los. Dabei warfen sie einen Ständer mit Dips um. Salsa-Gläser zersplitterten auf dem Kachelboden. Einer der Mexikaner durchbrach eine Tür mit der Aufschrift »Nur für Angestellte«. Der andere wollte ihm folgen, wurde aber von einem großen Biker-Typen daran gehindert. In diesem Augenblick stürmte das Einsatzkommando durch die Eingangstür. »Das ist nicht nötig, Sir, wir machen das schon!«, herrschte einer der Beamten den Biker an, als dieser den strampelnden Mexikaner zu Boden schlug.

»Keine Panik, Leute!«, brüllte ein anderer Helmträger. »Bleiben Sie einfach, wo Sie sind!«

Jetzt sah Frank den Schriftzug auf den Rücken ihrer Jacken: ICE – Immigration and Customs Enforcement. Von draußen drangen Gebrüll und Geschrei herein: Auf dem Parkplatz umringten die Beamten einen Pick-up. Mit Waffengewalt zwangen sie eine Familie, aus dem Wagen zu steigen: zwei Mexikanerinnen und eine Reihe von Kindern, also vermutlich sogar mehrere Familien. Alle waren in Tränen aufgelöst. Auch der Mann, der durch die Hintertür geflüchtet war, erschien wieder auf der Bildfläche. Flankiert von zwei weiteren ICE-Beamten, die ihm wohl draußen aufgelauert hatten, wurde er um die Ecke des Gebäudes herumgeführt. Als sie ihn in einen der Transporter schubsten, rief er seiner Familie wieder und wieder etwas zu: »*No te preocupes! Papá regresará en un rato! No te preocupes! Papá regresará en un rato!«* Nur zehn Meter von Frank entfernt, der nervös seine Einkäufe umklammerte, hatten sie dem anderen Mexikaner Handschellen angelegt und zerrten ihn auf die Füße. Ein paar Leute redeten auf die Beamten ein – »He! Nicht so grob! Lasst ihn in Frieden!« –, aber deutlich mehr schrien auf den Mexikaner ein oder beglückwünschten den Biker. Eine Frau in Franks Alter filmte alles mit ihrem Smartphone, und ein ICE-Beamter schlug es ihr aus der Hand. »He!«, rief sie. »Das können Sie nicht machen!« Und ob er das konnte. Laut dem sogenannten Extreme Patriot Act, den das Kabinett 2022 nach dem Bombenanschlag in San Francisco verabschiedet hatte, war es illegal, »Staatsorgane bei der Ausübung ihrer Pflichten zu behindern, etwa durch nichtautorisierte Film- oder Tonaufnahmen«. »DAMIT IST SCHLUSS, WENN DIE MAUER ENDLICH FERTIG IST!«, rief ein Mann dem blutenden Mexikaner nach, als dieser abgeführt wurde, und bekam dafür Applaus. Frank verfolgte, wie die Frauen und Kinder in einen der Transporter und die Männer in den anderen geladen wurden, bevor beide mit Blaulicht und Sirenengeheul über den Highway davonbrausten. In der Warteschlange ging das Geplapper los, der Biker ließ sich noch einmal abklatschen, und aus den Lautsprechern tönten – nun wieder deutlich vernehmbar – die letzten Takte von »Livin' La Vida Loca«. Der ganze Spuk konnte nicht länger als drei oder vier Minuten gedauert haben.

Eine Angestellte wischte auf Händen und Knien die Salsa und die Scherben auf. Draußen sprachen zwei ICE-Beamte mit der Frau, deren Telefon konfisziert worden war. Sie nahmen ihre Personalien auf und reichten ihr eine Quittung, laut der sie das Handy in »vier bis sechs Wochen« zurückbekommen würde. Dann kehrten die Beamten zu ihrem Wagen zurück. »Wo bleibt denn da der Rechtsstaat?«, rief die Frau ihnen nach. »Du kapierst es nicht, Bitch!«, brüllte der Biker. »Es heißt Rechts-Staat, nicht Links-Staat!« Dafür erntete er ein paar Lacher. Kopfschüttelnd drehte Frank sich um. Die Frau hinter ihm in der Schlange betrachtete die Geste offenbar als Aufforderung zum Gespräch. »Das ging zack-zack. Beeindruckend, oder?«, sagte sie. »Kommt auf Raststätten in letzter Zeit ziemlich häufig vor. Die neue Nummernschilderkennung ist direkt mit Homeland verlinkt.« Frank starrte sie nur ausdruckslos an. Lächelnd beugte sie sich vor, um ihn dann in verschwörerischem Ton zu informieren: »Mein Freund ist State Trooper.«

KAPITEL 6

»Was hast du wohl mit deinem Leben angestellt?«

Vom Licht der Autoscheinwerfer, die sich durch den Raum tasteten, aus einem schlechten Traum gerissen, schreckte Frank vom Kissen hoch und stürzte sofort in die heillose Verwirrung eines Mannes, der am Ende seines Lebens in einer wildfremden Umgebung erwacht. In diesem Fall in einem Motel namens Belmont Suites, das in einem Außenbezirk von Oklahoma City gleich an der Interstate 44 lag. Er griff nach dem Handy. 6:53 Uhr. Draußen war es noch dunkel. Frank knipste die Nacht-tischlampe an und musterte das Zimmer, in dem er am Abend zuvor gegen 22:30 Uhr vollständig bekleidet ein-geschlafen war. Zwei Doppelbetten, Fernseher, Kühl-schrank, Sessel und ein kleiner Flur zum Bad. 49,95 Dol-lar die Nacht inklusive Frühstück. Er hätte sich etwas Besseres leisten können, aber das Belmont hatte sein Hauptkriterium erfüllt: Es akzeptierte Barzahlung. Eine Kreditkarte war nicht nötig, es sei denn, man wollte das Festnetztelefon aktivieren. Woran Frank kein Interesse hatte. Er setzte sich auf und schwang die Beine aus dem Bett. Ein kleiner Glücksmoment für jeden ehemaligen

Alkoholiker. Er liebte den Morgen. Abends, wenn Frank unter die Decke schlüpfte, war da diese Erleichterung, die jeder Trinker kennt: *Ich hab's geschafft. Ich habe wieder einen ganzen Tag überstanden. Ich gehe nüchtern zu Bett.* Dieses Gefühl hatte eine allmorgendliche Begleiterscheinung: einen kurzen Anflug von Panik, weil man in diesem Moment zwischen Schlaf und Erwachen reflexhaft mit einem Kater rechnete, gefolgt von einer Welle purer Erleichterung, wenn einem klar wurde, dass man keinen hatte. Dass sich die tagtägliche Erfahrung aus dreißig Jahren nicht wiederholt hatte. Dass man ohne nächtliche Ausflüge zum Klo, Albträume und ständiges Aufwachen sechs oder sieben Stunden lang tief geschlafen hatte. Und dass man den neuen Tag nüchtern, fit und ohne die gewohnten Einschränkungen beginnen würde.

Er zog sich aus, warf die schmutzige Wäsche in die Ecke und nahm eine lange, heiße Dusche, bevor er sich ankleidete – kariertes Hemd, Jeans, Pulli – und zur Rezeption schlenderte, wo er sich am »Frühstücksbüffet« bediente, das letztlich aus einem Styroporbecher mit Kaffee bestand, da er entschied, die Körbe mit alten Backwaren und »Energieriegeln« zu ignorieren. Anschließend kehrte er auf sein Zimmer zurück, stellte den dampfenden Kaffee neben das Waschbecken und rasierte sich zum ersten Mal seit drei oder vier Tagen. Er nahm sich Zeit und pfiff ein Liedchen. Nach außen hin wirkte er wie ein Durchschnittsbürger, der sich fertig machte, bevor er sich von Frau und Kindern verabschiedete, um zur Arbeit zu gehen. Ganz wie der Mann, der er vor langer

Zeit einmal gewesen war. (Natürlich hörte er dabei nicht für eine Minute auf, an den Krebs zu denken, der sich durch seinen oberen Dickdarm grub, wo er emsig weiter streute und metastasierte, um sein Königreich zu vergrößern.) Schon komisch, wie sich all der Quatsch, der einem als Kind erzählt wurde, am Ende als wahr herausstellte: »*Schlaf eine Nacht drüber ... morgen sieht schon alles viel besser aus ... so eine Mütze Schlaf kann wahre Wunder wirken ...*« Beim Rasieren warf er hin und wieder einen Blick in den orangefarbenen Ordner, der aufgeschlagen auf der Kommode neben dem Waschbecken lag, und studierte die ausgedruckten Screenshots von Google Street Maps. »Doxing« nannte man das wohl. Ein Wort, das in den Achtzigern, als Frank seine journalistische Karriere begonnen hatte, noch nicht existierte, das aber etwa aufs Gleiche hinauslief wie das, was er damals schon getan hatte: Leute aufspüren. Was heute allerdings sehr viel einfacher war.

Ausgehend von den Zeitungsartikeln, die nach Bekanntwerden des Skandals erschienen waren, und dem, was Frank über die Jahre an Andeutungen und Gerüchten zu Ohren gekommen war, hatte er sich durchs Internet gegraben und war schließlich in den sozialen Medien fündig geworden: Ein Verwandter des Mannes hatte seinen Facebook-Account nicht auf »privat« gestellt, und beim gründlichen Durchforsten der Seite erhielt Frank ein paar brauchbare Hinweise auf den Aufenthaltsort des Gesuchten. Die massige Gestalt auf diversen Fotos von Geburtstagspartys und Thanksgiving-Feiern war zwar stark gealtert, aber immer noch eindeutig zu erkennen.

Mithilfe des Wählerverzeichnisses von Oklahoma gelang es Frank schließlich, die Adresse zu ermitteln.

Während der geballte Verkehr zur Rushhour in die Stadt drängelte, brauchte Frank in der Gegenrichtung nur knapp fünfzehn Minuten, um den kleinen Vorort zu finden. Er parkte rund zweihundert Meter von der Adresse entfernt, ließ sich mit Country-Musik aus dem Radio berieseln und beobachtete die Umgebung. Zwei Autos rollten die Garagenzufahrten hinab auf die Straße – die Fahrer wirkten gehetzt; vermutlich waren sie auf dem Weg zur Arbeit und spät dran. Ein UPS-Van hielt vor einem Haus. Der Paketbote brachte ein Päckchen zur Tür, ließ sich den Empfang quittieren und stieg dann wieder in seinen Wagen. Sonst passierte nichts. Frank bemerkte, dass er einen ungewöhnlich hohen Puls hatte. Seine Finger waren so unruhig, als stünden sie unter Strom, und sein Mund war knochentrocken.

Würde er sein Vorhaben allen Ernstes in die Tat umsetzen? Er, Frank Brill, der in seinem ganzen Leben noch kein einziges Mal in eine Kneipenschlägerei geraten war? Ja. Er musste einfach. Denn er brauchte Antworten. Mochte sie auch noch so sehr aus der Mode gekommen, so verstaubt und antiquarisch sein, er musste sie endlich hören: die Wahrheit.

Er zog seine Lederhandschuhe an und überquerte die Straße. Dann stieg er die kurze Holztreppe zur Veranda hinauf und schaute sich um. Niemand zu sehen. Die Türklingel quäkte eine dünne digitale Melodie. Frank blickte erneut nach links und rechts die Straße runter. Immer noch nichts. Die Häuser sahen alle ähnlich aus wie dieses, in Pastellfarben gestrichene, freistehende Bungalows mit Veranda und einem kleinen Vorgarten. Er drückte noch einmal auf die Türklingel. Plötzlich ertönten von drinnen Schritte, und eine tiefe Stimme bellte ein schroffes »Moment!«. Die Tür ging auf. Vor ihm stand ein großer Mann in Jogginghose und Unterhemd: Mitte siebzig, schütteres Haar und trotz des gebeugten Rückens noch immer eine einschüchternde Erscheinung. »Ja?«, grummelte er.

»Guten Tag«, sagte Frank. »Wissen Sie noch, wer ich bin?«

Der Mann starrte ihn mit zusammengekniffenen Augen an.

»Ich bin Frank Brill, Coach.« Als er den Mann mit »Coach« ansprach, schien der Groschen zu fallen.

»Was wollen Sie hier?«, fragte Hauser ruppig.

Frank ballte die Hand um den Griff der .22er, zog sie aus der Manteltasche und zielte auf Hausers Bauch. »Ich will mich unterhalten.« Wenn Frank diese Szene in seiner Vorstellung durchgespielt hatte, war er immer ganz cool und abgeklärt gewesen. Wie Clint Eastwood oder Mel Gibson. Jetzt, da er hier stand, gellte seine eigene Stimme schrill und blechern in seinen Ohren. Außerdem war Hauser von der Waffe keineswegs so beeindruckt, wie Frank gehofft hatte. Der ehemalige Football-Trainer starrte ihn bloß zornig und konsterniert an.

»Was soll der Scheiß?«, knurrte Hauser.

»Zurück ins Haus«, befahl Frank, wedelte mit der Pistole herum und bewegte sich drohend auf ihn zu. Dabei musste er sich verdammt zusammenreißen, damit der Lauf der Waffe nicht zitterte. »Hände hoch.« Hauser wich ein paar Schritte zurück und hob die Hände langsam bis auf Brusthöhe, als würde er von einem Kind genötigt, mit ihm Räuber und Gendarm zu spielen. Frank trat ins Haus und schloss die Tür hinter sich. Was nun? »Also gut ...«, sagte er. »Okay, setzen ... setzen Sie sich.«

Hauser ließ sich seufzend auf einen Stuhl sinken. Am liebsten hätte Frank sich gleich danebengesetzt, so weich waren seine Knie. Der Coach sah ihn unverwandt an – der Blick dieser harten und gemeinen grauen Augen, an die er sich noch vom Turnunterricht erinnerte, ließ ihn keine Sekunde los. »Alles klar, Jungchen?«, fragte er Frank spöttisch.

»Halt's Maul, Hauser!« Das fühlte sich gut an. Wie oft hatte er sich damals gewünscht, das zu sagen? Aber Hauser lachte bloß.

»In Ordnung«, sagte er grinsend.

»Was ist so lustig?«, fragte Frank.

»Du«, antwortete Hauser. »Brill. Ich erinnere mich an dich. Die Klasse von 84. Ein totaler Griff ins Klo. Konntest nicht mal 'nen Ball werfen. Zu nichts zu gebrauchen. Was ist wohl aus dir geworden?«

So hatte sich Frank das nicht vorgestellt. *Er* war hier derjenige mit der Waffe. *Er* hätte die Fragen stellen sollen. »Halt's Maul!«, rief er. »Ich stelle hier die beschissenen Fragen!«

»Was willst du wissen?«, erwiderte Hauser, ohne nervös zu wirken.

O nein, so hatte sich Frank das ganz und gar nicht vorgestellt. Er ließ sich langsam in einen Clubsessel sinken und zielte dabei weiter auf Hauser. »Robbie McIntyre«, sagte er schließlich.

AUS DEM *GREENSBORO SENTINEL* VOM 18. JUNI 1993

Der letzte Woche in seinem Haus an der Scarsdale Road in Greensboro tot aufgefundene Mann wurde inzwischen als Robert McIntyre (28) identifiziert. Ein Nachbar hatte am Freitag bemerkt, dass aus Mr. McIntyres Garage Rauch austrat, und daraufhin den Leichnam entdeckt. Die Polizei schließt ein Fremdverschulden im Zusammenhang mit dem Tod des Mannes aus.

AUS DER *SCHILLING GAZETTE* VOM 17. MÄRZ 2010

In Anbetracht der Vorwürfe, er habe sich in den 1970er- und 80er-Jahren an Schutzbefohlenen vergangen, hat die Jackson Highschool nun die Entlassung von Trainer Martin Hauser bekanntgegeben. Hauser, der kurz vor seiner Pensionierung stand, hatte die Vorwürfe stets vehement bestritten. In einer am Montag veröffentlichten Stellungnahme erklärte die Schuldirektorin Katherine Saunders: »Ich kann bestätigen, dass Martin Hauser nicht mehr länger im Dienst unserer Schule ist. Zum jetzigen Zeitpunkt wird es dazu keinen weiteren Kommentar von uns geben.« Hauser war erstmalig im Dezember letzten Jahres auf Facebook von Jason Farr, einem ehemaligen Jackson-High-Schüler, der sexuellen Gewalt beschuldigt worden. Seitdem wurden Farrs Vorwürfe von einer Reihe weiterer Schüler bekräftigt. Die Polizei von Schilling bestätigte uns, dass sie Hauser zu den Vorwürfen vernommen hat und den Anschuldigungen nachgeht. In einem Interview, das die *Gazette* gestern vor seinem Haus mit ihm führte, erklärte der ehemalige Trainer: »Ich bestreite die abstrusen und unhaltbaren Unterstellungen weiterhin auf das Schärfste.«

»Sie haben sich an ihm vergangen«, sagte Frank. »Sie haben ihn vergewaltigt, als er siebzehn Jahre alt war.«

Hauser lachte kopfschüttelnd. »Nein, hab ich nicht. Er wollte mir nur eins auswischen, weil er's nicht ins Team geschafft hat. Diese Kids waren doch alle gleich.«

»Blödsinn.«

»Das haben die Geschworenen aber anders gesehen. Sie haben mich freigesprochen.«

»Jetzt rücken Sie schon mit der Wahrheit raus!«

»Oder was?«

»Wie bitte?«

»Was willst du denn machen, Brill? Mich erschießen? Sieh dich doch nur an. Du zitterst wie Espenlaub. Du hast in deinem ganzen Leben noch keinen einzigen Schuss abgegeben.«

»Ich meine es verdammt ernst!«

»Ja, sicher. Ich glaube, wir sind hier fertig.« Hauser wollte aufstehen.

»Setzen Sie sich!«, sagte Frank.

»Wenn du nicht sofort von hier verschwindest, rufe ich ...«

»Hinsetzen!«, brüllte Frank und erhob sich.

»... die Bullen und dann ...«

BÄNG! Frank schoss ihm in den rechten Oberschenkel.

»AH! DU WICHSER!«, schrie Hauser, ging zu Boden und umklammerte sein Bein. »SCHEISSKERL.«

»Ich habe Sie gewarnt!«, sagte Frank. »Und jetzt raus mit der Wahrheit!«

Hauser blickte zu Frank auf. In seinen Augen funkelten Schmerz und Wut. Nein, er hatte wirklich nicht damit gerechnet, dass Frank auf ihn schießen würde.

»Ahhh. Du verdammter Irrer!«, stöhnte er. »Ist dir eigentlich klar, was du tust? Willst du wirklich einen unschuldigen Mann töten, wegen irgendwelcher schwachsinnigen Lügen von vor vierzig Jahren?«

»Robbie hat sich umgebracht, Hauser. Wussten Sie das?«

»Was hab ich damit zu tun? ICH BIN KEIN VERDAMMTER PÄDERAST! Scheiße! SCHEISSE!« Ein dunkler Fleck breitete sich auf Hausers grauer Jogginghose aus, das Blut sickerte durch seine Finger, tropfte auf den Dielenboden. Frank wurde schlecht. Er wich zurück, kämpfte gegen die Übelkeit an. Sein Blick schweifte suchend durchs Zimmer. Da, auf dem Tisch, stand ein Laptop. Plötzlich kam ihm eine Idee. Er atmete tief durch, um sich zu beruhigen, bevor er zu dem Rechner ging und ihn aufklappte. »Das Passwort, bitte.«

Zum ersten Mal huschte ein Anflug von Angst über Hausers Gesicht. Aber er hatte es unter Kontrolle. »Fick dich ins Knie!«, schimpfte er. Frank zielte auf das andere Bein, verfehlte es und schoss stattdessen in den Fußboden, betätigte dann erneut den Abzug und traf das linke Schienbein. Hauser schrie auf. »Ahhh ... SCHEISSKERL, VERDAMMTER SCHEISSKERL!«

»Das Passwort!«, forderte Frank, diesmal nachdrücklicher. Hauser schwitzte und blutete jetzt wie ein Schwein. Trotzig starrte er zu Frank hinauf. Der zielte mit der Waffe auf den Fuß des Trainers. Hauser hob die Hand. »Nein! Warte! Warte ... endgame52. Alles kleingeschrieben.« Frank tippte das Passwort ein, und der Startbildschirm erschien. Er öffnete sofort den Browserverlauf vom Vorabend.

Es war alles da.

Hunderte von Bildern, manche davon nur schwer zu ertragen. Die Burschen auf den Fotos waren jung, sehr jung. Manche nicht einmal im Teenager-Alter.

»Na schön. Hör zu ...«, sagte Hauser.

Frank zielte mit der Pistole auf die Brust des Trainers, schloss die Augen und drückte fünfmal hintereinander ab – *POP-POP-POP-POP-POP.*

KLACK-KLACK machten die Patronenhülsen, die leer zu Boden fielen. TOCK-TOCK die Schüsse, die in den Boden oder die Wand hinter Hausers Kopf einschlugen. Als Frank die Augen wieder öffnete, sah er, dass Hauser zur Seite gesackt war. Unter ihm breitete sich eine große Blutlache aus.

Frank schaffte es gerade noch zum Papierkorb in der Ecke, bevor er sich zusammenkrümmte und eine scharfe

Brühe aus Kaffee und Magensäure erbrach. Lange Zeit blieb er einfach nur zitternd dort sitzen, während sich sein Puls allmählich wieder verlangsamte.

In der Küche ließ er kaltes Wasser über Gesicht und Handgelenke laufen, spülte sich den Mund aus und trocknete sich mit einem Papiertuch ab. Die Küche war klein, aufgeräumt und roch nach Zitronenreiniger. Am Kühlschrank hingen Familienfotos – Nichten und Neffen vielleicht. Frank streifte weiter durch den Bungalow. In jedem Zimmer roch es nach Kordit. Im Wäscheraum stieß er auf einen Mülleimer voller leerer Wodkaflaschen, irgendeine billige Supermarktsorte. Im Schlafzimmer fand er in einem Koffer unter dem Bett einen Haufen Magazine. Eine harmlosere, kommerziellere Variante der Bilder auf dem Laptop. Im Ankleidezimmer stand eine große Kommode. Beim Durchwühlen der obersten Schublade stieß er gegen ein klobiges Stück Metall und fischte kurz darauf zwischen Socken, Unterwäsche, Krawatten und Handschellen eine Pistole hervor. Eine Glock, die nach seiner Woodsman absurd schwer in der Hand lag. Er zog das Magazin heraus: Verglichen mit den .22ern wirkten die 9-mm-Patronen fett und prall. Frank steckte das Magazin zurück, vergewisserte sich, dass die Waffe gesichert war, und schob sie in den Bund seiner Jeans.

In der nächsten Schublade stieß er auf eines dieser Fotoalben, wie sie jeder früher gehabt hatte, bevor man seine Fotos auf dem Handy herumtrug. Er blätterte durch die Seiten. Bilder von Familienfeiern und ähnliche Schnappschüsse. Ein paar von ihnen zeigten den

Coach auf Empfängen und wie er Auszeichnungen erhielt. Auf vielen anderen sah man ihn mit diversen Football-Teams, die er im Laufe seiner Karriere trainiert hatte. Frank blätterte weiter und hielt inne. Eins zeigte Coach Hauser mit Robbie, der damals noch zur Mannschaft gehört haben musste, denn er trug die Football-Montur. Hauser hatte den Arm um seinen Schützling gelegt. Sie standen auf dem Sportplatz hinter der Schule, und beide grinsten in die Kamera. Frank zog das Foto unter der dünnen Schutzfolie aus klarem Kunststoff hervor und drehte es um. Auf der Rückseite befand sich ein kurzer handschriftlicher Vermerk: »Robbie M., Sept. 1982«. Frank betrachtete das Bild eine ganze Weile. Dann legte er es zurück auf das Album und verließ das Schlafzimmer.

Er ging den Flur entlang, machte im Wohnzimmer einen Bogen um die Blutlache und trat aus dem Haus, ohne die Leiche von Coach Hauser auch nur eines weiteren Blickes zu würdigen.

KAPITEL 7

»Wir servieren unsere Gerichte in Familienportionen.«

Bemüht, nicht zu zittern und den verdammten Wagen auf der Straße zu halten, hielt der Mörder Frank Brill das Lenkrad mit beiden Händen umklammert.

Von Oklahoma nach Phoenix ging es auf der I-40 schnurstracks Richtung Westen. Gut sechzehn Stunden lang. Über Nordtexas und New Mexico bis nach Arizona, im Grunde immer geradeaus. Auf halber Strecke, in der Gegend von Albuquerque, legte Frank eine planmäßige Pause ein. Keine Pause der angenehmen Art. Sie erinnerte ihn daran, wie es war, als sein Vater ihn das erste Mal zum Angeln mitgenommen hatte und er eine Forelle töten musste. Daran, wie schrecklich sie gezappelt und um ihr Leben gekämpft hatte. Wie hell das Blut auf ihren Kiemen und ihrem milchweißen Bauch geglänzt hatte. An seinen Abscheu, als sein Dad ihr den kleinen Holzknüppel über den Kopf zog. Nein, das war damals alles andere als ein Spaß gewesen. Er musste an diesen Kerl aus *Die Sopranos* denken, den Schauspieler, wie hieß er noch gleich? Gandolfini oder so. Der war auch schon tot. War irgendwo in Europa an einem Herzinfarkt gestorben. Vor über dreißig Jahren hatte dieser Gandolfini mal einen Auftragsmörder gespielt. Dieser Killer hatte gesagt: »Jemanden umbringen ist nicht leicht, aber das erste Mal ... das ist das schwerste. Es ist scheißegal, ob du auf Drogen bist oder so mies wie Jack the Ripper ... Das erste Mal ist das schwerste, da gibt's gar nichts. Das zweite Mal ist auch nicht gerade ein Zuckerschlecken, aber es ist besser als das erste Mal, obwohl du immer noch dasselbe empfindest, verstehst du? Aber nicht mehr ganz so stark, überhaupt nicht, es ist besser. Na ja, und das dritte Mal, das dritte Mal ist leicht. Das ist gar kein Problem ... und heute? Scheiße, heute will ich nur sehen, wie sich dein Gesichtsausdruck verändert ...« So weit würde Frank niemals kommen. Aber er hoffte tatsächlich, dass es mit der Zeit leichter werden würde. Nach ein paar Stunden, er näherte sich gerade Amarillo, fiel ihm auf, dass er immer noch zitterte. Es war so lange her, dass er dieses Gefühl zuletzt verspürt hatte – er brauchte ein paar Sekunden, um es richtig zuzuordnen.

Hunger.

Ihm wurde bewusst, dass er seit dem halbherzigen Versuch beim Frühstück vor über vierundzwanzig Stunden keinen Happen mehr gegessen hatte. Das Restaurant hieß Rusty's Steakhouse. Ein großes Fachwerkgebäude, vor dem zahlreiche Autos parkten. Drinnen schallte Rock'n'Roll aus den Boxen. Eine Kellnerin in karierter Bluse führte Frank zu einem Tisch. Anschließend brachte sie ihm die Speisekarte und einen Krug mit Eiswasser. Der Laden war gut besucht. Gegenüber nahm gerade eine vierköpfige Familie Platz. Sowohl die Mutter als auch der Vater wogen locker 140 Kilo, und die beiden Jungs im Teenager-Alter standen kurz davor, ihnen ernsthaft Konkurrenz zu machen. »Wir woll'n keine Sitznische«, sagte der Mann zu der Kellnerin. »In so 'ne Sitznische passen wir nich rein.« Frank studierte die Speisekarte: marinierte Rippchen, frittierte Dillgurken, Bergaustern, Zwiebelringe. Turmhohe Sandwiches mit gegrilltem Huhn, Pulled Pork, Rind, Büffelfleisch. Und dann die Steaks: Centre Cut, Panhandle, Dallas Cut, Fort Worth Cut, Texas Strip – riesige, schwere Fleischlappen, deren Preis erstattet wurde, wenn man mehr als zwei Kilo am Stück verdrückte. Frank bestellte ein 300-Gramm-Filetsteak – so ziemlich das kleinste Steak, das es gab –, medium rare, mit Pommes frites und gegrillten Pilzen für insgesamt 17,95 Dollar. Vermutlich das lokale Äquivalent zu ein paar Blättchen Rucola und einem grünen Smoothie. »Darf's noch was zu trinken sein, Süßer?«, fragte die Kellnerin.

»Danke, nur eine Cola Light, bitte.«

»Kommt sofort.«

An einem anderen Tisch saßen vier junge Frauen, alle Anfang zwanzig, alle mit ihren Babys. Überhaupt wimmelte es in dem Restaurant von Kleinkindern, bemerkte Frank, als sich deren Geschrei allmählich aus der geschäftigen Geräuschkulisse herausschälte. Kein Wunder: Texas war einer der ersten Bundesstaaten gewesen, die Schwangerschaftsabbrüche unter Strafe gestellt hatten, bevor es landesweit gesetzlich verankert wurde. Frank betrachtete die Babys und fragte sich, wie es wohl gewesen wäre, Großvater zu sein.

Olivia hatte ihm nichts davon erzählt, obwohl sie und Frank sich längst wieder gut verstanden. Im Anschluss an ihren Anruf einen Tag nach dem Mord an Pippa und Adam hatten Vater und Tochter ihr Verhältnis zueinander allmählich neu aufgebaut. Nachdem ihre Mom, Franks zweite Frau Cheryl, Olivia zur Seite genommen und ihr erzählt hatte, warum die Ehe mit Frank wirklich in die Brüche gegangen war, hatten Vater und Tochter einige Jahre nicht miteinander gesprochen.

Olivia war bei der Trennung sechs Jahre alt gewesen und mit den üblichen Scheidungslügen groß geworden: *Wir haben uns auseinandergelebt ... Mommy und Daddy haben sich sehr lieb, aber sie waren nicht gut füreinander ... wir sind einfach zu unterschiedliche Menschen ... aber wir werden dich beide immer lieben ...* und so weiter und so fort. Kurz nach Olivias vierzehntem Geburtstag hatte Cheryl sie zum Essen ausgeführt, den Gutteil einer Flasche Chardonnay in sich reingeschüttet und Olivia dann erzählt, dass diese Geschichten nichts als ein Haufen Blödsinn waren. Der Anlass für die Trennung seien in Wahrheit die Textnachrichten auf Franks Handy gewesen, die ihr verraten hatten, dass er so ein junges Ding namens Pippa vögelte. Daraufhin habe sie ihn aus dem Haus geschmissen, klärte sie ihre Tochter auf, denn Olivia sei ja kein kleines Kind mehr. Und warum solle Cheryl diejenige sein, die lügen müsse, um Franks ehebrecherischen Hintern zu retten, obwohl sie doch keinen Fehler gemacht habe? Dieser Drecksack Frank könne sie mal kreuzweise. So, jetzt würde Olivia die Wahrheit kennen.

Zwei Abende später hatte seine Tochter ihn angerufen. *Du Mistkerl, Dad. Wie konntest du Mom das nur antun? Jahrelang hast du mir diesen Schwachsinn erzählt. Ich will nie wieder mit dir reden.* Und Frank antwortete das Einzige, was er darauf antworten konnte: *Es tut mir leid. Es tut mir so leid.* Wieder und immer wieder.

Olivias Stiefmutter und ihr Halbbruder hatten erst sterben müssen, damit sie wieder mit ihrem Vater sprach. Und als sie dann endlich wieder miteinander geredet hatten, reagierte Frank wie ein Mann. Soll heißen: Er lud sie zum Essen ein, trank ordentlich einen über den Durst, brach heulend zusammen und flehte sie an, ihm zu verzeihen. Ein Gefallen, den die sechzehnjährige Olivia, die nun wieder sein einziges Kind war, ihm tatsächlich gewährte.

In der Folgezeit waren sie sich erneut sehr nahegekommen. Sie war nach Indianapolis aufs College gegangen, und Frank war ab und an hingefahren, um sie zum Essen auszuführen und ihr ein bisschen Geld zuzustecken. Er musste an ihre letzte Begegnung denken. Drei Jahre war das mittlerweile her. Kurz vor Weihnachten. Sie waren zum Italiener gegangen, in eines ihrer Lieblingslokale, nicht weit vom College entfernt. Zum ersten Mal alleine zu wohnen, sagte Olivia damals, habe sie erwachsener werden lassen. Sie begriff, wie kompliziert das Leben war. Dass man ständig schwerwiegende Entscheidungen treffen musste. Frank hatte seine Tochter angesehen, die inzwischen zweiundzwanzig war und bald das College beenden würde, die offiziell Alkohol trinken durfte, aber in seinen Augen noch immer das kleine Mädchen war, das am Esstisch auf seinem Schoß gesessen hatte und dem er nichts abschlagen konnte. Wie damals, als er einmal eine sehr dünne Schorle gemischt hatte – eigentlich nur ein Spritzer Wein, aufgefüllt mit Mineralwasser –, in der Hoffnung, dass sie nicht nach ihrem Vater kam und später Probleme mit dem Trinken kriegen würde. Gott, wie viel Schmerz er ihr in so jungen Jahren schon zugefügt hatte. Aber vielleicht würde sich ja alles zum Guten wenden.

Nichts dergleichen geschah.

Nach dem Tod ihrer Tochter hatten Cheryl und Frank sich die Geschehnisse Stück für Stück zusammenpuzzeln müssen. Sie löcherten Olivias Freunde, ihre Mitbewohner, die Polizei und konnten doch nie in Erfahrung bringen, wer der Kerl war. Etwas Ernstes konnte es nicht gewesen sein – das sagten zumindest ihre Freunde. Vermutlich war es eine Partybekanntschaft, nur ein One-Night-Stand. Irgendwann hatte Olivia dann festgestellt, dass sie schwanger war. Indiana war bei dem Thema schon seit Ewigkeiten rigoros. Bereits 2016 hatte Mike Pence, der damalige Gouverneur, eine Gesetzesvorlage unterzeichnet, die Frauen den Schwangerschaftsabbruch aufgrund einer diagnostizierten Behinderung verbieten sollte. Nach dieser Vorlage war es gesetzlich verpflichtend, dass Anbieter von Abtreibungen ihre Identität offenlegten, dass abgetriebene Föten beerdigt wurden und dass die Frauen sich mindestens achtzehn Stunden vor der Prozedur einer Ultraschall-Untersuchung unterzogen.

Das war natürlich, bevor die Sache in der Hotelsuite in Washington publik wurde. Ein Riesenskandal war das, aber niemand würde je genau erfahren, was sich dort tatsächlich zugetragen hatte. Pence war danach zwar zurückgetreten, hatte aber alles abgestritten, und die Gerüchteküche brodelte im rechten wie im linken Lager gleichermaßen: Er sei von den Clintons reingelegt worden; der Präsident selbst habe ihm eine Falle gestellt, um den Weg für Ivanka freizumachen; Pence sei von oben bis unten mit Amylnitrit bekleistert gewesen und habe einem schwarzen Jungen den Schwanz gelutscht; es sei überhaupt nichts passiert; alles überhaupt Vorstellbare sei passiert – und noch einiges mehr. Bei so viel widersprüchlichem Gerede wusste natürlich kein Mensch, was wirklich vor sich ging. »Mike Pence hatte mit meiner Politik oder meiner Wahl so gut wie nichts zu tun!«, hatte Trump damals in einem Tweet behauptet.

Nachdem Pence ins Weiße Haus gewechselt war, hatte der neue Gouverneur Holcomb 2017 ein Gesetz unterzeichnet, das Ärzte dazu verpflichtete, nach Herbeiführung eines Schwangerschaftsabbruchs detaillierte Patienteninformationen an den Staat weiterzugeben. Holcombs Anhänger behaupteten, das Gesetz würde die Sicherheit bei Abtreibungen erhöhen, aber in Wahrheit führte es nur dazu, sie weiter zu stigmatisieren. Die American Civil Liberties Union ging gesetzlich dagegen an und scheiterte. Im ganzen Land feierten die Abtreibungsgegner: »Ein großartiges Wochenende für Pro-Life in Indiana!« Aber verglichen mit dem, was noch kommen sollte, war das bloß der Auftakt zum großen Knall.

Dem Ende von Roe vs. Wade.

Es war der größte Triumph in Trumps zweiter Amtszeit, und er kam zu einem Zeitpunkt, als sich die Republikaner aufgrund anfänglicher Erfolgsmeldungen aus dem Iran und Nordkorea stärker fühlten denn je. Und als dann 2021 mit Ginsburg und Breyer gleich zwei Oberste Richter verstarben, bekamen sie die lang ersehnte Gelegenheit, den Supreme Court endgültig zu ihren Gunsten umzubesetzen.

Dennis Rockman war Trumps vierte und letzte Nominierung für den Obersten Gerichtshof, und er war der Richter, der das Gesetz durchbrachte.

Rockman, überzeugter Familienmensch, achtfacher Vater und glühender Pro-Life-Verfechter aus dem großen Staat Texas, ging bereits auf die achtzig zu und war einigermaßen senil, aber die Republikaner prügelten seine Ernennung gegen alle Widerstände durch. Nach nur acht Monaten am Supreme Court wurde er aus gesundheitlichen Gründen in den Ruhestand versetzt und zog sich nach Texas zurück, wo er sich künftig seinen Hobbys widmen wollte: der Pferdezucht und der Kirche. Es war die kürzeste Amtszeit, die je ein Richter am Supreme Court verbrachte, aber sie reichte ihm aus, um Roe vs. Wade zu Fall zu bringen.

Infolge dieses perfiden politischen Manövers landete die schwangere Olivia im Gästezimmer einer ehemaligen Hebamme aus Fort Wayne. Als die Frau mit einer Nadel die Fruchthöhle des Fötus punktierte, der Franks einziger Enkel geworden wäre, durchstach sie unbemerkt die Darmwand ihrer Patientin. Die Hebamme, eine gewisse Anne Baxter (sie saß noch immer im Gefängnis, wo auch Franks Tochter gelandet wäre, wenn sie überlebt hätte), hatte Olivia davon überzeugt, sich die zweistündige Heimfahrt nach der Operation nicht mehr zuzumuten. Die Ermittlungen der Polizei ergaben später, dass sie per Uber ins Motel zurückgekehrt war, wo sie ein starkes Schmerzmittel gegen die Krämpfe genommen hatte.

Das Mittel wirkte so gut, dass sie nicht wieder aufwachte.

Aufgrund von Komplikationen in Folge einer nicht fachgerecht durchgeführten Abtreibung war Olivia Brill, zweiundzwanzig Jahre alt, geliebte Tochter von Frank und Cheryl, in einem billigen Motelzimmer neben der Interstate verblutet.

Franks Steak wurde zusammen mit einem Blecheimer voller Pommes serviert. Dazu gab es eine gusseiserne Platte, auf der ein Berg Pilze vor sich hin brutzelte. Beim Anblick der gewaltigen Portion runzelte er die Stirn. Die Kellnerin grinste und sagte: »Wir servieren unsere Gerichte in Familienportionen.«

KAPITEL 8

»Er muss jemandem richtig ans Bein gepisst haben.«

Detective Bob »Chops« Birner bückte sich unter dem gelben Absperrband hindurch, das einer der Deputys für ihn anhob, und pfiff durch die Zähne. Er war jetzt schon völlig außer Atem. Als die Tat gemeldet wurde, hatte er die Adresse gehört und sofort alles darangesetzt, so schnell wie möglich herzukommen. Schon auf der vorderen Veranda war Blut zu sehen. Es sickerte unter der Haustür durch, die direkt ins Wohnzimmer führte, wo die Leiche lag. Der alte Hauser sah schlimm aus: Er lehnte mit dem Rücken an der Wand, und sein Gesicht war von vielen kleinen Löchern durchsiebt. Der Boden unter ihm war mit klebrigem, getrocknetem Blut bedeckt. »Die werden Sie brauchen, Sir«, sagte der Sergeant – Walter irgendwas, ein guter Mann, Chops hatte früher schon mit ihm zu tun gehabt – und reichte ihm ein Paar blaue Plastiküberzieher für die Schuhe. Chops bückte sich, um sie überzustreifen. Dabei verspürte er sofort einen stechenden Schmerz in seinem arthritischen Knie, und sein mächtiger Bauch ließ ihn die Schwerkraft spüren. Als er wieder hochkam, rang er nach Atem, und das Herz in seiner Brust arbeitete im Akkord. Vorsichtig ging er um die Lache herum und inspizierte dann das Haus – ein Haus, das ihm durchaus vertraut war. Die Jungs von der Spurensicherung waren emsig damit beschäftigt, kleine Messingprojektile einzusammeln.

»,22er?«, fragte Chops.

»Jep«, antwortete einer der Beamten.

»Glauben Sie, das war ein Profi?«, wollte einer der jüngeren Deputys von ihm wissen. Vermutlich weil er im Kino oder Fernsehen aufgeschnappt hatte, dass Profikiller bei kurzen Distanzen häufig Pistolen mit Kaliber .22 benutzten, weil es sehr präzise und relativ leise Waffen waren. *Nein,* dachte Chops, während er den Leichnam musterte, *kein Profi.* Dafür waren es zu viele Eintrittswunden. Auftragsmörder wurden selten derartig wütend. Chops blickte sich in dem Zimmer um, betrachtete die Football-Trophäen in den Vitrinen, auf dem Tisch, den Fensterbänken. Vor Kurzem hatte er selbst noch hier gesessen. Wie viele Tage war das her? Vier? Sie hatten was getrunken, Martin und er. Ein bisschen Spaß gehabt und im Internet gesurft. Es gab so gut wie keine Anzeichen für einen Kampf. Nichts war kaputt oder zerbrochen. Hauser war mehrfach ins Bein geschossen worden. Um ihn zu foltern? Oder ihn kaltzustellen? O ja, Hauser war vielleicht alt, aber auch verdammt kräftig. Was Chops auf einen Gedanken brachte – *vielleicht war der Killer ebenfalls alt. Oder geschwächt. Oder beides.* Er blickte in den Papierkorb. *Der Kerl hat sich übergeben. Ziemlich sicher kein Profi.* Eine Blondine von der Spurensicherung – er erinnerte sich, dass sie sich mal auf einer Weihnachtsfeier darüber ausgelassen hatte, wie großartig Obama gewesen sei – sah, wie Chops in den Papierkorb spähte. »Wir schicken das ins Labor«, sagte sie.

Mit diesem halb schmerzhaften, halb behaglichen Ächzen, das die meisten übergewichtigen Dreiundsechzigjährigen beim Hinsetzen von sich gaben, ließ Chops seine einhundert Kilo in einen Sessel sinken. Er schloss einen Moment lang die Augen, um seinem alten Freund still Lebewohl zu sagen. Seinem besten Freund. Es gab schließlich nicht viele Menschen, die ihre ungewöhnliche Leidenschaft teilten. Als er die Augen wieder öffnete, stand der Sergeant vor ihm. »Also gut. Wem haben wir es zu verdanken, dass wir hier sind?«, fragte Chops.

»Dem Zeitungsjungen ist das Blut auf der Veranda aufgefallen. Als er durchs Fenster blickte, hat er die Leiche am Boden gesehen«, berichtete Walter. »Er ist rüber zu den Nachbarn gegangen und hat uns dann um ...«, er blickte in seine Notizen, »... 8:48 Uhr angerufen.«

»Ich muss mit ihm reden. Werden die Nachbarn schon befragt?«

»Jetzt im Augenblick.«

»Und wer ist der Tote?«, fragte Chops. Hauser und er hatten ihre Freundschaft nicht unbedingt an die große Glocke gehängt. Und dabei blieb es wohl auch besser.

»Martin Hauser«, fuhr Walter fort. »Rentner. Allein lebend. War mal Football-Trainer für Highschool-Mannschaften. Kommt ursprünglich hier aus der Gegend. Hat lange in Indiana gelebt. Da hatte er wohl einigen … Ärger. Vor etwa fünfzehn Jahren ist er dann hierher zurückgezogen.«

»Und woher wissen wir das alles?«

Walter reichte Chops sein Handy. Das Display zeigte die Google-Suche für »Martin Hauser, Coach«. Chops gab vor, ein paar der Artikel zu lesen, um dann eine schockierte Miene aufzusetzen und beeindruckt zu pfeifen. »Jep«, sagte Walter. »Ein gottverdammter Päderast …«

»Da drüben ist ein Laptop …«, informierte sie einer der anderen Beamten. Sie gingen rüber in die Küche.

Alles war glänzend sauber und aufgeräumt. Der Computer stand auf einem Tisch in der Essecke. »Tütet ihn ein und schickt ihn ans Morddezernat«, sagte Chops. »Wir setzen jemanden dran. Weiß Gott, was wir darauf finden werden, wenn der Kerl ein waschechter Pädophiler war.«

Er wusste genau, was. Aber das machte ihm keine Angst.

Chops war auf keinem von Hausers Fotos zu sehen. Er war ja nicht blöd.

»Detective?« Die Stimme kam aus dem Flur.

Mit Walter im Schlepptau folgte ihr Chops bis ins Schlafzimmer. Er stellte sich ahnungslos, als wüsste er nicht, wohin es ging. »Hier rein, Sir«, sagte einer der Deputys, einer von den Neuen … Tom oder Ted?

Sie betraten eine Art begehbaren Kleiderschrank neben dem Schlafzimmer. An der Wand stand eine Kommode. Mehrere Schubladen waren geöffnet. »Offenbar hatte Hauser eine Berechtigung zum Tragen einer Glock 17«, sagte der Deputy. »Das haben wir gerade online ge-checkt. Aber ...«, er hielt ein leeres Holster in die Höhe, »... wir konnten die Waffe nirgends finden.«

»Dann hat der Täter sie wohl eingesteckt«, vermutete Walter.

»Jep«, stimmte Chops ihm zu. »Schreib dir die Serien-nummer auf und gib sie zur Fahndung frei.«

Auf der Kommode lag ein altmodisches Fotoalbum. Jemand hatte ein einzelnes Bild herausgelöst und es auf dem Einband deponiert: Es zeigte einen Jungen von vielleicht sechzehn oder siebzehn Jahren im Football-dress eines Highschool-Teams und neben ihm, die Arme um die Schultern seines Schützlings gelegt, Coach Hau-ser, breit grinsend und gut vierzig Jahre jünger.

»Walt, hast du Handschuhe an?«, fragte Chops. »Hier, zeig mir mal die Rückseite ...« Walter drehte das Foto um. Hinten befand sich eine handschriftliche Notiz: »Robbie M., Sept. 1982«.

»Ich nehme an, das war in Indiana?«, fragte Chops.

»Jackson High«, antwortete Walter nickend. »Hauser war dort Trainer. Sieht ganz so aus, als hätte ihn seine Vergangenheit eingeholt.«

»Er muss jemandem richtig ans Bein gepisst haben. Ich setze mich mit der Schule in Verbindung. Mal sehen, ob wir es schaffen, diesen Robbie M. aufzuspüren. Könnte sich lohnen, die anderen Fotos auch mal anzusehen ...«

Chops ging zum Fenster und sah hinaus. Eine ruhige Vorstadtstraße. Nur dass sich hinter dem rund um das Grundstück gespannten Absperrband ein Haufen Schau-lustiger versammelte: Kinder, Jugendliche und Hausfrauen, von den Streifenwagen und dem flackernden Blaulicht wie magisch angezogen. Wie die meisten altgedienten Polizisten in größeren amerikanischen Städten hatte auch Chops während der letzten dreißig Jahre hautnah erlebt, wie die Mordrate allmählich angestiegen war. Die Tatorte verlagerten sich zunehmend von den traditionellen Hochburgen – im Fall von Oklahoma City waren das ursprünglich North Highland, die South-Park-Siedlung und Woodward Avenue – in andere Ecken der Stadt. Es gab mal eine Zeit, da hätte man womöglich noch etwas gegen diesen Scheiß unternehmen können. Damals, als sie noch echte Polizeiarbeit leisten durften und den Schlagstock, den Gewehrschaft oder ihre Fäuste einsetzen konnten, um den Niggern, Bohnenfressern und Itakern Respekt einzubläuen. Chops erinnerte sich, wie sein erster Partner, der gute alte Sergeant Furlong, ein großer, kräftiger Ire, Ende der Siebziger einen schwarzen Jungen beim Ladendiebstahl erwischt hatte. Er hatte dem kleinen Gauner einfach zwei Finger der rechten Hand gebrochen, als wären es Chicken Wings, und ihn danach laufen lassen. Chops und Furlong erwischten das Kerlchen nie wieder beim Klauen. Aber das war lange her. Heute machten sich Demokraten und Linke wieder überall breit, sogar bei der Polizei von Oklahoma. Als der große Mann noch im Oval Office residiert hatte, sah es eine Weile so aus, als würde die gute alte Zeit einen zweiten Frühling erleben. Aber jetzt, wo seine Tochter an der Macht war? Scheiße, die war doch 'ne halbe Linke! Der konnte man nicht trauen. Die lag einem ständig mit so 'nem Mist wie Frauenrechten in den Ohren. Und dann war die Schlampe auch noch mit 'nem scheiß Itzig verheiratet gewesen. Nur gut, dass sie dem Juden diesen ganzen Dreck angehängt hatten. Chops hatte sich damals köstlich amüsiert. Dieser jesusmordende Hurensohn saß jetzt zehn Jahre in Rikers ab.

Und dennoch, dachte Chops und kehrte aus seinen Tagträumen zurück ins Hier und Jetzt. *Das ist ein ungewöhnlicher Tatort.* Und er hatte so eine Ahnung, dass der Mörder nicht von hier war. *Dieses Foto.*

»Sir?«, fragte jemand.

Chops drehte sich um. Der Deputy kniete auf dem Boden und hatte einen großen Koffer unter dem Bett hervorgezerrt, den er nun öffnete. Er war bis zum Rand mit Magazinen gefüllt. Seufzend schüttelte Chops den Kopf.

»Was für ein gottverdammter Wichser«, knurrte Walter.

Allmählich wurde die Ermittlung für Chops zur emotionalen Achterbahnfahrt. Zum einen empfand er eindeutig Wut. Den innigen Wunsch, seinen alten Freund zu rächen. Aber da war auch ein Gefühl der Angst – und die gewann zunehmend die Oberhand. Sie gründete auf einer Ahnung, was das Motiv für den Mord sein könnte. Nämlich Hausers persönliche »Vorlieben«. Vorlieben, die sich mit Chops' eigenen Interessen deckten. Hausers Leiche war kein schöner Anblick. Die vielen Einschusslöcher – in den letzten Augenblicken seines Lebens musste er höllische Schmerzen erlitten haben. Was hatte der Coach seinem Mörder alles verraten?

Irgendetwas, das den Killer zu Chops führen könnte? Er stand kurz vor der Pensionierung. Bei vollen Bezügen. So ein Skandal würde sein ganzes Leben ruinieren! Chops traf eine Entscheidung.

Er hatte eine Menge Urlaubstage angesammelt ...

KAPITEL 9

»The love you take«

Phoenix ächzte unter einer herbstlichen Hitzewelle – an diesem Morgen waren es 25 Grad. Wenn die Sonne gegen 17 Uhr unterging und das Thermometer in den Keller fiel, sanken die Temperaturen innerhalb weniger Minuten bis auf zehn oder zwölf Grad. Aber tagsüber war es *heiß*. Frank hatte sich diesmal für ein etwas netteres Motel entschieden: Das Tropicana verfügte über Kabelfernsehen, Klimaanlage und einen Pool, in dem man sogar schwimmen konnte.

Zur Mittagszeit lag Frank, nur mit Shorts und einem kurzärmeligen Hemd bekleidet, draußen am Pool. Neben ihm stand ein kleines Metalltischchen mit einer Flasche Mineralwasser, einem Glas und einer Taschenbuchausgabe von *Garp und wie er die Welt sah*, die er in einem Drogeriemarkt gefunden hatte. Als junger Mann hatte er diesen Roman geliebt. Jetzt, da er ihn zum zweiten Mal las, fiel es ihm schwer, sich wieder hineinzufinden. Überhaupt konnte er sich auf kaum etwas konzentrieren. Er füllte sein Glas mit Wasser, streckte sich in der Sonne aus und war in Gedanken bei seinem nächsten

Ziel: Las Vegas. Wie viele Kilometer waren es noch zu fahren? Wie lange würde er für die Strecke brauchen? Und wie weit hatte sich der Krebs bereits in ihn hineingefressen? Aber zwischendurch dachte er immer wieder an Hauser zurück. Wie er gezuckt hatte, als ihn die Kugeln trafen. Zwei junge Frauen Mitte zwanzig schlenderten am Beckenrand entlang und machten es sich auf der anderen Seite des Pools mit einem Cocktail-Pitcher, Zigarettenpackungen, Aschenbecher und Zeitschriften gemütlich.

Nein, das war kein Vergnügen gewesen, was er da in Oklahoma getan hatte. Doch mit ein bisschen Glück erwies sich der erste Mord, wie Gandolfini es gesagt hatte, als der schwerste von allen, und von nun an würde es leichter werden. Er dachte an die Liste in der Tasche auf seinem Zimmer. Ursprünglich hatten fünf Namen darauf gestanden.

Inzwischen (~~Hauser~~) waren es nur noch vier.

Die anderen würden es ihm bestimmt nicht leichter machen. Je früher er das akzeptierte, desto besser. Halbherziges Handeln wäre das Ende, er würde sich richtig reinknien müssen.

Nachdem Frank sich ein Weilchen in sein Buch vertieft hatte, schweiften seine Gedanken erneut ab, und die Lektüre von *Garp* fiel weiteren Grübeleien zum Opfer. Über den Anlass für seinen Trip nach Vegas: das Schicksal seiner ersten Frau Grace.

Nachdem er sie für Cheryl verlassen hatte, war Grace in eine tiefe Depression gestürzt. Sie war vorübergehend wieder bei ihren Eltern eingezogen, hatte kräftig zugelegt, einsam und allein auf dem Sofa herumgesessen und Kartoffelchips, Schokoriegel und Eiscreme in sich hineingestopft. Eines Nachts hatte sie auf einem Karamellbonbon herumgekaut und sich dabei die Füllung in einem der hinteren Backenzähne ruiniert. So kam es, dass sie Leslie Roberts, Doktor der Zahnmedizin, kennenlernte. Dr. Roberts kümmerte sich erst um ihren Backenzahn, dann führte er sie zum Essen aus. Nach einer drei Monate währenden, stürmischen Romanze hielt er um ihre Hand an. »Hältst du das wirklich für eine gute Idee, Grace?«, hatte Frank damals seine Ex gefragt. »Wenn wir ehrlich sind, kennst du den Kerl doch kaum.« Daraufhin wurde ihm unmissverständlich zu verstehen gegeben, er möge die Klappe halten. Das Recht, sich zu Beziehungsfragen zu äußern, habe er ein für alle Mal verspielt, als er mit Cheryl in die Kiste gestiegen sei. *Eine verständliche Reaktion,* dachte Frank, der durchaus nachvollziehen konnte, was seine Ex sich von dieser Heirat erhoffte: Der Kerl hatte einen guten Job, ein dickes Konto ... und Grace war, so sagte sie, wirklich in ihn verliebt. Also dachte sich Frank: *Tu, was du nicht lassen kannst.*

Das Verhängnis begann bereits auf der Hochzeitsreise, einem Kurzurlaub in Palm Springs. In seine Hobbys und Gewohnheiten ließ sich Leslie nicht reinreden. Und zu denen gehörte neben dem Trinken auch die Entscheidung darüber, was seine Frau zum Dinner trug und was sie aß. Was er nicht so gerne machte, so stellte sich heraus, war arbeiten. All das erfuhr Frank allerdings erst viel später.

Dr. Roberts hatte nur wenige Patienten. Er spielte Tennis. Er unternahm lange Touren mit dem Auto. Wenn er zu Hause war, kam er kaum aus seiner »Höhle«. Anfangs noch fest davon überzeugt, einen reichen Zahnarzt geheiratet zu haben, fand Grace bald heraus, dass sie diejenige war, die den Großteil der gemeinsamen Ausgaben bestritt. Alles aus der kleinen Zuwendung, die sie weiterhin regelmäßig von ihrem Vater, dem alten Tony Deefenbach, erhielt. Seit ihrer zweiten Heirat zahlte Frank keinen Unterhalt mehr. Tony unterstützte das Paar außerdem mit hunderttausend Dollar beim Kauf ihres Traumhauses. Oder vielmehr Leslies Traumhaus. Er hatte, wie Franks Mom zu sagen pflegte, einen luxuriösen Geschmack, aber einen löchrigen Geldbeutel. Weitere zweihunderttausend Dollar investierte Tony in die Zahnarztpraxis von Leslie, der expandieren und einen zweiten Behandlungsraum einrichten wollte. Trotz anderslautender Versprechungen während der anfänglichen Romanze stellte er außerdem zunehmend klar, dass er keinerlei Interesse daran hatte, Kinder in die Welt zu setzen. Grace hielt drei Jahre durch, dann forderte sie ihn auf, das Haus zu verlassen. Er weigerte sich und erklärte, er sei dort rundum glücklich, und wenn sie ein Problem habe, dann könne sie ja gehen. Grace merkte an, dass ihr Vater den Großteil des Hauses bezahlt habe. Er entgegnete, das Geld sei ein Geschenk, das sie ausdrücklich als Paar erhalten hätten. Dass es als solches deklariert worden war, hatte allein steuerliche Gründe, was Leslie ganz genau wusste. Weshalb er Grace gegenüber unverhohlen mit der Finanzaufsicht drohte, falls ihr Vater es wagen sollte, etwas anderes zu behaupten. Nach mehreren Monaten voller Geschrei und Gezeter zog Grace, die kurz vor einem Nervenzusammenbruch stand, zum zweiten Mal in ihrem jungen Leben zurück zu ihren Eltern.

Als Leslie das ehemalige eheliche Heim zu seinem eigenen erklärte, ließen sich Grace und ihr Vater auf einen teuren Rechtsstreit ein, um das Haus und die zweihunderttausend Dollar zurückzubekommen, die Tony in Leslies »Praxisausbau« investiert hatte. Ein Ausbau, der rätselhafterweise niemals stattgefunden hatte. Dafür wurde schnell etwas anderes offenbar: Während Dr. Leslie Roberts so gut wie keinen Appetit auf die Zahnmedizin zeigte, schien er einen geradezu unstillbaren Hunger auf komplizierte, sich endlos in die Länge ziehende Rechtsstreitigkeiten zu haben. Und wie sich außerdem herausstellte, war einer seiner Freunde Scheidungsanwalt. Leslie konterte alle Klagen von Tony und Grace mit Gegenklagen. Er argumentierte, dass es Grace gewesen war, die ihn verlassen hatte. Zu horrenden Kosten engagierten Tony und Grace eine der besten Kanzleien der Stadt. Nach zwei Jahren einigten sich die Parteien schließlich auf einen Vergleich: Tony verzichtete auf die zweihunderttausend Dollar, und Leslie bekam die Hälfte des Hauses. Der Drecksack setzte sogar durch, dass er die komplette Einrichtung behalten durfte. Sämtliche Möbel, die Frank zurückgelassen hatte, als er mit Cheryl durchgebrannt war, gehörten am Ende diesem verdammten Zahnarzt. Leslie Roberts erhielt aus dem Verkauf des Hauses fast eine halbe

Million Dollar. Von Grace' Hälfte des Erlöses blieb nach Abzug der Prozesskosten gerade noch genug für eine Anzahlung auf eine Einzimmerwohnung.

Nach dem Umzug in ihr neues Domizil hatte sie dann mit dem Trinken begonnen. Vor ein paar Jahren war sie schließlich an Leberzirrhose gestorben. Sie war Franks große Jugendliebe gewesen. Leslie Roberts hatte das Geld eingesackt, war nach Vegas gezogen und lebte dort angeblich als erfolgreicher Immobilieninvestor.

Die Sache hatte noch ein Nachspiel. Hellhörig geworden durch Grace' Anspielungen auf ihr Sexleben – oder vielmehr den Mangel daran –, hatte Frank einen Privatdetektiv namens Tab Leyland angeheuert. Einen Mann, den er durch den Job bei der Zeitung kennengelernt hatte. Leyland machte sich ans Werk. Und er fand heraus, dass Leslie Roberts dieselbe Nummer schon einmal durchgezogen hatte: Auch damals hatte er sich hinter der Maske des wohlhabenden Zahnarztes an eine junge, frisch geschiedene Frau rangeschmissen – eine gewisse Annabel Reed aus Minneapolis –, um ihr dann einen dicken Batzen Geld aus den Rippen zu schneiden. Allerdings war Leslie die verbrecherische Absicht kaum nachzuweisen. Immerhin gab es noch einen Clou: Bei seiner Recherche hatte Leyland eine Menge Zeit damit verbracht, den guten Doktor zu beschatten. Eines Nachts war er dessen Wagen über die Uferstraße entlang des Sees bis zu einem ruhig gelegenen Parkplatz außerhalb der Stadt gefolgt. Mithilfe eines Nachtsichtgeräts konnte er aus sicherer Entfernung beobachten, wie Dr. Leslie Roberts in das Auto eines fremden Mannes stieg. Eines fremden Mannes, den er kurz darauf leidenschaftlich oral verwöhnte. »Der Kerl ist schwul«, berichtete Leyland daraufhin Frank. »Er lutscht fremden Männern auf dem Parkplatz die Schwänze.« Frank hatte Grace nie davon erzählt. *Verdammtes Karamellbonbon,* dachte Frank oft. *Hätte Grace nicht das verdammte Karamellbonbon gekaut, dann hätte sie die Zahnfüllung nicht verloren, und dieser Kerl wäre niemals in ihr Leben getreten.*

Beschissene Spekulationen.

Dabei trug das Karamellbonbon gar nicht die Schuld daran, dass Grace kinderlos, bankrott und viel zu früh gestorben war. Das war Frank bewusst. Er war der wahre Schuldige. Er hatte ihr das Herz gebrochen. Nur um mit einer anderen Frau einen etwas anderen Orgasmus zu erleben, hatte er Grace in die Arme von Leslie Roberts getrieben. Ebenso gut hätte er die beiden auf einer Party miteinander bekannt machen können. Das erinnerte ihn an den Text eines alten Beatles-Songs: »And in the end, the love you take is equal to the love you make.« Na ja, wenn alles glattging, bekam er bald die Gelegenheit, Grace etwas zurückzugeben. Und auch dem alten Tony Deefenbach.

Da es auf der anderen Seite des Pools allmählich schattig wurde, kam eine der jungen Frauen herüber und legte sich auf eine der benachbarten Liegen in die Sonne. Sie lächelte ihm zur Begrüßung freundlich zu. Es war ein höfliches, neutrales Lächeln, wie man es Kindern oder alten Menschen zuwirft – völlig frei von irgendwelchen Absichten. Frank war mal ein attraktiver

Mann gewesen. Lag es wirklich nur an seinem Alter, dass die Frauen ihn nicht mehr beachteten? Oder gab es noch einen anderen Grund? Manche Spezies konnten die Mängel und Krankheiten potenzieller Paarungspartner riechen. Welche Tiere nochmal? Waren es Ratten? Die junge Frau steckte sich Kopfhörer ins Ohr und cremte sich ein – konnte sie den Krebs wittern, der sich durch seinen Körper schlang? Ob es nun das Alter oder die Krankheit war, es lief aufs Gleiche hinaus: Er war unsichtbar geworden, hatte sich in ein sexuelles Neutrum verwandelt. Apropos – wie lange war es her, dass er zuletzt eine Erektion gehabt hatte? Was spielte das jetzt noch für eine Rolle? Auf gewisse Weise war er sogar erleichtert. Eine Sache weniger, um die er sich sorgen musste. Frank griff nach der Mineralwasserflasche und goss sich ein weiteres Glas ein. Er trank einen Schluck, lehnte sich mit geschlossenen Augen zurück und gab sich erneut seinen Erinnerungen hin.

Was waren das für Bilder, die dem sterbenden Frank Brill, dem Ex-Mann dreier Frauen, Vater von zwei toten Kindern und Mörder (bisher) eines Mannes, im Kopf herumspukten? Er sah, wie Coach Hauser seine zitternde, blutige Hand nach ihm ausstreckte und ihn anflehte. Er sah sich selbst, wie er sich mit seinen Redaktionskollegen in Macy's Bar & Grill um den Tisch drängte und sie die Kellnerin lachend mit Bier- und Martini-Bestellungen überschütteten. Er sah, wie er dieses fantastische, absolut makellose Holz 3 schlug und der Ball, exakt mittig getroffen, über zweihundert Meter weit bis aufs Grün flog, wo er ihn mit dem zweiten Schlag zum

Par 5 einlochte. Er sah, wie Cheryl weinte, als er ihr gestand, dass er sie für Pippa verlassen würde. Und er sah diese grausamen Bilder, die ihm stets präsent waren und die er nie vergessen würde: die starren Körper seiner toten Kinder. Olivia in der Leichenhalle in Fort Wayne, schon drei Tage tot, aber immer noch wunderschön. Der Bestatter hatte ganze Arbeit geleistet. Pippa, deren Gesicht – oder das, was dieser letzte Schuss in die Schädelbasis davon übrig gelassen hatte – sie ihm nicht zumuten wollten. Und Adam, aufgebahrt in dem Behelfslazarett neben der Schule. Sein Sohn sah aus, als würde er schlafen. Als könnte Frank – wie er es immer getan hatte, wenn Adam ausnahmsweise mal länger schlief als er und Pippa – zu ihm unter die Decke schlüpfen, um mit ihm zu schmusen. Bis Adam dann schließlich aufwachte, ganz verschlafen »Mhmm, Daddy ...« murmelte und seine kleinen Ärmchen um den Hals seines Vaters schlang.

Frank Brill öffnete die Augen und blinzelte in die grelle Nachmittagssonne. Es roch nach Tabakqualm. Die junge Frau neben ihm rauchte eine Zigarette und blätterte in einer Boulevardzeitung. »DER KRIEG BEGINNT!«, verkündete die Schlagzeile über einem Foto von Präsidentin Trump. Dieses Mal handelte es sich natürlich nicht um einen echten Krieg: Ivanka hatte den Dealern den Kampf angesagt. Sie setzte sich für eine Verschärfung der Gesetze ein. Der Verkauf von Drogen sollte künftig mit dem Tod bestraft werden, zumindest wenn dabei eine gewisse Menge überschritten wurde. Deshalb hatte die Präsidentin das von ihrem Vater ins Leben gerufene Programm zur Beschleunigung der Justiz reaktiviert, das im Grunde nur dazu diente, eine möglichst große Zahl Krimineller möglichst schnell in die Todestrakte zu schicken. Man munkelte zwar, dass sie eigentlich nicht wirklich dahinterstand, aber da ihre erste Amtszeit als gewählte Präsidentin halb vorüber war, hielt sie es offenbar für nötig, Stärke zu demonstrieren, um die Wählerbasis zu mobilisieren und ihre Anhänger mit ein wenig Zuckerbrot zu ködern. Die Trumps karrten den Alten längst wieder durchs Land, und »The Donald« machte auf den Kundgebungen zunehmend, was er wollte. Offenbar hatte er seine Freude daran, es erinnerte ihn an seine Glanzzeit vor zehn Jahren. Erst letzte Woche, in irgendeiner Sporthalle in Houston, hatte er sich verplappert und einen zum Tode verurteilten Schwarzen, den man begnadigt hatte, einen »verfickten Nigger« genannt. Der Pöbel war durchgedreht, hatte gejubelt, geschrien und applaudiert. Der Vorfall hatte tagelang die Schlagzeilen bestimmt.

Frank spielte mit dem Gedanken, die junge Frau anzusprechen. Sie zu fragen, was sie von der Sache hielt, falls sie überhaupt eine Meinung dazu hatte. Dann fiel ihm ein, dass er sich ja in Arizona befand. Vor zehn Jahren hatte Trump hier die Wahl mit knappem Vorsprung gewonnen. 2020 waren es dann schon 15 Prozent gewesen. Ivanka hatte vor zwei Jahren sogar 75 Prozent der Wähler überzeugen können. Frank setzte sich auf und sagte: »Entschuldigen Sie?« Sie hob den Blick. Er winkte. Sie zog die Stöpsel ihrer Kopfhörer aus den Ohren. »Hallo. Ich bin nur neugierig, wegen Ihrer Zeitung da ...« Sie schaute ihn fragend an. »Die Titelseite. Was hält man denn hier in Arizona davon?«

Die junge Frau blätterte zurück und betrachtete das Cover. Dabei wirkte sie so überrascht, als würde sie es gerade zum ersten Mal sehen. »Sie meinen davon, die Drogendealer hinzurichten?« Ihre Stimme war ungewöhnlich hoch, beinahe schrill.

»Ja.«

»Ich schätze, wir sind dafür.«

»Verstehe.« Frank nickte.

»Irgendwas müssen wir ja unternehmen.«

»Ja.«

»Wenn die Präsidentin der Meinung ist, das würde was bringen ...«

»Gefällt Ihnen Ivanka?«

»Na klar. Sie ist wunderschön.«

Frank nickte erneut. »Und was ist, wenn es den Falschen erwischt?«

»Na ja, das kann wohl passieren.«

»Sie meinen, wo gehobelt wird, da fallen Späne?«

»Wie bitte?«

»Ist nur so ein Ausdruck.«

»Hab ich noch nie gehört. Ist nicht schlecht.« Sie lächelte höflich und beendete das Gespräch, indem sie die Stöpsel wieder in die Ohren steckte und die Zeitung vors Gesicht hob.

»Ich hatte eine Tochter«, sagte Frank leise, ohne die junge Frau dabei anzusehen. »Sie war etwa in Ihrem Alter. Sie starb. Sie hat bei einer Operation innere Verletzungen erlitten und ist im Schlaf verblutet. In einem Motelzimmer.

Ich hatte keine Gelegenheit, ihr Lebewohl zu sagen. Wir hatten unsere Höhen und Tiefen, aber ich habe sie geliebt. Habe ich wirklich. Sie war mein kleines Mädchen.«

Er hörte das Plätschern des Wassers im Pool, das Blubbern, wenn es in den Zulauf des Filters schwappte, und aus den Kopfhörern der jungen Frau das leise Zischeln von Musik. Den Verkehr auf dem Highway. Irgendwo weit entfernt das Brummen eines Propellerflugzeugs. Seine eigene Stimme, der niemand zuhörte.

KAPITEL 10

»Las Vegas schert sich nicht um Zugereiste.«

Die Fahrt von Phoenix nach Vegas dauerte fünfeinhalb Stunden. Er verließ die Stadt auf der I-60, um dann bei Wickenburg auf die I-93 zu wechseln. Von da ging es nach Norden durch Mohave County und über den Colorado nach Nevada. Unterwegs sah er Buschland, Wüste, Berge, Flüsse, Tankstellen, Wassertürme und bei Boulder City einen Kojoten, der am Fahrbahnrand einen Kadaver fraß.

Kurz nach Mittag checkte er im Desert Pines Motel (»Whirlpool! Wasserbetten!«) ein und nahm eine Dusche, um sich den Schweiß (die Veloursitze) abzuwaschen. Mit einem Handtuch um die Hüfte und einen Kaffee schlürfend, machte er eine Inventur seiner Ausrüstung, die er vor sich auf dem Bett ausgebreitet hatte. Er war jetzt seit vier Tagen unterwegs und verfügte noch über zwei Paar Socken, zwei saubere T-Shirts und eine Unterhose. Für die Zeit nach Vegas, wenn es wieder nach Norden ging, wo es sicher kühler war, würde er einen Pullover brauchen. Auch die restlichen Vorräte gingen zur Neige.

Zwei Dosen Cola Light.

Eine halbe Packung Zigaretten.

Sechzig Schuss Kaliber .22.

Zehn 9-mm-Patronen.

Für die Glock, die er Hauser abgenommen hatte, würde er mehr 9-mm-Munition brauchen. Außerdem hatte er keinen Rasierschaum und kein Deodorant mehr.

Wenn so unterschiedliche Dinge wie Toilettenartikel, Getränke, Zigaretten, Textilien und Munition auf der Einkaufsliste standen, kam in den USA nur ein Ort infrage ...

* * *

Frank parkte, stieg aus dem Auto und blickte an der Fassade hoch. In der heißen Nachmittagssonne schimmernd, ragte sie riesenhaft vor ihm auf. Das Gebäude stellte seine gesamte Umgebung in den Schatten – und das nicht nur sprichwörtlich. Es war ein SupraMart von fast biblischen Ausmaßen. Der größte, den er je gesehen hatte. Frank ließ die Wüstenhitze des Parkplatzes hinter sich und betrat die künstliche Kühle dieses gigantischen Konsumtempels. (*»Willkommen bei SupraMart. Willkommen bei SupraMart. Willkommen ...«*)

In der Herrenabteilung legte er ein paar kurzärmelige karierte Hemden, sechs weiße T-Shirts mit Rundhalsausschnitt, ein Jumbopack schwarzer Socken, zwei Dreierpacks Boxershorts, eine Baumwollhose und einen dunkelblauen Pullover aus Lammwolle in den Einkaufswagen. Nicht zum ersten, aber womöglich zum letzten Mal staunte Frank darüber, wie viel Zeug Amerika so brauchte.

Diese Unmengen an Mikrowellenöfen, Mixern, Toastern und Fernsehgeräten. Die ganze Milch. Die Fleischberge. All der Käse. Wie viele Sorten Cheddar benötigte die Menschheit?

Auf der Suche nach den Toiletten verirrte er sich in den Gang mit den Baby-Artikeln und verharrte für einen Augenblick mit ehrfürchtigem Staunen vor hochaufragenden Stapeln an Säuglingsnahrung, Windeln, Beißringen, Milchpulver, Spielzeug und Schnullern. Wie bitte schön hatten die Menschen vor fünfzig Jahren, vor hundert Jahren es geschafft, ihre Kinder aufzuziehen, bevor dieser ganze Kram erfunden war? Er stand da, und Tränen liefen ihm übers Gesicht, als er sich erinnerte, wie winzig seine eigenen Kinder einmal gewesen waren. Niemand beachtete ihn: Hier in Vegas war er bloß ein alter Spinner mehr. Noch so einer, den am Spieltisch das Glück verlassen hatte. Das war der Vorteil, wenn man in Amerika verrücktspielte: Immer gab es jemanden, der den eigenen Wahnsinn locker übertraf. Auf dem Weg hierher war er an einem Bettler vorbeigekommen, der so herzhaft in eine Zwiebel biss, als würde er einen Apfel essen.

Frank riss sich zusammen, besorgte sich seinen Rasierschaum, das Deo, die Cola und ging dann rüber zu den Sportartikeln, wo ihn – hinter dem Camping- und Angelzubehör – eine Wand aus mattschwarzen und vernickelten Gewehren erwartete. Die Pistolen wirkten in ihren Glaskästen wie die im Museum ausgestellten Exemplare einer tödlichen exotischen Spezies.

Als es nach der Schießerei an der Coolidge High zu einem öffentlichen Aufschrei gekommen war, hatten es die großen amerikanischen Supermarktketten mit der Angst zu tun bekommen. SupraMart hatte damals eine Erklärung veröffentlicht:

Angesichts der jüngsten tragischen Ereignisse erhöht Supra-Mart das Mindestalter für den Kauf von Schusswaffen und Munition von 18 auf 21 Jahre. Außerdem werden künftig keine sogenannten Sturmgewehre mehr verkauft, das gilt auch für das Modell AR-15. Mit Ende dieses Jahres werden wir den Verkauf von Handfeuerwaffen, Bump-Stocks, Hochleistungsmagazinen sowie ähnlichem Zubehör vollständig einstellen und unsere Kunden vor dem Kauf einer Schusswaffe einer Zuverlässigkeitsüberprüfung unterziehen. Wir müssen für die Sicherheit unserer Kinder sorgen.

Mittlerweile, sechs Jahre danach, waren längst alle zur Normalität zurückgekehrt. Im Augenblick war die Entwicklung sogar gegenläufig. 2022 hatte eine Reihe von Tweets des Präsidenten (»Die Versager von SupraMart glauben, sie wüssten am besten, was für Sie und Ihre Familie gut ist. So was ist unamerikanischer MIST!«) zu einem anhaltenden Boykott durch aufgebrachte Patrioten geführt, der SupraMart heftige Einbußen bescherte und Panik unter den Aktionären schürte. Die Kette veröffentlichte daraufhin eine weitere Erklärung:

Wir bei SupraMart sind stolz darauf, immer ein offenes Ohr für die Wünsche unserer Kunden zu haben. Deshalb freuen wir uns, Ihnen mitteilen zu können, dass wir ab sofort wieder moderne Sportgewehre, einschließlich des

AR-15, verkaufen. Außerdem setzen wir das Mindestalter
für den Kauf von Schusswaffen und Munition von 21 auf
18 Jahre herab und nehmen Handfeuerwaffen, Bump-
Stocks sowie Hochleistungsmagazine ins Sortiment auf. In
Übereinstimmung mit den neuen Bundesgesetzen werden
wir von unseren Kunden künftig nicht mehr verlangen,
sich vor dem Kauf von Schusswaffen einer Zuverlässig-
keitsüberprüfung zu unterziehen. Gott segne Amerika!

Als Frank die Wand aus Holstern, Magazinen, Speed-
loadern und anderem Zubehör betrachtete, erschien hinter ihm ein Verkäufer. »Kann ich Ihnen helfen?«, fragte
der junge Mann.

»Ja, also, ich brauche Munition für eine Glock.«

»Welches Modell, Sir?«

»Oh ... Mist ... keine Ahnung ... diese hier.« Frank zog
die Pistole aus dem Hosenbund und legte sie auf den
Verkaufstresen. Noch vor zehn Jahren hätte er das besser gelassen. Aber heutzutage war es in Nevada völlig
normal, von seinem »verfassungsgemäßen Recht auf das
Tragen von Waffen« (also dem »Recht auf das Tragen
einer Handfeuerwaffe, entweder offen oder versteckt,
ohne Lizenz oder Genehmigung«) Gebrauch zu machen,
und der junge Mann zuckte nicht mal mit der Wimper.

»Ah, die Glock 17. Wir haben im Augenblick Hohlspitzgeschosse im Angebot. Tausend Schuss für 199,99 Dollar plus Mehrwertsteuer.«

»So viel brauche ich wohl nicht. Was ist die kleinste
Menge, die Sie haben?«

»Ein Karton mit fünfzig Schuss für 32,95 Dollar.«

»Das reicht mir völlig. Aber sind Sie sicher ... diese Hohlspitzgeschosse, die sind auch ganz bestimmt legal?«

»O ja, Sir, seit 2020.«

»Also gut«, sagte Frank. Während der junge Mann in einer Schublade mit Munition herumkramte, fiel Franks Blick auf einen Gegenstand im oberen Bereich der Zubehörwand. »Das da oben ... ist das ein Schalldämpfer?«

»Ja.«

»Die sind jetzt auch legal?«

»Seit 2020.«

2020. Natürlich, Beckermans Coolidge-Gesetz. »Könnte ich davon bitte auch noch einen bekommen?«

»Ich fürchte, leider nein.« *Aha,* dachte Frank. Ein paar Grenzen gab es also doch noch. Nicht alles war außer Kontrolle. Wozu sollte ein aufrechter Bürger auch einen Schalldämpfer benötigen?

»Nicht für dieses veraltete Modell«, fuhr der Verkäufer fort. »Sie brauchen einen Lauf mit Gewinde. Aber wissen Sie was? Wenn Sie Ihre alte Glock 17 in Zahlung geben, kann ich Ihnen hundert Dollar gutschreiben ... für den Kauf einer neuen Glock 26. Die ist der 17 weit überlegen und voll Supressor-kompatibel.«

»Supressor?«

»Schalldämpfer. Wir haben ein Spitzenangebot für den ATN 803. Sehr leise. Wenn Sie auf maximale Tarnung aus sind, brauchen Sie allerdings andere Munition als die üblichen 9-mm-Patronen.«

»Tarnung?«

»Ich nehme an, Sie benötigen den Supressor für die Jagd? Die meisten unserer Kunden sind der Meinung, dass Supressoren eine sehr effektive Möglichkeit sind, um den Lärm zu unterdrücken, der bei der Jagd das Wild verschrecken könnte.«

»Natürlich. Für die Jagd. Selbstverständlich.«

Frank verließ den SupraMart mit einer brandneuen Glock 26, einem ATN-Schalldämpfer und fünfzig Schuss Unterschall-Hohlspitzmunition. Es war erst ein paar Jahre her, da hätte es einen Profikiller viele Tage, beste Schwarzmarktkontakte und Tausende von Dollars gekostet, an dieses Zeug heranzukommen. Frank kostete es fünfzehn Minuten und 620 Dollar plus Mehrwertsteuer.

»Haben Sie noch einen wunderschönen Tag, Sir«, rief ihm ein freundlicher Angestellter hinterher, als er den Laden verließ. »Ganz bestimmt«, erwiderte Frank grinsend.

* * *

Er fand problemlos zu der Adresse, die das Wählerverzeichnis ihm verraten hatte, einer protzigen Bausünde in einem Neubaugebiet im Norden von Las Vegas. O ja, dieser Wichser hatte sich wirklich gut geschlagen. Mehr als gut. Frank saß den Rest des Nachmittags im Auto und observierte das Haus, bevor er schließlich an der Tür klingelte. Doch es war niemand zu Hause. Bei Sonnenuntergang wurde ihm schlagartig bewusst, wie müde er war. Er startete den Wagen und machte eine Spritztour über den Strip.

Er war schon einmal in Vegas gewesen. Damals hatte er mit ein paar Freunden einen Golfausflug unternommen.

Frank war kein Zockertyp, wusste mit dem ganzen Casino-Rambazamba also nicht sonderlich viel anzufangen. Einer der Jungs hatte einen Haufen Geld beim Blackjack verpulvert, während ein anderer ein kleines Vermögen für zwei Prostituierte ausgegeben hatte und sich bei dieser Gelegenheit ein paar possierliche Krabbeltiere andrehen ließ: Sackratten. Als frischgebackener Ehemann hatte sich Frank von derlei Aktivitäten ferngehalten.

Vegas erinnerte ihn an einen seiner letzten gemeinsamen Momente mit seinem Sohn. Sie hatten kurz zuvor damit begonnen, regelmäßig zusammen *Die Simpsons* zu schauen, wenn Adam aus der Schule zurück war. Eines Abends hatten sie auf dem Sofa gesessen und sich die Episode angesehen, in der Homer mit Flanders nach Vegas fährt, um ihn ein bisschen aufzulockern, was erwartungsgemäß schiefläuft. Als die beiden aus der Stadt gescheucht werden, sagt ein Sicherheitsmann zu ihnen: »Las Vegas schert sich nicht um Zugereiste.« Frank war aus dem Lachen gar nicht mehr rausgekommen.

»Warum ist das lustig?«, hatte Adam wissen wollen.

»Also«, hatte Frank erklärt, »in Las Vegas dreht sich alles um Zugereiste. Fast jeder in dieser Stadt ist ein Zugereister. Der Witz besteht also darin, dass der Sicherheitsmann das Gegenteil von dem sagt, was die Wahrheit wäre.«

»So was wie … eine Lüge?«

»Ein Witz, mein Sohn.«

»Ah, ich verstehe!«, antwortete Adam. Was natürlich nicht stimmte, aber zwischen den beiden wurde es zu einem Running Gag, eine willkommene Ergänzung zu Homers frustriertem »Nein!« oder Apus »Vielen Dank, beehren Sie uns bald wieder!«. Wenn man Frank oder Adam nach ihrer Meinung fragte, ganz egal zu welchem Thema, dann lautete die Antwort gewöhnlich: »Las Vegas schert sich nicht um Zugereiste.« Sie trieben Pippa fast in den Wahnsinn damit. Wie viele solcher albernen Sprüche sie wohl heute teilen würden, wenn Adam noch am Leben wäre. Aber er war tot. Auf dem Boden seines Klassenzimmers verblutet, weil ein Wahnsinniger ihm in den Bauch geschossen hatte. Ende. Aus.

Frank fuhr langsam den Strip entlang. Gleißendes Licht tauchte die Straße in die Farben des Geldes: Silber und Gold, Rot und Blau. Auf der Windschutzscheibe spiegelten sich Neonreklamen und Leuchtschriften, die mit »GRATIS-BUFFET«, »GRATIS-FRÜHSTÜCK« und »BEDIENUNG AM TISCH« warben oder Gottes Segen für die amerikanischen Truppen erbaten. Rechts und links von ihm schob sich halb Amerika über die Bürgersteige und bestaunte das Lichterspektakel. Gleich gegenüber befand sich das Mandalay Bay, wo Stephen Paddock 2017 ein Fenster im einunddreißigsten Stock eingeschlagen hatte, um auf die Menschenmenge darunter zu feuern. Er hatte über tausend Schuss abgegeben und achtundfünfzig Menschen getötet. Bis zum Amoklauf von Coolidge galt seine Tat als die schlimmste ihrer Art in der Geschichte Amerikas. Wenige Jahre später war Coolidge ebenfalls auf die Plätze verwiesen worden, als der Toningenieur John Urkel 2021 ein Musikfestival in San Diego mit einer Salve aus einer vollautomatischen Minigun eröffnet hatte. Er hatte sie in einer Lautsprecherbox aufs Gelände geschmuggelt und über Nacht unbemerkt aufgebaut. Gleich gegenüber der Hauptbühne auf der erhöhten Plattform für das Mischpult. Als das Publikum am nächsten Morgen aufs Festivalgelände strömte, um die erste Band des Tages zu sehen, eröffnete er das Feuer und tötete in weniger als neunzig Sekunden hundertneunundddreißig Menschen. Einige der Opfer, die Urkels Position besonders nahe waren, wurden von der Hüfte aufwärts förmlich »vaporisiert«. Selbst NRA-Boss Beckerman räumte anschließend zähneknirschend ein, dass die meisten Amerikaner »vermutlich« auf das Recht verzichten könnten, eine Minigun zu besitzen. Eine Waffe, die für den Luftkampf entwickelt wurde und pro Minute sechstausend Schuss großkalibrige Munition abfeuerte.

Warum hatte Frank nicht diesen Weg gewählt? Einen Amoklauf? Seinen Schmerz und Zorn wahllos an einer Menschenmenge auszulassen?

Frank war Chefredakteur gewesen.

Er würde präzise vorgehen.

KAPITEL 11

»Ich hoffe, mein Sofa war bequem.«

Früh am nächsten Morgen, um kurz nach sieben Uhr, parkte Frank wieder am Straßenrand vor der Protzvilla und beobachtete das Grundstück. Diesmal musste er nicht so lange warten. In einen tuckigen weißen Frottee-Trainingsanzug gekleidet, trat Zielperson Nr. 2 um exakt 7:32 Uhr aus der Flügeltür im spanischen Stil. Seit Frank ihn zuletzt gesehen hatte (wie lange war das her ... dreißig Jahre?), war er sichtbar gealtert und hatte kräftig zugelegt, aber es war unverkennbar er. Frank folgte ihm in einigem Abstand mit dem Auto, und als der weiße Frotteeanzug in einem kleinen Park verschwand, fuhr er rechts ran. Keine fünfzehn Minuten später tauchte der Mann wieder auf, um schweißnass und sehr viel langsamer den Rückweg anzutreten. Frank gab ihm hundert Meter Vorsprung, bevor er einen U-Turn machte, sich ein Weilchen an ihn dranhängte, ihn dann überholte und gegenüber des Hauses auf ihn wartete. Fix und fertig stiefelte der Kerl den Gartenweg hinauf. Er war so mit Schwitzen und Schnaufen beschäftigt, dass er nicht mitbekam, wie Frank aus dem Auto stieg und mit der Hand in der Manteltasche die Straße überquerte. Er bemerkte ihn erst, als der Schlüssel im Schloss steckte und die Tür schon ein Stück geöffnet war.

Er war eben im Begriff, sich zu Frank umzudrehen, als der seine neue Glock zog und ihm den Lauf in die feuchte Frottee-Wampe bohrte.

»Hallo, Leslie«, sagte Frank.

Leslie Roberts' Mund stand weit offen, doch er gab nicht den geringsten Laut von sich. Frank schubste ihn mit einem kräftigen Stoß in den Hausflur – eigentlich eher eine Art Vorhalle. Dann zog er die Tür hinter sich zu, schloss ab und steckte die Schlüssel ein. Roberts stürzte taumelnd zu Boden – mexikanische Fliesen –, krachte dabei in ein herumstehendes Tischchen und zerschmetterte eine Blumenvase. Frank stand über ihm und senkte die Mündung. Mit dem schweren Schalldämpfer wirkte die Pistole riesig und tödlich. »Was wollen Sie?«, keuchte Roberts schweißgebadet.

»Du weißt wohl nicht mehr, wer ich bin?«, fragte Frank.

»Leslie?«, rief eine Stimme irgendwo im Haus. Roberts' Blick wanderte panisch in Richtung des Rufers, und er brüllte warnend »JAMES!«, da erschien auf der anderen Seite der Vorhalle ein Mann in Shorts und T-Shirt. Er war Anfang dreißig, braun gebrannt, gut aussehend und hielt einen Krug mit Orangensaft in der Hand. Er hatte die Worte »Was ist passiert?« kaum ausgesprochen, da erstarben sie auch schon wieder auf seinen Lippen. Er starrte erst Franks Pistole, dann Roberts an ... und *schrie*.

»Nein, bitte«, sagte Frank. »Hau einfach ab! Verschwinde!«

»OGOTTOGOTTOGOTTOGOTT!«

»Schhhhh!«, versuchte Frank, den schreienden Mann zu beruhigen. Als Roberts aufstehen wollte, zielte Frank knapp neben dessen Kopf und drückte den Abzug. In der Wand klaffte sofort ein großes Loch, dem nur das Klacken des Pistolenschlittens und ein leises »Pfffffff« vorausgegangen war. Die leere Patrone klimperte auf dem Kachelboden, und urplötzlich sprang der Rauchmelder an, ausgelöst von den Korditschwaden, die aus der Mündung der Glock aufstiegen. *Piep-piep-piep-piep-piep-piep-piep.*

»OGOTTOGOTTOGOTTOGOTT!«

»Schhhhh!«, versuchte es Frank erneut.

»HILFE!«

Piep-piep-piep-piep-piep-piep-piep.

»BITTE – JUNGE! LAUF! HAU DOCH EINFACH AB!«

»HILFE! POLIZEI!«

Piep-piep-piep-piep-piep-piep-piep.

Roberts war schon fast wieder auf den Beinen. Ein großer, massiger Kerl. Frank zielte mit der Glock auf den rechten Oberschenkel, drückte erneut den Abzug, und jetzt gesellten sich Roberts' Schmerzensschreie zu den gellenden Hilferufen seines Lovers. Es war ein irres, ohrenbetäubendes Gekreische. Ein Albtraum. Es gab kein Entrinnen. Er musste ...

Frank feuerte zweimal – pfffft, klack, klirr, pfffft, klack, klimper. Die erste Kugel traf den Krug mit Orangensaft, der förmlich explodierte. Scherben flogen durch die Luft, Saft spritzte herum. Die zweite Kugel durchschlug die Brust des jungen Mannes, brachte ihn zum Schweigen, zog ihm die Beine unter dem Körper weg und schleuderte ihn zu Boden.

Piep-piep-piep-piep-piep-piep-piep.

Frank starrte zur Decke hinauf, sah die weiße Plastikscheibe, das rote Blinklicht, und feuerte dreimal, bevor er das Ding endlich traf und das Piepen verstummte. In der plötzlichen Stille klang das Heulen und Schluchzen, mit dem sich Roberts auf dem Boden herumwälzte und sein Bein umklammerte, umso lauter.

Zitternd, mit flauem Magen und weichen Knien, ging Frank auf den anderen Mann zu, dem es gelungen war, sich auf den Bauch zu drehen, und der nun verzweifelt versuchte, von ihm wegzukriechen. Überall war Blut. Schlagartig hatte Frank den Amokläufer vor Augen, wie er in der Schule seines Sohnes über den Korridor lief. »Es tut mir leid«, sagte Frank. Er feuerte erneut, diesmal aus kurzer Distanz, und traf ihn zwischen die Schulterblätter. Der junge Mann streckte die Arme von sich und blieb regungslos liegen. »Warum konntest du nicht einfach wegrennen?«, schluchzte Frank. Er hörte, wie Roberts sich erbrach.

Wenig später tat er es ihm gleich.

* * *

Er hatte einen Unschuldigen getötet. Einen Menschen, der ihm zufällig in die Quere gekommen war. So hatte er das nicht geplant. In seiner Vorstellung war es stets so abgelaufen, dass er diese Männer aufspürte, die ihm und seiner Familie unrecht getan hatten. Dass er sie alleine vorfand, sie ihre Taten gestanden und er sie dann umbrachte. Nur sie allein. Schluss, aus. In diesem Augenblick aber, umgeben von Tod, Blut, Tränen und Pulverdampf, stand Frank kurz davor, all dem ein Ende zu setzen. Er presste die Mündung des Schalldämpfers unter sein Kinn und spürte kaum, wie das heiße Metall seine Haut verschmorte, als er sich fragte, welchen Weg die Kugel nehmen würde. Kerzengerade nach oben? Durch den Unterkiefer, dann die Zunge, den Oberkiefer, hinter den Augen entlang in den Stirnlappen und durch die Schädeldecke wieder raus? Oder sollte er sich die Waffe in den Mund stecken, spüren, wie der Lauf seine Zunge, die Backen und den Gaumen verbrannte, bevor er den Abzug drückte und sich den Hinterkopf wegblies? Er musste ... er brauchte ... einen Drink.

Roberts konnte nicht mehr aus eigener Kraft aufstehen. Also packte Frank ihn an der Kapuze des Trainingsanzugs. Zerrte den schluchzenden und würgenden Fettsack an der Leiche seines Liebhabers vorbei, durch eine Pfütze aus klebrigem Orangensaft, Blut und Glassplittern. Dass er dabei geschnitten wurde, schien Roberts gar nicht zu bemerken. Als er den Zahnarzt mitten im Wohnzimmer fallen ließ, war der weiße Frotteeanzug blutverschmiert und sein Träger ein hysterisches Wrack. Frank setzte sich in einen Sessel, steckte sich mit zitternden Händen eine Zigarette an und sah sich nach der Hausbar um. Es war ein großer Raum, voller Pflanzen und Farne. Fast schon dschungelähnlich. Ein bodentiefes Fenster ging auf einen kleinen, gepflegten Garten hinaus. Frank sog das Nikotin mit gierigen Zügen in seine Lunge, während sein Blick suchend umherschweifte. Auf einem Tresen aus poliertem Beton, der den Wohnbereich von der Küche trennte, standen ein paar Spirituosen aufgereiht. Frank ignorierte Roberts' Schluchzen und Heulen, ging hinüber und griff nach einer Flasche Grey Goose. Er spielte ernsthaft mit dem Gedanken, einen tiefen Schluck direkt aus der Flasche zu nehmen. Er malte sich aus, wie es sich anfühlen würde, stellte sich vor, wie das Brennen in der Kehle langsam nachließ und die beruhigende Wirkung des Alkohols einsetzte. Das vertraute Gefühl des Anästhetikums, das in den Adern zirkuliert und allmählich das Blut ersetzt. Er spürte den Druck des Pinguins in seiner rechten Hosentasche und stellte die Flasche zurück. Roberts' Geheul war verstummt. Er stand so unter Schock, dass er bloß noch vor sich hin brabbelte.

»Leslie? He, Leslie«, sagte Frank, ging zu ihm rüber und legte den Finger auf die Lippen. »Schhhh.« Mit flachen, panischen Atemzügen schnappte Roberts nach Luft. »Das mit deinem Freund tut mir leid.«

»Wer ... sind ... Sie?« Unter heftigen Schmerzen stieß er jedes Wort einzeln hervor.

»Du erkennst mich echt nicht?«

Roberts schüttelte den Kopf. Seufzend blickte Frank sich um. Ihm fiel etwas ins Auge. Dort drüben in der Ecke stand eine Sitzgruppe aus zwei Sesseln, einem Couchtisch und einem cremefarbenen Sofa.

Seinem cremefarbenen Sofa.

Dem Sofa, das er nach der Trennung von Grace zurückgelassen hatte. Frank deutete mit der Waffe auf das Möbelstück. »Das ist MEIN VERFICKTES SOFA!«

Nach einem kurzen Moment stammelte Roberts: »Sind Sie etwa ... der *Ex-Mann* von Grace?«

»Ich fasse es nicht, dass du immer noch unser Sofa hast«, schnaufte Frank. »Warum? Warum hast du das getan?«

»Was denn? ICH HAB ÜBERHAUPT NICHTS GETAN!«

»Warum hast du sie geheiratet, wenn du schwul bist? Warum hast du Grace ihr ganzes Geld abgenommen? Ihr Leben zerstört?«

»Ich ... ich bin bisexuell. Wir haben uns zerstritten! Wir haben uns scheiden lassen! So was passiert ständig! Es kam zum Prozess, ich hab gewonnen, und ...«

»Und was war mit der Frau vor Grace? Annabel Reed in Minneapolis?«

Das brachte Roberts zum Schweigen. Aber er fasste sich schnell wieder. »Wer?«, fragte er blinzelnd.

»Du bist ein Heiratsschwindler, hab ich recht? Du hast dich an Frauen rangeschmissen, hast ihnen einen Haufen Geld aus der Tasche gezogen und dich dann aus dem Staub gemacht.«

»Ich weiß nicht, wovon Sie reden.«

Scheiß drauf.

Er schloss die Augen, zielte auf den Bauch, drückte dreimal den Abzug und bewegte die Waffe dabei aufwärts bis zur Brust – pfffft, klack, klirr.

Frank ging quer durch den Raum und ließ sich aufs Sofa fallen, auf dem er seit Jahrzehnten nicht mehr gesessen hatte. Es war seltsam, als hätte sein Körper die Konturen gespeichert und würde das Gefühl von damals exakt reproduzieren. Er dachte an das Leben zurück, das er und Grace führten, als er die Couch gekauft hatte, in diesem netten Laden an der Eisenhower. Es war eins der ersten schicken Möbelstücke, die sie besessen hatten. Sie wohnten in diesem kleinen Apartment, waren Anfang zwanzig und hatten keine Kinder. Zu kochen oder die Wohnung einzurichten, waren völlig neue Erfahrungen für sie. Er erinnerte sich, wie sie die alte Tapete runtergerissen und festgestellt hatten, dass der Putz schon von den Wänden bröselte. Wie sie zwei Wochen lang nur Nudeln mit Thunfisch gegessen hatten, um die Handwerkerreparatur bezahlen zu können. Wenn man ihm damals, als er in dem Möbelgeschäft den Kaufvertrag unterzeichnete (da sie kein Geld hatten und Frank zu stolz war, um Hilfe anzunehmen, kaufte er die Couch auf Raten), erzählt hätte, dass ihr neues Sofa nicht das einzige bleiben würde, auf dem er jemals seine Mahlzeiten zu sich nehmen, seine Bücher lesen, fernsehen, einschlafen und jemanden lieben würde, sondern dass er mit drei verschiedenen Frauen drei verschiedene Sofas besitzen würde, bevor er viele Jahre später an Krebs erkranken und zu guter Letzt wieder auf diesem Sofa Platz nehmen sollte, in Vegas, mit einer Knarre im Schoß, die noch warm war, weil er damit gerade den zweiten Mann seiner ersten Frau getötet hatte, einen homosexuellen Heiratsschwindler ... Tja, dann hätte

Frank sich sehr wahrscheinlich erkundigt, was man wohl gerade geraucht hatte. *Das Leben steckt wirklich voller Überraschungen,* dachte er mit Blick auf Roberts' Leiche, aus deren Wunden mit einem kaum wahrnehmbaren Gurgeln weiter das Blut strömte.

Frank hatte auf Antworten gehofft. Darauf, von Leslie Roberts den wahren Grund zu erfahren, warum er ausgerechnet Grace als Opfer gewählt hatte. Er hatte ihn fragen wollen, ob ihm je in den Sinn gekommen war, was für Schmerzen er ihr zugefügt hatte. Und wie er in diesem Palast leben konnte, während Grace in einer Einzimmerwohnung sterben musste. Mittellos und mit gebrochenem Herzen – genau wie ihr armer alter Vater. Frank hatte viele Fragen an Roberts gehabt. »Na schön, du Arschloch. Ich hoffe, mein Sofa war bequem«, sagte er, stand auf und tätschelte die Armlehne. Die Armlehne, auf der er damals, in einem anderen Leben, an so vielen längst vergangenen Abenden seine Getränke abgestellt hatte. Die Armlehne, von der die Fernbedienung ständig runtergefallen war, weshalb er dauernd auf Händen und Knien herumkriechen musste, weil das Ding stets auf wundersame Weise unters Sofa rutschte. Das seltsame Eigenleben unbelebter Objekte. »Mach's gut, alter Freund«, verabschiedete sich Frank und goss den kompletten Inhalt der Flasche Grey Goose über das Sofa.

Mit einem sanften »Wumpfff« fing es Feuer. Frank zog die Liste aus der Tasche und nahm einen Stift von Leslie Roberts' Couchtisch.

~~Leslie Roberts~~

Kaum hatte er das Haus verlassen, stimmten zahlreiche Rauchmelder ein erneutes Piepkonzert an. Schon bald würde der gesamte Palazzo Protzo in Flammen stehen. Halloweenorange und schornsteinrot, wie in »Frank's Wild Years« von Tom Waits. Auf der Rückfahrt zum Motel fiel ihm wieder ein, wie das Bier hieß, das sein Namensvetter in dem Song trank: Mickey's. Die Flaschen wurden wegen der großen Öffnung Mickey's Big Mouths genannt. Gab es die überhaupt noch zu kaufen?

KAPITEL 12

»Ähm ... also ...«

Jeder Fall brauchte einen Durchbruch. Und der Hauser-Mord wäre vielleicht nur ein weiterer ungelöster Fall geblieben, wenn Chops nicht ein paar Tage nach dem Tod seines Freundes ein glücklicher Zufall zu Hilfe gekommen wäre.

Er hatte sich zu Hause in seinen Fernsehsessel gefläzt, Nachos mit Käsesoße gegessen und in einer Schwarte von Tom Clancy geschmökert, während im Hintergrund wie immer die Fox News liefen. Na gut, er hatte *versucht*, Clancy zu lesen: Tatsächlich war er in Gedanken beim alten Hauser gewesen. Bei einigen der Partys, die sie besucht hatten. Der schönen gemeinsamen Zeit. Zwei Männer, verbunden durch eine Leidenschaft, die vom Großteil der Gesellschaft verteufelt wurde. O Mann, dieser Abend, an dem sie die zwei Ausreißer an der Raststätte aufgabelt hatten. Die Jungs waren vielleicht sechzehn oder siebzehn gewesen ...

Er schreckte aus seinen Erinnerungen hoch, als Fox einen Bericht über Hannitys jüngsten Besuch in der südkoreanischen Sicherheitszone unterbrach (der Vizepräsident hatte für Kontroversen gesorgt, als er öffentlich die Position vertrat, dass es nur angemessen sei, wenn amerikanische Unternehmen am meisten von Nordkoreas Wiederaufbau profitieren würden, der in fünfzig Jahren beginnen sollte – sobald die Strahlungswerte auf ein vertretbares Level gesunken waren), um über einen Doppelmord in Las Vegas zu berichten.

Ein Nachbar hatte die Polizei gerufen, nachdem er an der Rückseite des Gebäudes Flammen bemerkt hatte. Der Feuerwehr, die rasch zur Stelle war, gelang es, den Brand zu löschen, bevor er allzu großen Schaden anrichten konnte. Dass dieser Umstand überhaupt erwähnenswert war, sprach für eine wohlhabende Gegend. Bei den Löscharbeiten wurden die Leichen von zwei Männern entdeckt: einem gewissen Leslie Roberts und einem James Cuomo. Beide Opfer waren erschossen worden.

Als der Bericht auf die Lebensumstände der Toten einging, hieß es, sie hätten mutmaßlich einen – wie es im Fox-Universum hieß – »alternativen Lebensstil« gepflegt. Das erregte Chops' Aufmerksamkeit. Einerseits sah es alles danach aus, dass die Opfer wohlhabend und weiß waren. Okay, der eine war weiß, der andere wohl eher ein hellhäutiger Bohnenfresser. Und sie waren in einer sicheren Vorortgegend überfallen worden, was zweifellos eine Ungeheuerlichkeit war. Aber andererseits deutete der Bericht zwischen den Zeilen an, dass es sich bei den Kerlen um Schwuchteln handelte. Also hatten sie es vermutlich nicht anders verdient. Chops zündete sich eine Zigarette an und stellte den Fernseher lauter. Cuomo war achtundzwanzig Jahre alt und

Barkeeper in einem örtlichen Club namens The Spike. Roberts war siebenundfünfzig, ein Zahnarzt im Ruhestand sowie Makler, und kam »ursprünglich aus Schilling, Indiana«.

Oha.

Chops griff zum Telefon und wählte die Nummer der Polizei von Las Vegas. Nachdem man ihn eine Zeit lang von Pontius zu Pilatus geschickt hatte, wurde er schließlich zu einem Detective Hartley durchgestellt. Sie hielten sich nicht lange mit Formalitäten auf.

»Detective, ich hab gehört, dass einer der beiden Burschen, die bei Ihnen kaltgemacht wurden, aus Schilling in Indiana kam.«

»Richtig.«

»Also, das ist vermutlich nicht von Bedeutung, aber wir hatten hier in Oklahoma vor ein paar Tagen einen Mord. Und das Opfer kam ebenfalls ursprünglich aus Schilling.«

»Tatsächlich?«

»Ja, genau. Können Sie mir vielleicht sagen, ob die Schüsse aus einer Waffe mit Kaliber .22 abgegeben wurden?«

»Nee ... war 'ne 9 mm. Eine Glock.«

»A 17?«

»Moment mal.« Papier raschelte. »Ich glaube, es war eine A 26.«

»Mist.«

»Und so wie's aussieht, hat der Schütze wohl einen Schalldämpfer verwendet. Zumindest nach den Mündungsabdrücken zu urteilen.«

»Mündungsabdrücke? Diese Kerle wurden aus nächster Nähe erschossen?«

»Einer von ihnen. Der Ältere der beiden, Roberts. Ein Schuss ins Bein und dann drei in den Oberkörper.«

Erst außer Gefecht gesetzt, dann erledigt, dachte Chops.

»Der andere, der Jüngere, wurde aus ein paar Metern Entfernung in die Brust getroffen und dann aus kurzer Distanz in den Rücken.«

Chops notierte sich alles. »Was für eine Scheiße«, sagte er. »Was halten Sie und Ihre Jungs von all dem?«

»Tja, der Schalldämpfer deutet schon auf einen Profi hin. Dagegen spricht allerdings, dass der Täter beim Abfackeln des Hauses einen verdammt schlampigen Job gemacht hat. Offenbar hat er eine Flasche Grey Goose über ein Sofa geschüttet und es dann mit einem Streichholz angezündet.«

»Was zum Geier ist *Grey Goose*?«

»Designer-Wodka.«

»*Die seiner ... was?*«

»Sie wissen schon ... so ein saumäßig teures Edelgesöff.«

»Was kostet das Zeug denn?«

»Da fragen Sie den Falschen. Ich schätze, fünfzig Dollar die Flasche?«

»Diese Kackschwuchteln sitzen auf unserem ganzen Geld, was?«

»Wie bitte?«

Scheiße, dachte Chops. Damit war er zu weit gegangen. Es gab mal eine Zeit, da hätte man sich über so eine Bemerkung unter Cops keine weiteren Gedanken machen müssen. »War nur ein kleiner Spaß«, sagte Chops. »Sie wissen schon, keine Kinder und so ... mehr wollte ich damit nicht sagen. Danke für Ihre Hilfe, Detective.«

»Kein Problem.«

Chops legte auf. *Schon komisch,* dachte er, *dass im Abstand von ein paar Tagen gleich zwei Kerle umgenietet werden, die aus derselben kleinen Stadt kommen – und das meilenweit von zu Hause entfernt.* Aber eine Glock 26? Keine 17? Und ein Schalldämpfer? Warum hatte der Täter den bei Coach Hauser nicht benutzt?

Früher wäre es ein Leichtes gewesen, herauszufinden, wann und wo diese Artikel verkauft worden waren. Aber da Beckerman und die NRA in den letzten Jahren erfolgreich eine ganze Reihe von Lockerungen durchgesetzt hatten, war inzwischen deutlich schwerer nachzuvollziehen, unter welchen Umständen eine Schusswaffe den Besitzer gewechselt hatte. Für den Erwerb eines Gewehrs oder einer Pistole reichte es völlig, sich ausweisen zu können. Es gab keine Wartefristen mehr. In den meisten Staaten wurde so gut wie nichts protokolliert. Im Grunde hatten die Händler keinerlei Meldepflicht. Wollte man herausfinden, an wen eine Waffe verkauft worden war, musste man fragen. Und selbst dann konnten sich die Händler weigern, Auskunft zu geben. Es sei denn, man drohte mit einer Vorladung. Also blieb Chops nur noch eine Möglichkeit. »Wird Zeit für ein bisschen gute alte Polizei-Arbeit«, sagte er zu sich selbst.

Noch am selben Abend – der Kaffee vor ihm auf dem Schreibtisch war lauwarm, die Tüte Donuts leer –

wurde er völlig überraschend fündig, als er den achtundzwanzigsten Waffenladen auf seiner Liste anrief.

Es sah ganz so aus, als würde er nach Vegas reisen. Nicht der schlechteste Ort, um »Urlaub« zu machen.

KAPITEL 13

»Haut doch ab, wenn's euch hier nicht gefällt!«

»Wir beginnen in Kürze mit dem Landeanflug auf den Washington Dulles International Airport. Bitte vergewissern Sie sich, dass sich Ihre Rückenlehnen in aufrechter Position befinden, und klappen Sie Ihre Tische hoch ...« Frank blickte aus dem Fenster auf die Felder von Nord-Virginia. Hier lag schon der erste Schnee. Der Dezember nahte. Er war jetzt seit mehr als einer Woche unterwegs.

Es war angenehm, in der ersten Klasse zu fliegen. Bei einem Preis von 1800 Dollar für einen vierstündigen Flug durfte man das auch erwarten. »Warum eigentlich nicht?«, hatte er sich gedacht, als er am Donald J. Trump (ehemals McCarran) Airport seine Kreditkarte auf den Tresen des United-Airlines-Schalters legte. Obwohl er genau wusste, dass er damit ein Risiko einging. Ursprünglich hatte er geplant, die ganze Strecke mit dem Auto zu fahren, war dann aber schwach geworden. Ermutigt durch seine frühen Erfolge und abgeschreckt von der Vorstellung, abermals drei Tage lang über Land zu gondeln – zudem auch noch fast die gleiche Strecke wie auf

der Hinfahrt –, hatte er seinen Wagen auf dem Langzeit-
parkplatz stehen gelassen und sich das Ticket gegönnt.
Nun saß er hier oben auf einem grauen Lederthron in
der Nase des Flugzeugs, stocherte in einem Shrimps-
Cocktail und kaute lustlos auf einem Filet Mignon herum.
Er sinnierte darüber, was er schon erreicht hatte. Vor
allem jedoch über das, was noch vor ihm lag. Nämlich
der Übergang vom persönlichen zum politischen Teil
der Liste. Ab sofort würden die Herausforderungen mit
jedem weiteren Schritt exponentiell steigen. Ehrlich gesagt, war er alles andere als sicher, ob er überhaupt noch
viel weiter kommen würde.

Frank war schon einmal erster Klasse geflogen. Nach
Mexiko. In die Flitterwochen. Mit Cheryl, seiner zweiten Frau. Als sie nun die Reiseflughöhe von 15 000 Metern verließen und er beobachtete, wie die anderen Pas-
sagiere ihre Wein-, Scotch- und Gin-Tonic-Gläser leerten,
während er außer Kaffee und Wasser kaum etwas im
Bauch hatte, musste Frank an diese eine Woche in Cabo
denken. An die Piña coladas. Die Schokoladentäfelchen,
die allabendlich auf ihren Kopfkissen gelegen hatten.
Das frische Obst zum Frühstück. Den Sex. Die Lie-
besschwüre. Die Familie, die sie gründen wollten. Und
mit einem Mal hatte er Cheryls Gesicht vor Augen, Jahre
später, wie sie in der Küche mit rudernden Armen auf
ihn eindrosch und ihn wütend anschrie: »Mach, dass
du fortkommst! Raus hier! Raus! Hau ab!« Fast zwanzig
Jahre lag er mittlerweile zurück, dieser schreckliche
Abend, an dem Cheryl die Textnachrichten auf seinem
Handy entdeckt hatte. Vergeblich hatte Frank versucht,

seine Frau zu beruhigen, denn Olivia lag oben in ihrem Zimmer und schlief.

In jenem Zimmer, das er noch in derselben Nacht mit einer Whiskey-Fahne und der gepackten Tasche über der Schulter betreten hatte. Vorsichtig darauf bedacht, sie nicht aus ihren Träumen zu wecken, hatte er ihr sanft übers Haar gestreichelt und sich mit belegter Stimme von seiner Tochter verabschiedet. »Mach's gut, meine Süße«, hatte er gesagt und im Erdgeschoss das leise Weinen seiner Frau gehört.

Wann hatte er Cheryl zuletzt gesehen? Natürlich, auf Olivias Beerdigung. Sie hatte geradewegs durch ihn hindurchgeblickt, und ihre Augen waren vom Valium ganz glasig gewesen. Vielleicht war es auch was Stärkeres. Frank leerte den Plastikbecher mit Sprudelwasser und malte sich zum zigsten Mal in seinem Leben aus, was hätte sein können: *Wenn ich Cheryl nicht betrogen hätte und wir zusammengeblieben wären, dann wären wir nicht umgezogen, und Olivia hätte vermutlich nicht die Schule gewechselt. Sie hätte ein anderes College besucht und wäre nie von diesem Jungen geschwängert worden, also hätte sie nicht ... und ich wäre nicht mit Pippa durchgebrannt. Dann wäre Adam nie geboren worden und hätte auch nicht ...*

Wie immer, wenn er sich in diesen Spekulationen erging, kehrten die Bilder zurück: seine Tochter, in diesem grässlichen Stuhl liegend, die Füße in den Bügeln der Beinstützen. Sein Sohn, auf dem Fußboden des Klassenraums, wie er verzweifelt versuchte, seine inneren Organe bei sich zu behalten. Wie sollte er diese Bilder ertragen? Wie konnte irgendjemand solche Bilder ertragen?

Frank kaute eine Xanax und wandte sich wieder seinen Notizen zu.

Ziel Nummer drei bekam Morddrohungen und ließ sein Anwesen deshalb von bewaffneten Sicherheitsleuten bewachen.

Ziel Nummer drei ging niemals ohne Bodyguards aus dem Haus.

Das Büro von Ziel Nummer drei war ein Bollwerk, eine regelrechte Festung.

Frank sah nicht einmal den Ansatz einer Möglichkeit, dort hineinzugelangen. Aber die Zielperson musste in ihr Büro und auch wieder rauskommen. Möglicherweise würde sich dabei eine Möglichkeit ergeben. Und gleich neben diesem Büro war ein Museum. Wie Frank beim Studieren der Ausdrucke aus dem Internet feststellte, befand es sich sogar im selben Gebäudekomplex.

Am Flughafen dachte er kurz daran, einen Mietwagen zu nehmen. Aber er wusste, dass er dabei zwangsläufig den Ausweis oder die Kreditkarte zücken musste. Das wäre dann schon die zweite digitale Fährte nach der, die er am Schalter des Donald J. Trump Airport hinterlassen hatte. Der Abend dämmerte bereits, und er hatte es nicht allzu eilig, nach Fairfax, Virginia zu kommen. Sein Treffen war erst in zwei Tagen. Der Kerl, mit dem er sich übers Internet in einer Denny's-Filiale verabredet hatte, nannte sich freedompatriot1776.

Für seine Recherchen brauchte Frank ohnehin Tageslicht, denn sein Plan erforderte, dass er sich vor Ort ein genaues Bild von den Gegebenheiten machte. Also nahm Frank ein Taxi vom Flughafen nach Washington.

Den Fahrer instruierte er, ihn zu »einem beliebigen Ramada in der Innenstadt« zu bringen. Vierzig Minuten später und 62 Dollar ärmer stand er vor dem vertrauten roten Schriftzug.

Er buchte ein Zimmer für eine Nacht. Die Übernachtung und die Kaution von fünfzig Dollar zahlte er in bar. Dann zog er los, um sich die Hauptstadt anzuschauen.

Überall waren noch Spuren von der großen Parade zu erkennen, die er zu Hause am Bildschirm verfolgt hatte: Von den Bäumen hingen Wimpel, und entlang der Strecke standen noch immer vereinzelt Tribünen. Von einer riesigen Plakatwand blickten Ivanka – und hinter ihr Donald – stolz Richtung Horizont. Der Slogan über ihren Köpfen lautete »KEEPING AMERICA GREAT, AGAIN«. Frank ließ sich Zeit. Mit Mantel und Schal gegen die abendliche Kälte gewappnet, bummelte er die komplette Constitution Avenue entlang. Die Museen und das Smithsonian Institut auf der linken Seite waren hell erleuchtet. Im Schaufenster eines Kaufhauses lief auf sämtlichen Fernsehern eine Fox-Reportage über die »großartigen Erfolge im Iran« – die Schlagzeile lautete: *»KEHREN DIE TRUPPEN ZU WEIHNACHTEN HEIM?«* Der Lauftext am unteren Bildschirmrand verkündete in sehr viel kleineren Buchstaben: *»Acht Tote bei Amoklauf an Schule in Seattle«.* Die winzige Schriftgröße wirkte fast, als wolle sich der Sender dafür entschuldigen, dass er seine Zuschauer mit solch einem harmlosen Mini-Amoklauf belästigte. So schrecklich das klingen mochte: Frank war fast dankbar für diese Meldung. Sie bestätigte ihn in seinem Vorhaben. Er hatte sich bereits damit abgefunden, dass er in Virginia versagen könnte. Oder hier sterben würde. Bei Fox kündigte der Sprecher nun die Eröffnung des Abendprogramms durch einen Auftritt der Donald J. Trump Dancers an. (Warum war die Truppe eigentlich noch nicht in Ivanka Trump Dancers umbenannt worden?) Und schon begannen vier blonde Cheerleader in hautengen, schulterfreien Trikots, Hotpants im Stars-&-Stripes-Muster und KAGA-Kappen mit ihrer Tanzeinlage. Frank konnte die Musik zwar nicht hören, aber um ihm und den Zuschauern zu Hause das Mitsingen zu erleichtern, blendete der Sender den Songtext freundlicherweise als Untertitel ein:

Don't wanna hear from no liberals, uh-uh
Don't care about their pain,
We just love America,
That's why we ride the Trump Train …

Beim »uh-uh« grinste eins der Mädchen in die Kamera und hob warnend den Finger. Frank malte sich aus, wie die Menschen in ihren Villen in Florida, den Reihenhaussiedlungen im tiefsten Süden, in schneebedeckten Wohnblocks in Anchorage und selbst im Rust Belt von Chicago vor den Bildschirmen ihre Schultern zu dem plumpen Hip-Hop-Beat bewegten und in den Gesang einstimmten. Alte Leute summten leise mit, während sie von Portionstellern aßen und Coupons ausschnitten. Kleine Kinder imitierten die rudimentären Tanzschritte und wurden dafür von den Eltern beklatscht und bejubelt.

Er bog rechts in die 15th Street ein. Wie ein waschechter Tourist richtete er den Blick immer wieder auf den kleinen Stadtplan, den er aus der Hotellobby mitgenommen hatte. Schon aus der Ferne konnte er es sehen: Das Weiße Haus war angestrahlt und leuchtete gleißend hell. Er lief weiter, um so nah wie möglich heranzukommen – und das war inzwischen alles andere als nah. Klar: aus Sicherheitsgründen. Aber auch um die Demonstranten auf Abstand zu halten.

Frank hörte Sprechchöre in einiger Entfernung und ging darauf zu.

Es war nur ein halbes Dutzend (Versammlungen von zehn oder mehr Menschen ohne vorherige Genehmigung waren seit Einsetzung des Extreme Patriot Act illegal), zwei junge Frauen und vier Kerle, vermutlich Studenten, wie Frank aufgrund ihrer Kleidung annahm. Sie riefen »Stoppt den Krieg!« und schwenkten Schilder mit Slogans wie »TRUPPENABZUG JETZT!« und »FREIHEIT FÜR DEN IRAN!«.

Die Parolen verebbten in der kalten Nacht und erstarben, ohne in Hörweite des Weißen Hauses zu gelangen, wo sich an einem Samstagabend zu dieser Jahreszeit ohnehin kein einziges Mitglied der Trump-Familie aufhielt. Gleich nach der Parade hatte sich die ganze Sippe ins Winterquartier nach Mar-a-Lago zurückgezogen – wie es schon seit Jahren Tradition war. Kaugummi kauend und die Hände auf ihren Schlagstöcken oder Pistolen ruhend, beobachteten zwei gelangweilte Polizisten die Demonstranten aus zwanzig Metern Entfernung.

Plötzlich marschierte ein Mann an Frank vorbei und schubste ihn dabei fast aus dem Weg. Er war jung, kaum älter als die Demonstranten, trug eine schmutzige Camouflagejacke und einen ungepflegten Bart. »HAUT DOCH AB, WENN'S EUCH HIER NICHT GEFÄLLT, IHR BLÖDEN ARSCHLÖCHER!«, brüllte der Typ und stürmte direkt auf die Protestierenden zu.

»Oh, das ist aber originell!«, schnurrte eine der beiden Studentinnen.

»Warum lutschst du mir nicht einfach den Schwanz, du Miststück?«, erwiderte der Kerl und griff sich in den Schritt.

»Darf ich das bitte übernehmen?«, fragte einer der Jungs grinsend.

»Scheiß Schwuchtel«, keifte der Typ.

»Erwischt«, entgegnete der junge Bursche betont geziert, und seine Freunde lachten, was den Mann in der Tarnfleckjacke nur noch weiter reizte.

Der knöpfte sich jetzt ein anderes Mitglied der Gruppe vor, eine Asiatin, die sich bisher zurückgehalten hatte. »Warum verpisst du dich nicht in dein verficktes Scheißland, du Schlampe!«

Frank schielte zu den Bullen rüber. Die schauten nur zu. Offenbar sahen sie keinen Grund zur Besorgnis.

»Fick dich, du rassistisches Arschloch!«, beschimpfte einer der jungen Leute den Bärtigen. Offenbar fanden sie das Ganze langsam nicht mehr so komisch. Frank zog das Handy aus der Tasche und begann zu filmen.

»Ich mich ficken? Fick dich und fick deine Schlitzfotze!« Der Kerl griff nach dem Schild der Asiatin. »Los, gib mir das verdammte Ding!« Er bekam den Stiel zu fassen, und sie begannen, darum zu ringen. »He! LASS DAS!«, brüllte einer der anderen.

Der Typ zerrte an der Holzlatte, bis er die junge Frau nah genug an sich herangezogen hatte, um ihr eine Kopfnuss mitten ins Gesicht zu verpassen. Mit einem Aufschrei der Entrüstung stürmten die anderen auf ihn zu.

In diesem Moment schlenderten die Polizisten herbei und zückten ihre Schlagstöcke. Einer von ihnen sprach in sein Funkgerät, und Frank, der ein paar Schritte zurückwich, aber weiterhin filmte, hörte das Wort »Verstärkung« heraus. Die Bullen hoben ihre Knüppel und prügelten auf die Demonstranten ein, Jungs wie Mädchen gleichermaßen. Sie hatten bereits zwei von ihnen zu Boden geschlagen, als mit quietschenden Reifen ein Mannschaftswagen vorfuhr, aus dem vier weitere Polizisten sprangen, die ebenfalls sofort die Schlagstöcke zückten. Sie brauchten nur wenige Minuten, bis sie allen sechs Demonstranten Handschellen angelegt und die tränenüberströmten, blutenden Gefangenen zum Transporter geführt hatten. Zitternd und mit trockenem Mund schwenkte Frank herum, um den Kerl in der Camouflagejacke zu filmen, der weder verletzt noch verhaftet worden den war, sondern einfach davonmarschierte und dabei lauthals »USA! USA!« grölte.

»Sir? Hallo, Sir?« Frank drehte sich um. Vor ihm stand ein Polizist. Einer der beiden, die als Erste zugeschlagen hatten. »Ich fürchte, ich muss Ihr Handy an mich nehmen.« Der Cop hielt ihm bereits eine leere Beweismitteltüte entgegen.

»Wie bitte?«, sagte Frank.

»Paragraf 14, Absatz 11b des Extreme Patriot Act von 2022: ›Es ist nicht zulässig, Staatsorgane bei der Ausübung ihrer Pflichten zu behindern, etwa durch nichtautorisierte Film- oder Tonaufnahmen.‹«

»Aber ... ich ...«

»Wollen Sie vielleicht Ihren jungen Freunden dort im Wagen Gesellschaft leisten?«

Frank händigte ihm das Telefon aus, und der Polizist tippte sofort auf dem Display herum. »Ich brauche die Passwörter zu Ihren Social-Media-Accounts«, sagte er.

»Ich ... was? Warum das denn?«

Der Bulle seufzte. »Paragraf 18, Absatz 2. ›Die Beamten haben das Recht, von Personen, die der Mitgliedschaft bei der Antifa oder anderen bekannten terroristischen Organisationen verdächtig sind, Zugang zu sämtlichen Konten in den sozialen Medien einzufordern.‹«

»Was? Das können Sie nicht machen.«

»Wollen Sie die Nacht im Gefängnis verbringen? Sich mit Ihrem Anwalt beraten?«

»Ich habe gar keine Social-Media-Accounts.«

Das entsprach der Wahrheit. Vor einer Ewigkeit hatte er mal welche gehabt, sie aber kurz nach Adams und Pippas Ermordung alle gelöscht. Irgendwann waren die Beschimpfungen und Morddrohungen der Waffennarren nicht mehr zu ertragen gewesen. Vielleicht sogar schlimmer als diese Drohungen waren allerdings die sogenannten »vernünftigen Debatten«. Endlose Diskussionen, die sich immerzu im Kreis drehten und von seinen

Kontrahenten mit Waffendetails und obskuren Internet-Statistiken gespickt wurden.

@Frank14Brilly: Ist es Ihnen egal, dass meine Frau und mein Sohn ermordet wurden?

@AmericanWarLord666: Das ist tragisch. Sie haben mein volles Mitgefühl, und ich hoffe ehrlich, dass der Mistkerl, der für diese monströse Tat verantwortlich ist, bekommen hat, was er verdient.

@Frank14Brilly: Na schön, ich behalte meine Argumente für vernünftige Waffenkontrollgesetze wohl besser für mich.

@AmericanWarLord666: Genau das ist doch das Problem. Welche weiteren Gesetze hätten diesen Psycho denn daran gehindert, die Security zu umgehen, Waffen in eine waffenfreie Zone zu bringen und Menschen zu ermorden? Das ist alles gegen das Gesetz, aber den Kriminellen ist das egal.

@Frank14Brilly: Sie haben mich überzeugt. Ich bin wirklich froh, dass der Mann, der meine Familie umgebracht hat, ein AK-47 hatte.

@AmericanWarLord666: Ich sage es noch mal: Welches Gesetz hätte das verhindert?

@Frank14Brilly: Eins, das ihm verboten hätte, ein AK-47 zu kaufen?

@AmericanWarLord666: Sie ignorieren weiterhin, dass der Mann gegen so ziemlich jedes Gesetz verstoßen hat. Warum machen wir das Werkzeug verantwortlich und nicht das Monster? In Großbritannien haben sie keine Schusswaffen, also morden sie mit Messern und Säureangriffen. Es werden mehr Menschen mit den Fäusten als mit Schusswaffen getötet. Böse Menschen werden immer Böses tun.

@Frank14Brilly: Die britischen Statistiken sollten Sie sich besser noch mal genauer ansehen und die Zahl der Toten mit der Zahl der Opfer von Schusswaffengewalt in den USA vergleichen. Ich frage Sie erneut: Warum hatte er ein AK-47?

@AmericanWarLord666: Das war übrigens kein AK-47, es war ein WASR-10. Ein halbautomatisches Gewehr, das aussieht wie ein AK-47, aber nicht an eins herankommt. Außerdem wird es in Rumänien hergestellt und nicht in Russland. Kein AK-47.

@Frank14Brilly: Was soll mir das jetzt sagen? Ist es etwa besser, dass meine Frau und mein Sohn mit diesem Ding umgebracht wurden?

@AmericanWarLord666: Noch mal, mein Beileid zu Ihrem schrecklichen Verlust. Aber Fakten lassen sich nicht ignorieren. Und das AK-47 ist in Ihrem Bundesstaat verboten.

@Frank14Brilly: Warum haben wir mehr Tote durch Schusswaffeneinwirkung als jedes andere Industrieland?

@AmericanWarLord666: Eigentlich sind zwei Drittel davon Selbstmorde. Und obwohl die Zahl derjenigen, die legal eine Waffe besitzen, mit den Jahren gestiegen ist, ist die Mordrate rückläufig. Das scheint mir doch eine positive Entwicklung zu sein.

@Frank14Brilly: Selbst wenn das wahr sein sollte, wäre ein Drittel immer noch enorm viel. Und warum ist das nur in Amerika so?

@AmericanWarLord666: Zum Teil liegt das vermutlich daran, dass wir zu den bevölkerungsreichsten sowie ethnisch und kulturell diversesten Nationen der Welt gehören. Außerdem gibt es in diesem Land viele nicht diagnostizierte und unbehandelte psychische Erkrankungen. Da spielen eine Menge Faktoren mit rein.

@Frank14Brilly: Ihnen geht es nur darum, Ihre Waffen zu behalten, nicht wahr? Alles andere ist Ihnen egal.

@AmericanWarLord666: Wir drehen uns im Kreis. Ich werde niemals freiwillig auf mein Recht verzichten, mich mit der Waffe zu verteidigen, wie wir Amerikaner es jedes Jahr zwischen 500 000 und drei Millionen Mal tun. Und Kriminelle werden sich niemals an das Gesetz halten. Wirklich, Sie haben mein aufrichtiges Beileid, aber für die Fakten spielen Ihre Gefühle keine Rolle.

Das alles passierte ungefähr zu der Zeit, als Frank wieder mit dem Trinken angefangen hatte. Die Diskussion ging also achtundvierzig Stunden lang weiter, bis Frank schließlich begriff, dass sein Widersacher zur Untermauerung seiner Thesen offenbar auf eine unerschöpfliche Quelle obskurer Informationen zurückgreifen konnte. Stets hatte er eine Grafik oder ein Meme zur Hand, um alles zu entkräften, was Frank auf CNN gesehen oder in der *Washington Post* gelesen hatte. Nach Franks Schätzung hatte ihm @AmericanWarLord666 innerhalb von zwei Tagen über dreihundertmal persönlich geantwortet und außerdem noch auf Dutzende andere Menschen reagiert, die sich zwischenzeitlich an der öffentlichen Diskussion beteiligt hatten. Selbst Frank, der im Ruhestand war und seine Zeit größtenteils damit verbrachte, zu Hause rumzuhängen und zu trinken, musste gelegentlich Pausen einlegen, um etwas zu essen, auf die Toilette oder auch mal einkaufen zu gehen. Als er eines Abends mit Olivia telefonierte, sprach er das Thema an.

»Ach Dad, du musst damit aufhören.«

»Aber ich ...«

»Dad, du legst dich da mit 'nem Haufen Typen an, die in einem Bürokomplex in St. Petersburg oder sonst wo sitzen. Du diskutierst mit einem Bot.«

Also hatte er es gut sein lassen. Ein für alle Mal. Offenbar glaubte ihm das allmählich sogar der Polizist, der Frank in die Augen blickte, dann wieder aufs Handy-Display starrte, weiter darauf herumtippte und wischte, aber einfach nichts Verdächtiges fand. Weder irgendwelche Facebook- noch Twitter- oder Instagram-Symbole. Schließlich gab er auf. »Wohl so 'ne Art Einsiedler, was?«, murmelte er und begann damit, ein Formblatt auszufüllen. »Ich werde diesmal auf eine Anzeige verzichten.« *Eine Anzeige ... wofür?,* wollte Frank fragen. Doch angesichts des Umstandes, dass er in den letzten Tagen drei Menschen getötet hatte, erschien es ihm klüger, jegliche Interaktion mit den Gesetzeshütern so weit wie möglich einzuschränken. Der Beamte reichte ihm den Quittungsbeleg. »Sie bekommen Ihr Telefon in vier Wochen zurück. Schönen Abend noch.«

Pfeifend kehrte der Polizist zurück zum Mannschaftswagen, durch dessen Blechwände man das asiatische Mädchen noch immer schluchzen und schreien hörte.

KAPITEL 14

»Mitarbeiter des Jahres.«

Chops lenkte seinen Dodge – einen Mittelklassewagen, den er am Donald J. Trump Airport gemietet hatte – vom Parkplatz des Holiday Inn. Um der Mittagshitze von Vegas etwas entgegenzusetzen, drehte er die Klimaanlage bis zum Anschlag auf. Obwohl er den Sitz so weit wie möglich zurückgestellt hatte, stieß er immer noch mit den Knien ans Lenkrad. Auf dem zweistündigen Flug von Oklahoma City hierher war es noch schlimmer gewesen. Aber Chops war nun einmal kein Geldsack, der Business Class fliegen konnte. Wenn man schon mit siebzehn 1,95 Meter groß war, dann gewöhnte man sich irgendwann daran. Genau wie an die Basketball-Witze. Das Navi seines Smartphones hatte für die Strecke vom Flughafen bis zu seinem Ziel eine Fahrtzeit von fünfzehn Minuten prognostiziert. Zeit genug, die Ereigniskette noch einmal in Ruhe durchzugehen.

Marty: in seinem eigenen Haus aus nächster Nähe erschossen, vermutlich mit einer Woodsman Kaliber .22.

Seine Glock 17: gestohlen.

Das Foto von einem Jungen, einem gewissen Robbie McIntyre – den Namen hatte er von Marty schon gehört – aus Schilling: aus dem Fotoalbum in Martys Kommode herausgenommen.

Die beiden Schwuchteln: drei Tage danach in Vegas getötet. Auch sie waren zu Hause überfallen und einer von ihnen – wie Marty – erst kaltgestellt worden, um ihn dann später zu erledigen. Allerdings mit einer anderen Waffe.

Nach einer Viertelstunde fuhr er auf einen Parkplatz, der die Größe von zehn Footballfeldern hatte. Vor ihm erstreckte sich der gigantische Flachbau des Supermarkts. Ein junger Mann nahm sich eine Auszeit von seinem Job als Grüßaugust und führte Chops zum Büro des Geschäftsführers. »Hallo. Ich bin Detective Birner vom Oklahoma City Police Department. Haben wir miteinander telefoniert?«, sagte Chops, als er dem Mann über den Kirschholzschreibtisch hinweg seine Hand reichte.

»Ben Dahmer. Alle Achtung, Sie müssen ja ein echtes Basketball-Ass gewesen sein.«

»Darauf können Sie einen lassen.« Chops grinste den blöden Witz weg und gab dem Kerl seine Visitenkarte. Er war etwas jünger als Chops, vermutlich Mitte fünfzig, und hatte bereits eine Glatze. Das Büro war klein und stickig. Es befand sich direkt unter dem Dach des Gebäudes, wo sich die Lüftungsanlagen und Heizungsrohre entlangschlängelten. »Wie kann ich Ihnen helfen, Detective?«, fragte Dahmer und setzte sich wieder. Er gab sich betont forsch und sachlich.

»Also, Mr. Dahmer, der Angestellte aus Ihrer Sport-artikelabteilung, mit dem ich gestern Abend gesprochen habe – ein gewisser Eric ... ähm ... Lowell? –, sagte mir, er habe vor drei Tagen einem Kunden eine ...«, Chops warf einen kurzen Blick in seine Notizen, »... eine Glock 26, einen ATN-803-Schalldämpfer und eine Schachtel Munition verkauft. Und zwar Unterschall-Hohlspitzgeschosse ...?«

»Richtig.«

»Dann würde ich gerne wissen, wie er sich ausgewiesen hat, und ich möchte außerdem den Kreditkartenbeleg sehen. Sowie sämtliche Aufzeichnungen, die Ihre Überwachungskameras an diesem Tag vom Eingangsbereich und der Sportartikelabteilung gemacht haben.«

»Sie wissen, dass Sie dafür einen Durchsuchungsbefehl brauchen?«

»Das weiß ich, Sir. In der Tat. Aber ...«

»Gut. Dann kommen Sie wieder, wenn Sie einen haben, Detective.«

Just in diesem Moment fiel Chops' Blick auf das Regal hinter Dahmer, und da lag sie: Zwischen »Mitarbeiter des Jahres«-Plaketten und Schnappschüssen von diversen Jagdausflügen thronte die gute alte MAGA-Kappe.

Chops dachte, es sei einen Versuch wert. Er nahm die Brille ab und rieb sich die Augen. »Kann ich offen zu Ihnen sein, Ben? Ich untersuche einen Mord bei uns in Oklahoma. Das Opfer ist zufällig ein Freund von mir. Ein guter Mann. Ein Veteran. Sein Mörder hat ihn gefoltert. Hat ihn durch die Hölle geschickt. Also, wenn ich richtigliege, dann betrifft der Fall schon jetzt mehrere

Bundesstaaten ... Oklahoma, Nevada und so weiter. Ich schätze, das FBI wird ihn schon bald an sich reißen. Die werden Ihren ganzen Laden auf den Kopf stellen, Ihnen Löcher in den Bauch fragen und mit Vorladungen nur so um sich schmeißen. Und eins sage ich Ihnen, diese FBI-Jungs interessieren sich mehr dafür, die Rechte dieses Tuntenpärchens zu schützen, das in Ihrer Stadt umgelegt wurde, als den Hurensohn zu finden, der meinen Kumpel ermordet hat.« In all der Zeit war es den Trumps immer noch nicht gelungen, das verdammte FBI vollständig von linken Zecken und Demokraten zu befreien.

Seufzend schüttelte Dahmer den Kopf. Mit einem Blick über Chops' Schulter vergewisserte er sich, dass die Bürotür geschlossen war. »Diese Deep-State-Wichser.«

»Die Schweine haben versucht, unseren Präsidenten zu stürzen.«

»So ist es!«

»Hat aber nicht geklappt, hab ich recht?«, erwiderte Chops grinsend.

»Nee, ganz und gar nicht!«

»Amen.«

»Warten Sie mal 'ne Minute, Bob ...« Dahmer drückte auf den Knopf der Gegensprechanlage. »Mandy? Schätzchen, könntest du Eric aus der Sportartikelabteilung bitte sagen, er soll raufkommen? Danke.« Grinsend wandte er sich wieder Chops zu. »Haben Sie gestern gesehen, wie der Vizepräsident es diesen Schlitzaugen gezeigt hat?«

»Aber hallo. Dem alten Hannity pisst man besser nicht ans Bein.«

Nach weiteren fünf Minuten in Dahmers Büro, einem viertelstündigen Gespräch mit Eric aus der Sportartikelabteilung und dreißig Minuten im Kabuff des Sicherheitsdienstes, wo Chops sich die Aufzeichnungen der Überwachungskameras ansah, schlenderte er zurück über den Parkplatz und war nun sehr viel schlauer als auf dem Hinweg. Um zwei Gewissheiten, ein Foto und eine Hypothese reicher, stieg er in sein Auto.

Gewissheit Nummer eins: Martys Mörder war in Vegas gewesen, wo er die gestohlene Glock 17 gegen eine neue 26er und einen Schalldämpfer getauscht hatte.

Gewissheit Nummer zwei: Damit hatte er die Homosexuellen getötet.

Das Foto: Ein körniges Standbild einer Überwachungskamera, schwarzweiß und aus ziemlich großer Entfernung aufgenommen, zeigte einen schlanken Mann von etwa sechzig Jahren mit lichter werdendem Haar. Er trug ein Sakko und Jeans.

Die Hypothese: Dieser Mann kannte Marty Hauser und Leslie Roberts aus Schilling, Indiana.

Chops lenkte den Dodge zurück zum Hotel, wo sein Laptop auf ihn wartete. *Und unterwegs noch schnell 'ne Portion Hähnchenteile zum Mitnehmen.*

KAPITEL 15

»Ein Camry ist unkaputtbar.«

Frank hatte die letzten zwei Tage damit verbracht, sich mit Fairfax, Virginia vertraut zu machen. Er hatte sich die Sehenswürdigkeiten angeschaut: das Gericht, das Rathaus und das berühmte 29 Diner, das seit 1947 an derselben Adresse betrieben wurde. Dort hatte er einen der legendären Cheeseburger probiert, aber nur ein paar Bissen runterbekommen. Die meiste Zeit hatte er mit einem Kaffee und seinem Laptop auf einer Steinbank an der Waples Mill Road gesessen und beobachtet, wer in dem Gebäude gegenüber ein und aus ging. Auch seine Zielperson hatte er jeden Tag kommen und gehen sehen.

Die schlechte Nachricht: Der riesige Komplex aus Glas und Stahl war tatsächlich die reinste Festung.

Die gute Nachricht: Die Zielperson war ein Gewohnheitsmensch.

Jeden Morgen kam sie um kurz vor neun Uhr in einem Humvee mit schwarz getönten Scheiben und in Begleitung von zwei Bodyguards. Gegen 13 Uhr verließ sie das Gebäude mit ein paar Kollegen, stieg wieder in den

Humvee und unternahm eine fünfminütige Fahrt zu einem Italiener namens Beltrami's. Dort aß sie mit den Kollegen zu Mittag, während die Leibwächter im Auto warteten. Gewöhnlich blieb sie etwa eine Stunde im Restaurant. Frank hatte das Lokal sorgfältig ausgespäht und zweimal dort gegessen. Es befand sich an einer belebten Durchfahrtsstraße mit vielen Geschäften. Auf der Rückseite führte eine Gasse auf eine ruhige Wohnstraße hinaus.

Das Wohnhaus der Zielperson lag in einem Außenbezirk von Washington, etwa fünfundzwanzig Minuten von Fairfax entfernt. Aufgrund seiner Recherche wusste Frank, dass es für sein Vorhaben nicht in Frage kam. Es war von hohen Mauern umgeben, und aus naheliegenden Gründen wurde es rund um die Uhr bewacht.

Frank saß also wie verabredet in einem Denny's am Freeway ein bisschen außerhalb der Stadt und blätterte in der hiesigen Lokalzeitung – der *Washington Post.* »NEUER DIPLOMATISCHER TRIUMPH FÜR PRÄSIDENTIN TRUMP!«, trompetete die Schlagzeile über einem Artikel zu Ivankas jüngstem Trip nach Russland. Dort hatte sie sich beim Fischen und Jagen mit dem vierundsiebzigjährigen Putin ablichten lassen, der inzwischen seine fünfte Amtszeit absolvierte. Zu sagen, dass es sich bei der *Post* nicht mehr ganz um die Zeitung handelte, mit der Frank aufgewachsen war, wäre eine starke Untertreibung gewesen. Die alte *Post* war 2021 eingestellt worden, nachdem sie einen auf falschen Informationen beruhenden Artikel über die angeblich bevorstehende Scheidung von Jared und Ivanka veröffentlicht hatte. Kushner saß damals zwar bereits hinter Gittern, aber die Trumps, die sich gerade für Ivankas Kandidatur warmliefen, hatten die Klage gegen das Blatt dennoch mit aller Macht und allen Mitteln geführt, die ihnen zur Verfügung standen. Sie gewannen den Prozess, und die Zeitung ging in die Insolvenz. Im Jahr darauf hatte Rupert Murdoch die *Post* übernommen – eine seiner letzten großen Investitionen vor seinem Tod. Frank las die Lobeshymne auf Ivanka zu Ende und überflog dann den Rest des Blattes, ein Mischmasch aus Personalien und Homestorys, Klatsch und Tratsch sowie schamlos regierungsfreundlichen Artikeln. Es gab eine kleine, eher kritische Story über ein scheidendes Kabinettsmitglied – eine Praxis, die es der *Post* ermöglichte, sich als »unabhängig und überparteilich« zu inszenieren.

Frank erkannte freedompatriot1776 sofort, als der Mann durch die Tür kam, da er wie angekündigt einen roten Regenschirm dabeihatte. Frank winkte ihm zu, und er setzte sich zu ihm an den Tisch.

»Nennen Sie mich einfach Bill«, sagte seine Verabredung und reichte ihm die Hand. »Und ich nenne Sie Ted.«

Frank nickte. »Bill« entsprach nicht unbedingt seinen Erwartungen. Er war in Franks Alter und konservativ gekleidet, regelrecht adrett, trug eine schwarze Hornbrille, einen Pullover, eine Baumwollhose, einen Wollmantel, hatte silbriges Haar und eine gesunde Bräune. Was hatte Frank erwartet? Einen ergrauten Army-Veteranen. Einen Biker. Jemanden mit Bart, Tattoos und

Camouflagejacke. Jemanden wie den Kerl, der vor ein paar Tagen in der Hauptstadt auf das asiatische Mädchen losgegangen war.

»Nur einen Kaffee, bitte«, sagte dieser Bill zu der Kellnerin, und als sie wieder gegangen war, erklärte er: »Ich habe das, was Sie wollten, Ted.«

Sofort griff Frank in die Innentasche seines Mantels, um einen Umschlag hervorzuholen.

»Nicht hier«, sagte Bill leise. »Auf dem Parkplatz.«

Frank nickte. Um die Stille zu füllen, sagte er: »Machen Sie hier viele Ihrer Geschäfte, Bill?«

Der Mann sah ihm zum ersten Mal in die Augen. »Machen wir jetzt vielleicht Smalltalk, Ted?«

»Sieht ganz so aus ...«

Die Kellnerin brachte den Kaffee. Bill trank einen kleinen Schluck und seufzte. »In fünf Minuten auf dem Parkplatz an dem grünen Toyota Camry.«

Frank blickte dem Mann nach und trank seinen Kaffee. Es sah nicht so aus, als würde er hier neue Freunde gewinnen.

Als Frank das Diner verließ, stand Bill bei dem grünen Auto in der am weitesten abgelegenen Ecke des Parkplatzes und rauchte eine Zigarette. »Okay«, sagte er, ging um den Wagen herum und machte den Kofferraum auf. Darin lag nichts außer einer blauen Sporttasche. Bill öffnete den Reißverschluss, und Frank blickte hinein.

»In Ordnung?«

»Na ja, mir bleibt wohl nichts anderes übrig, als Ihnen zu vertrauen«, sagte Frank. »Ich kenne mich mit dem Zeug nicht sonderlich gut aus.«

Bill schloss den Kofferraum wieder. »Das ist die Version für Militär und Polizei. Mit dem 100-Schuss-Magazin.« Frank sah ihn nur fragend an. Bill seufzte erneut. »Perlen vor die Säue. Hören Sie, die ist sauber. Sehr einfach zu bedienen. Ich habe im Internet eine Gebrauchsanweisung gefunden und für Sie ausgedruckt. Ist in der Tasche.«

Frank übergab ihm den Umschlag. Achttausend Dollar in bar. »Was kostet so was normalerweise?«, fragte er.

»Um die tausend«, antwortete Bill.

»Dann bezahle ich für diese Karre ja offenbar einen horrenden Preis.« Frank musterte das Nummernschild. 2012. »Siebentausend für einen vierzehn Jahre alten Camry?«

»Erstens: Weder die Waffe noch der Wagen lassen sich zu Ihnen zurückverfolgen. Zweitens: Das ist ein Camry, kapiert? Ich nehme an, Sie wollen sich auf die Karre verlassen können? Ein Camry ist unkaputtbar, mein Freund. Die Kiste hat 240 000 Kilometer auf der Uhr, und die schafft sie locker noch mal. Das Teil übersteht einen beschissenen Atomkrieg.«

»Okay.«

»Außerdem zahlen Sie doch eigentlich für ganz was anderes, nicht wahr? Sie bezahlen mich dafür, dass ich Sie noch nie im Leben gesehen habe, nachdem Sie mit dem Inhalt meines Kofferraums getan haben, was immer Sie damit Irrsinniges vorhaben.«

»Was glauben Sie denn, was ich damit vorhabe?«, fragte Frank.

»Das weiß ich nicht, Ted, und es kümmert mich auch nicht. Aber wenn ich raten müsste, würde ich sagen, jemand hat Ihre Frau gevögelt. So was in der Art?«

»So was in der Art.«

»Einen schönen Tag noch«, sagte Bill, drückte Frank die Autoschlüssel in die Hand, ging über den Parkplatz und schlenderte die Straße runter. Frank rief ihm nach: »He! Hallo! Kann ich Sie irgendwohin mitnehmen?« Aber durch das Rauschen des Windes konnte der Mann ihn nicht hören.

Frank fuhr zurück zum Comfort Inn, wo er in seinem Zimmer ein Weilchen mit der Waffe übte, sie entsicherte und sich an ihr Gewicht gewöhnte. Er fühlte sich ein bisschen albern dabei, einen auf Travis Bickle zu machen. Aber was blieb ihm anderes übrig? Er trainierte gerade, sie in einem Schwung aus der Sporttasche zu ziehen und anzulegen, als ihm fast schwarz vor Augen wurde. Er fühlte sich schlagartig so schwach, dass er sich auf die Bettkante setzen musste. Seine Hände zitterten.

Er atmete tief durch und versuchte, sich zu beruhigen. An diesem Morgen war Blut in der Toilette gewesen. Dunkles Blut. Schwarz. Arteriell. Gar nicht gut. Es zehrte an ihm.

Er trank ein Glas Leitungswasser, nahm zwei von den Tabletten und legte sich ein wenig hin. Wie viel Zeit blieb ihm noch? *Die eine Frage, die sich wohl jeder stellt.*

Zeit genug, hoffte er. Aber es war besser, nichts auf die lange Bank zu schieben.

Morgen.

KAPITEL 16

»frankgolf2000«

»Kann ich Ihnen vielleicht helfen?« Mrs. Rosen beugte sich über den Gartenzaun und schenkte dem großen, kräftigen Mann mit der fleecebesetzten Jeansjacke und den schweren Stiefeln ein Lächeln.

»Hallo«, sagte Chops und kam von der Veranda auf sie zu. »Ich wollte bloß zu Frank.«

»Oh, der ist nicht zu Hause.«

»Mist. Wissen Sie vielleicht, wann er wiederkommt? Ich bin übrigens Dan. Ein alter Freund von ihm.« Er zog einen Handschuh aus und streckte die Hand über den Zaun.

»Rachel«, erwiderte sie, ergriff seine Hand und schüttelte sie. »Rosen.«

Diese verdammten Itzigs, dachte Chops.

»So bald wohl nicht, glaube ich. Er hat gesagt, dass er 'ne Weile in den Süden wollte. Er hat eine Ferienwohnung in Florida, wissen Sie ...«

Chops hatte seine Hausaufgaben gemacht.

Seine Internetrecherche hatte ergeben, dass der verstorbene Leslie Roberts zweimal verheiratet gewesen war.

175

Eine seiner Ex-Frauen, eine gewisse Grace Deefenbach, ehemals Grace Brill, kam aus Schilling, Indiana. Wie sich herausstellte, war ihr erster Ehemann, Frank Brill, einst Reporter und dann Chefredakteur der lokalen Tageszeitung gewesen. Es war also nicht schwer, online ein Foto von ihm zu finden.

Dann war Chops auf die Tatsache gestoßen, dass Brill die Jackson High besucht hatte. Dieselbe Highschool, auf die auch dieser Robbie, der Junge auf Coach Hausers Foto, gegangen war. Dieselbe Schule, an der Hauser unterrichtet hatte. Die Schule, an der er diese ... »Probleme« gehabt hatte.

Die Aufnahme der Überwachungskamera aus Vegas war zu unscharf, um Brill darauf klar zu identifizieren, aber die beiden Männer sahen sich durchaus ähnlich. Chops war am Vorabend nach Indianapolis geflogen und hatte an diesem Morgen als Allererstes dem Haus von Robbie McIntyres Mutter einen Besuch abgestattet.

Er hatte der betagten und leicht verwirrten Mrs. McIntyre (84) erzählt, dass er Privatdetektiv und auf der Suche nach einem Schulfreund von Robbie sei. Dankbar für die Gesellschaft, hatte die alte Dame ihn hereingebeten und ihn nach der dritten Tasse Kaffee zu einer Kammer geführt, in der sie Robbies Sachen aufbewahrte. Zwischen alten Schallplatten, Postern, Schulbüchern und Zeitschriften hatte Chops schließlich entdeckt, was er suchte: Robbies Highschool-Jahrbuch von 1984. Und tatsächlich, auf dem Innendeckel, wo alle Mitschüler unterschrieben hatten, fand er das bestätigt, was er längst vermutet hatte: »*Für meinen besten Freund Robbie.*

Frank B.« »Verdammt, bist du gut, Chops«, lobte er sich selbst.

Im Rathaus der Stadt hatte er einen Blick ins Wahlregister geworfen, wo er die Adresse des Hauses fand, in dessen Vorgarten er sich nun mit der alten Jüdin unterhielt. »Kein Problem«, sagte Chops zu ihr. »Ich war zufällig in der Stadt. Dachte, ich überrasche ihn mal.«

»Ich glaube, die Ferienwohnung gehörte seiner Frau. Sie wissen ja ...« Traurig neigte sie den Kopf.

»Um ehrlich zu sein, haben wir uns schon ewig nicht mehr gesehen. Fast zwanzig Jahre ...«

»Ach, du liebe Güte. Dann wissen Sie es gar nicht?«

»Was weiß ich nicht?«

Mrs. Rosen erzählte ihm von den schrecklichen Tragödien in Frank Brills Leben: dem Amoklauf in der Schule und dem merkwürdigen, ungeklärten Tod seiner Tochter vor ein paar Jahren. (Auf die Abtreibungsgerüchte ging sie nicht ein.)

Chops bedankte sich bei ihr und verabschiedete sich.

Zehn Stunden später, um ein Uhr in der Nacht, war er wieder da. Auf der anderen Straßenseite, gegenüber von Brills Haus, saß er in seinem Auto und lauerte im Dunkeln. Chops stopfte sich eine Handvoll M&Ms nach der anderen in den Mund, während er an die zahllosen Observierungen zurückdachte, die er als Polizist und in seinem inoffiziellen Nebenjob als Privatdetektiv schon absolviert hatte. Die Detektivarbeit war insgesamt weniger aufregend, dafür aber häufig auf herrlich schmuddelige Weise indiskret gewesen. Er erinnerte sich noch gut daran, wie ihn vor ein paar Jahren dieser alte chinesische

Geldsack angeheuert hatte. Der Kerl war mit so einem jungen weißen Ding verheiratet gewesen. Eine verdammte Schlampe und Rassenschänderin war das. Chops hatte sie eine Woche lang beschattet, bevor er sie schließlich in flagranti vor die Kamera bekam. Ihr Stecher sah aus wie ein Spaghettifresser. Chops hockte hinter den Büschen im Garten des Mannes, und dank seines Teleobjektivs gelangen ihm ein paar richtig scharfe Schnappschüsse der kleinen Nutte, wie sie auf dem Schlafzimmerteppich kniete und dem Kerl seinen Schwanz lutschte.

»Der hatte 'nen riesigen Itaker-Schwengel«, hatte Chops seinem Auftraggeber genüsslich Bericht erstattet. Beim Anblick der Fotos war der Chinamann in Tränen ausgebrochen. *Echt jetzt?*, dachte Chops. *Was hast du denn erwartet? Heiratest 'ne blutjunge, weiße Amerikanerin und präsentierst ihr dann dein winziges Schweineschwänzchen? Kein Wunder, dass die Kleine das Weite gesucht hat, um sich ein richtiges Stück Rammelfleisch zu angeln.*

O ja, das war schon alles ganz spaßig gewesen, aber natürlich kein Vergleich zu echter Polizeiarbeit. Wie damals, als er, Dennis und Marc wegen ein paar Meth-Dealern dieses Motel observiert hatten. Es dauerte drei Tage, bis die Kerle schließlich auftauchten. Allesamt Mexikaner. Alle voll auf Crystal Meth. Dennis übernahm die Spitze. Chops war als Zweiter durch die Tür. Er erinnerte sich noch genau daran, wie er einen der Typen mit der Remington Pumpgun direkt in die Brust geschossen hatte, noch bevor Dennis »Keine Bewegung!« rufen konnte. Erst war das Blut gegen die Wand geklatscht, dann der Bohnenfresser selbst. Ach, es gab nichts Schöneres, um sich die Zeit zu vertreiben, als glückliche Erinnerungen an alte Zeiten. Chops blickte auf die Uhr: Es war fast halb zwei. Die Straße lag wie ausgestorben da. Er streifte seine Handschuhe über, stieg aus dem Wagen und schloss vorsichtig die Autotür. Bevor die alte Jüdin irgendwann aufgetaucht war, hatte er ausreichend Gelegenheit gehabt, sich hinterm Haus umzusehen, und dabei eine Möglichkeit entdeckt, unbemerkt hineinzukommen. Für sein Alter und Gewicht schlich er überraschend lautlos an der Giebelseite vorbei, bückte sich und bohrte die Klinge seines Taschenmessers in den Spalt zwischen Erdgeschossfenster und Rahmen. Er drehte und wackelte ein wenig hin und her, bis er genug Spielraum hatte, die Klinge hochzudrücken, und der Riegel schließlich nachgab. Unter einiger Anstrengung zog er sich schwitzend und keuchend hinauf und ließ sich ins dunkle Innere gleiten. Er war in einem Haushaltsraum gelandet: Waschmaschine, Trockner, ein Korb mit einem Stapel sauberer Wäsche. Chops wartete einen Moment ab, bis sich seine Augen an die Dunkelheit gewöhnt hatten, dann schlich er in die Küche.

Er blickte in den Kühlschrank. Im Türfach stand ein Glas mit Würstchen. Ansonsten war er leer. Er überprüfte das Haltbarkeitsdatum. Es war noch nicht lange überschritten. Chops nahm sich zwei Würste. Kauend ging er nach oben, um sich dann vom ersten Stock nach unten durchzuarbeiten.

Die Schubladen der Kommode im Schlafzimmer waren aufgezogen und halb leer. Im Badezimmer fand er weder Zahnbürste noch Rasierapparat. Die anderen Zimmer im Obergeschoss waren voller Gerümpel: Pappkartons und Mülltüten mit Fotos, Papieren und Krimskrams. Die traurigen Überbleibsel von Frank Brills traurigem Leben. Im Flur fiel ihm auf, dass die Leiter zum Dachboden ausgezogen war ...

Er kletterte hinauf und wartete, bis er oben war, bevor er die Taschenlampe anknipste. Wenn Einbrüche gemeldet wurden, dann meistens weil ein Nachbar beobachtet hatte, wie der Lichtstrahl einer Taschenlampe über die Wände wanderte. *Fragt Nixon,* dachte Chops. *Guter Mann. Eine verdammte Schande war das. Kaum dass die Schweine ihn drangekriegt hatten, war das ganze Land den Bach runtergegangen. Es hatte vierzig Jahre gedauert, bis Amerika wieder in der Spur war.*

Nur Kopf und Schultern durch die Luke gesteckt, stand er auf der Leiter. Hier oben war es deutlich kälter. Ein kühler Luftzug strich über sein Gesicht, als er mit der Stablampe den staubigen Speicher inspizierte. Wie überall im Haus standen auch hier Kartons und alte Möbel herum. All der Schrott, den die Leute Umzug für Umzug mitschleppten, bis sie schließlich starben und ihre Kinder alles auf den Müll warfen. Er wollte gerade wieder hinuntersteigen, als auf dem Boden, ziemlich nah an der Luke, etwas golden funkelte. Okay, es war nicht direkt Gold. Eher Messing. Chops hob es auf.

Eine Patrone Kaliber .22. Genauso eine wie die, die sie aus Marty rausgeholt hatten. *Hallo, du verdammter Scheißkerl.* Er steckte sie ein und kehrte nach unten zurück. Im Esszimmer – Computer, Sessel, Schreibtisch, Golfbilder an der Wand – fand Chops einen Ordner voller Zeitungsausschnitte. Hauptsächlich Artikel über den Amoklauf und über ein zweiundzwanzigjähriges Mädchen, das in einem Motel in Fort Wayne tot aufgefunden worden war. Dann schlich er gebückt auf die vordere Veranda raus, hob die Post auf und nahm alles mit ins Haus. Er setzte sich an den Küchentisch und ging sämtliche Umschläge durch, bis er den fand, nach dem er gesucht hatte – eine Kreditkartenabrechnung von American Express. Er riss den Umschlag auf, und was er sah, entsprach exakt seiner Erwartung: Der Auszug ging nur bis Ende letzten Monats. Chops überlegte einen Augenblick. Er kehrte ins Esszimmer zurück, hielt sich von den Fenstern fern und setzte sich an den Tisch. Nachdem er sich vergewissert hatte, dass die Vorhänge zugezogen waren, schaltete er den alten PC ein. Der Desktop war nicht passwortgeschützt. Er öffnete den Browser, und siehe da: In der Taskleiste leuchtete das Logo von American Express. Als er es anklickte, öffnete sich die Online-Banking-Seite, und er wurde nach dem Passwort gefragt. Chops dachte nach. Ein Kerl in Brills Alter? Der hatte es garantiert irgendwo notiert.

Er suchte in sämtlichen Schubladen und durchwühlte die Papiere in den Schreibtischablagen. Nichts. Chops lehnte sich zurück und betrachtete die gerahmten Fotografien. Brill auf dem Golfplatz mit Freunden. Ein Mädchen bei der Abschlussfeier der Highschool. Brill mit einer jüngeren Frau und einem kleinen Jungen, vielleicht vier Jahre alt, offenbar die beiden, die bei dem Amoklauf draufgegangen waren. Er nahm das Golf-Foto und drehte es um. Nichts. Dann das nächste Bild. Nichts. Bei dem

Familienfoto wurde er schließlich fündig. Auf der Rückseite stand in winzigen, akkuraten Druckbuchstaben:

Bank – jacksonhigh1966

Amex – frankgolf2000

IRS – deathandtaxes1

Chops tippte frankgolf2000 in das Fenster. Brill besaß nur eine Karte. Die normale grüne. Er scrollte runter. Zum letzten Mal benutzt ... vor fünf Tagen am Schalter von United Airlines am Donald J. Trump Airport. 1800 Dollar. Chops notierte sich die Details. Wenn er Genaueres erfahren wollte, dann blieb keine andere Wahl, als einen der Jungs vom Oklahoma Police Department darauf anzusetzen. Denn eine Fluggesellschaft würde die Reisedaten eines Passagiers niemals einem Cop anvertrauen, der auf eigene Faust außerhalb der Staatsgrenze und seines Zuständigkeitsbereichs operierte. Er legte die Post zurück auf die Veranda, rückte alles, was er angefasst hatte, akkurat an Ort und Stelle und wollte das Haus gerade so verlassen, wie er gekommen war, als er ihn sah. Er stand auf dem Kaminsims. Ein Briefumschlag, beschriftet mit »Letzte Worte«. Chops zögerte eine Sekunde, dann setzte er sich auf die Couch, riss den Umschlag auf und hielt die Taschenlampe möglichst nah an den Brief.

Falls noch jemand übrig ist, dem ich etwas bedeute:
Es tut mir leid. Ich hatte meine Gründe.

Frank

Um 2:15 Uhr war er zurück in seinem Motel. Er öffnete eine Halbliterflasche Wodka, machte es sich mit dem gestohlenen Aktenordner gemütlich und vertiefte sich in das traurige Leben von Frank Brill, ehemaliger Chefredakteur der *Schilling Gazette* und – davon war er überzeugt – dreifacher Mörder.

Ein paar Stunden später lag Chops verkatert auf dem Bett und rauchte eine Zigarette, als sein Telefon klingelte. Er hörte zu und machte sich Notizen. »Jep, alles klar«, sagte er. »Danke, mein Freund. Du hast einen gut bei mir.«

»Chief, ich finde ja, wir sollten diese Erkenntnisse mit dem FBI teilen.«

»Natürlich, das machen wir. Gib mir bloß noch ein paar Tage, Junge.«

»Du schnappst dir diesen Schweinehund. Stimmt's, Chops?«

»Da kannst du deinen Arsch drauf verwetten.«

»Ich bin mir sicher, dass du das schaffst!«

Brill war also zum Dulles Airport geflogen. Mit dem Auto fuhr man von Schilling gute neun Stunden bis nach Washington. Wenn Chops jetzt sofort aufbrach, konnte er bis Sonnenuntergang dort sein.

Er stand auf.

»... der immer noch auf freiem Fuß ist.«

Es war nicht sonderlich viel los im Restaurant, als er um kurz nach zwölf dort ankam und zu dem Tisch geführt wurde, den er am Abend zuvor online reserviert hatte. Frank bestellte einen Shrimps-Cocktail und ein Parmesan-Hühnchen. Immerhin war dies vielleicht seine letzte Mahlzeit. Natürlich bekam er das reichhaltige Essen kaum runter, stocherte nur darin herum, nippte an seinem Wasser und seiner Cola Light. Am Fenster saß ein Elternpaar, das mit seinen Kindern zu Mittag aß. Frank bekam ein schlechtes Gewissen und dachte sogar kurz daran, sein Vorhaben abzubrechen.

Dann gab es einen kurzen Tumult an der Tür, als der Oberkellner – der Frank recht lapidar begrüßt hatte – die mit dem Humvee eingetroffene Gruppe überschwänglich empfing und die drei Männer zu ihrem Stammplatz führte. Zu einem Separee in der Ecke, gleich neben jenem Tisch, an dem Frank gerade an seinem Hühnchen nagte. Er spürte, wie ihn einer der Neuankömmlinge musterte, und senkte den Kopf über den Teller. Der Laden wurde nun zusehends voller – das Klappern von Geschirr,

Gläserklirren und geschäftige Gespräche erfüllten den Raum. Frank ließ sich die Dessertkarte bringen. Die Gerichte waren teuer, aber das war augenblicklich seine geringste Sorge. Er blickte durchs Restaurant und aus dem Fenster: Der Humvee parkte vor der Tür, und Frank sah die beiden Bodyguards, die sich im Wagen vor dem schneidenden Wind in Sicherheit gebracht hatten. Sie saßen vorne. Einer las etwas auf seinem Handy, während der andere die Rückenlehne leicht nach hinten gekippt hatte und mit geschlossenen Augen döste.

Frank steckte sich die Lärmschutzstöpsel in die Ohren, zog seine Handschuhe an und schwang sich die Sporttasche über die Schulter.

Er wartete, bis der Oberkellner seinen Posten an der Tür verlassen hatte, um ein Gästepaar zum Tisch zu führen, bevor er selbst nach vorne ging. Unter dem Vorwand, sich eine der Visitenkarten aus dem übergroßen Brandy-Schwenker zu nehmen, verschloss er die Eingangstür. Niemandem fiel etwas auf.

Er ging wieder zurück und griff mit der Hand in die Sporttasche. An seinem Tisch angekommen, lief er weiter, direkt auf das Separee zu. Auf den letzten Metern hob einer der Männer den Blick, und Frank konnte an seiner Miene ablesen, dass er etwas ahnte. Sofort fuhr die Hand des Mannes in sein Jackett, unter die Achselhöhle.

Doch er war nicht so schnell wie Frank, dessen Finger in der Sporttasche schon auf dem Abzug lag.

Ein Zucken reichte aus, und das AR-15 spie Blei. Das Mündungsfeuer zerpflückte die Sporttasche in rauchende

Fetzen. Franks Oberkörper schlotterte, als würde er einen Presslufthammer halten. Wie in den YouTube-Videos, die er sich am Abend zuvor angesehen hatte, durchsiebte ein Kugelregen das Separee, als Frank das Sturmgewehr leicht nach rechts schwenkte. Der Lärm der Waffe war so ohrenbetäubend, dass er die panischen Schreie, die auf der Stelle den rappelvollen Saal erfüllt hatten, vollständig übertönte. Die Wucht der Einschläge nagelte die drei Männer einen kurzen Augenblick lang an die Wand und riss sie förmlich in Stücke. Einem von ihnen explodierte der Kopf.

Frank hatte eine Art außerkörperliche Erfahrung: In Zeitlupe sah er sich selbst, Frank Brill, einen sechzigjährigen Redakteur im Ruhestand, wie er mit zusammengebissenen Zähnen und zuckenden Armen auf drei Männer feuerte, denen er noch nie zuvor begegnet war. Projektile bohrten sich in Putz, Fleisch und Lederpolster. Um ihn herum klirrten die Patronenhülsen auf dem Kachelboden. Es dauerte eine gefühlte Ewigkeit. In Wirklichkeit brauchte er nicht mal sechzig Sekunden, um das Magazin mit hundert Schuss zu leeren.

Frank lief durch dichte Schwaden von Pulverdampf. Überall lagen heulende und schreiende Menschen. Ein Kellner warf sich zu Boden, als Frank sich ihm näherte, und flehte verzweifelt: »Nein! Bitte nicht!« Aus dem Augenwinkel sah Frank, wie die Bodyguards über die stark befahrene Straße stürmten. Mit gezogenen Waffen wichen sie dem Verkehr aus. Er ließ das rauchende Schnellfeuergewehr fallen und sprintete rechts in einen Flur, der zu den Toiletten führte, warf sich gegen die

Hintertür, um sie zu öffnen, und stürmte dann die schmale Gasse hinunter bis auf die Straße. Hinter ihm hörte er die Bodyguards gegen die verschlossene Eingangstür trommeln und dann das Klirren von Glas, als sie die Scheibe eintraten. Frank rannte nach links, wo er seinen Schritt zu einem zügigen Gehen verlangsamte. Seine Lunge schmerzte. Weit und breit war niemand zu sehen. Nach etwa hundert Metern erreichte er die Kreuzung zur Hauptstraße und wandte sich dann abermals nach rechts. Und dort stand er, ordnungsgemäß an einer Parkuhr abgestellt: der grüne Camry. Frank stieg ein und ließ den Motor an. Als er losfuhr, hörte er leise und weit entfernt das schrille, auf- und abschwellende Heulen der Sirenen.

Er zwang sich, langsam zu fahren, konzentrierte sich auf den ratternden Herzschlag in seiner Brust, das taube Gefühl in seinen Gliedern und die Übelkeit, die in seiner Kehle aufstieg. Die armen Kinder. Nach diesem Mittagessen würde für sie nichts mehr wie vorher sein. Sie würden ... Verdammt! Rot! Frank stieg in die Eisen und stoppte im letzten Moment. Die Reifen quietschten, der Camry bockte, und der Fahrer im Wagen nebenan sah kurz zu ihm rüber. *Ruhig, ganz ruhig.* Gegen die Übelkeit ließ er das Fenster runter und sog die frische, kühle Luft durch die Nasenlöcher. *Ruhe bewahren, Frank.* Urplötzlich ertönte hinter ihm das laute Blöken einer Hupe. *Herr im Himmel!* Die Ampel war auf Grün gesprungen, das war alles. Frank legte den Gang ein und fuhr los. Zitternd und schwitzend – obwohl die kalte Luft durch das offene Fenster in den Wagen strömte –, fand er die

Auffahrt zum Freeway und fädelte in den Verkehr ein. Jetzt war er nur noch einer von vielen amerikanischen Fischen im großen Autostrom, wo riesige Schwärme Kühlergrill an Rücklicht gen Norden und Süden zogen.

Er nahm die Interstate 95 in südlicher Richtung und fuhr fünf Stunden lang ohne Pause durch, bis die Erschöpfung ihn in der Nähe eines Ortes namens Florence zwang, eine Tankstelle anzusteuern. Er tankte den Wagen voll und ging dann hinein, um sich einen Kaffee zu kaufen. Als er sich in die Schlange stellte, holten ihn die Ereignisse ein. Über dem Tresen plärrte ein Fernseher, eine Fox-Moderatorin (jung, aufgedonnert, tiefer Ausschnitt) verkündete gerade: »Es wurde offiziell bestätigt, dass es sich bei einem der drei Männer, die heute Mittag bei einer Schießerei in einem Restaurant in Fairfax getötet wurden, um Robert Beckerman handelt, den Präsidenten der National Rifle Association. Die Polizei fahndet nach dem Mörder, dem es offenbar gelang, vom Tatort zu fliehen, und der immer noch auf freiem Fuß ist.« Frank musterte die anderen Reisenden in der Schlange. Ein Trucker starrte auf den Bildschirm. Eine junge Mutter kümmerte sich abwechselnd um ihr Kind und ihren iPad. Ein paar College-Kids beschäftigten sich mit ihren Smartphones. Niemand sah in seine Richtung. Er griff in seine Innentasche und zog den Block heraus.

~~Beckerman.~~

Drei erledigt. Fehlten noch zwei.

»... der immer noch auf freiem Fuß ist.« Frank musste grinsen. Das war eine Floskel, der er in seiner journalistischen Karriere ständig begegnet war. Jetzt war er damit gemeint. Er, Frank Brill, war noch auf freiem Fuß. Er ging nach draußen und hob gähnend die Nase in die Nachtluft, die hier unten in South Carolina schon deutlich wärmer war. Zeit, sich ein Motel zu suchen. Er würde morgen früh weiterreisen. Frank nippte an seinem Kaffee und kehrte zum Wagen zurück.

KAPITEL 18

»Verdammt, du bist echt eiskalt, Chops.«

Chops hörte die Nachricht im Radio, als er nach Erreichen der Stadtgrenze von Washington den Sender wechselte. In einem Restaurant in Fairfax, nur eine kurze Autofahrt von der Hauptstadt entfernt, hatte irgendein Irrer Bob Beckerman und zwei seiner Kollegen getötet. Jetzt noch in Fairfax unterzukommen, war illusorisch. In der Stadt wimmelte es im Augenblick von Cops und Presseleuten, jedes Hotel war komplett ausgebucht. Also suchte er sich ein Motel an der Interstate, nahm den Kram aus Brills Haus mit auf sein Zimmer und machte sich sofort wieder an die Arbeit.

Bis in die frühen Morgenstunden hatte er eine Reihe von Rückschlüssen gezogen, lag auf dem Bett, schlürfte sein fünftes Bier und kaute seinen dritten Cheeseburger. Dabei glotzte er auf Fox eine Sondersendung zu Beckermans Tod. Normalerweise hätte der Mord an drei Menschen – eine Zahl, die nicht einmal die Kriterien für einen Massenmord erfüllte – niemals eine solche Aufmerksamkeit erregt. Erst tags zuvor hatte in Oregon ein pensionierter Bankangestellter, der von seiner Frau verlassen worden war, vierzehn Menschen erschossen, und darüber war nicht annähernd so ausführlich berichtet worden wie über die Ereignisse in Fairfax. Aber unter den Toten von Oregon war ja auch nicht der Chef der NRA gewesen.

Ein wahrhaft großer Mann, dachte Chops betrübt und trank einen Schluck Bier. *Ein wahrer Patriot.* Kein Mensch hatte unermüdlicher für den zweiten Verfassungszusatz gekämpft. Keiner außer dem Staatsoberhaupt. Natürlich nicht dem jetzigen, einer Präsidentin, die einen verfickten Juden geheiratet hatte und der Chops unterstellte, insgeheim ein liberaler Gutmensch zu sein. Nein, für Chops gab es nur einen wahren Präsidenten. *Seinen* Präsidenten. Ihren Vater. Den größten Anführer, den diese Nation je hatte.

Wenn er an das Jahr 2020 und die Veranstaltung des Präsidentschaftswahlkampfes in Oklahoma City zurückdachte, wurde er fast sentimental. So wie damals hatten sich Hauser und er nur selten amüsiert.

Es war ein lauer Spätsommerabend gewesen. Sie waren in Chops' Pick-up gestiegen und extra früh losgefahren, hatten auf dem Parkplatz der Arena abgehangen, Bier getrunken, mit den anderen Supportern Sprechchöre gebrüllt und waren alle schön angeheitert gewesen, als die Show endlich losging. Es war bereits den ganzen Wahlkampf über ziemlich heiß hergegangen. Die Linken, die Demokraten und die Lügenpresse hatten alles darangesetzt, den Präsidenten zu Fall zu bringen. Erst dieser Russland-Mist. Dann die beschissene Amtsenthebungsnummer. Auf allen Wahlkampfveranstaltungen tauchten damals Demonstranten auf. Diese verfickte Antifa mit ihren schwarzen Klamotten, den Masken und Spruchbändern. Fette Lesben, Homos und ähnliches Gesocks. Natürlich gab es in Oklahoma, das eigentlich Trump-Land war – im folgenden November sollte er dort 75 Prozent der Stimmen holen –, nicht allzu viele von denen. Aber ein paar Hundert dürften es schon gewesen sein, die Chops' Kumpels von der Oklahoma City Police zurückdrängen mussten.

Die Atmosphäre in der Halle ließ sich nur als magisch beschreiben. Hannity bestritt das Vorprogramm und peitschte die Menge auf, brachte sie in Stimmung für den Auftritt des großen Mannes. Chops und Hauser hatten ganz vorne gestanden, als es endlich so weit war: Er betrat die Bühne ... in gleißendes Licht gebadet, das seinen großen schwarzen Schatten an die Wand warf. Sein goldenes Haar glänzte ... es war, als ob man zu seinem leibhaftigen Gott aufblickte.

Und was für eine gewaltige Rede er an diesem Abend gehalten hatte. Das Herzblut und das Feuer, mit dem er gegen die Linken wetterte. Diesen Abschaum, diese Tiere, die ihn in die Knie zwingen wollten. Die alle anständigen Amerikaner, Chops, Hauser, das gesamte Volk hintergingen und versuchten, sie ihres rechtmäßigen Anführers zu berauben. Trump hatte Chops und den anderen Anhängern in der Halle eindringlich geschildert, auf welche Höllenfahrt eine Wahlniederlage die ganze Nation schicken würde. Hatte das dunkle Zeitalter des Sozialismus heraufbeschworen, das daraufhin anbrechen würde. Welche Schrecken und Gräuel sie erwarten würden: die endlos langen Warteschlangen, in denen sie dann für Lebensmittel anstehen müssten. Er hatte sie davor gewarnt, dass man ihnen die Waffen abnehmen würde, dass sie gezwungen sein würden, aus eigener Tasche für die Medikamente von Pennern, Schmarotzern und Immigranten zu bezahlen. Chops hatte in die geifernden, wütenden Gesichter um sich herum gesehen, die »SCHLIESST SIE WEG«, »BAUT DIE MAUER«, »SCHICKT SIE ZURÜCK«, »USA! USA!« und »NOCH MAL VIER JAHRE!« brüllten ... und er hatte gegrinst. Er hatte sich in diesem Hass gesuhlt, sich an ihrem Zorn erwärmt und gewusst, dass er am richtigen Ort war, dass er hierher gehörte und dass Amerikas lange, glorreiche Geschichte exakt auf diesen Moment hinausgelaufen war. Sie waren aus der Arena gestürmt, ein zwölftausend Mann starker, begeisterter, aufgeputschter Mob, und hatten abermals dem schwarzen Block gegenübergestanden, diesem Pulk an Demonstranten, die ihre Parolen skandiert und nur auf sie gewartet hatten.

Der Polizeikordon hatte sich bereitwillig geteilt, um sie durchzulassen, und sofort brach auf dem Parkplatz das Gemetzel los. Hauser war damals schon nicht mehr der Jüngste, aber mit Leib und Seele dabei gewesen. Chops hatte seinen Totschläger gezückt, auf die Demonstranten eingeprügelt und einem Jungen mit »Black Lives Matter«-T-Shirt von hinten eins übergezogen. Hauser hatte sich mitten ins Getümmel gestürzt und dem Jungen ins Gesicht getreten, während um sie herum Tränengasgranaten explodierten, Schüsse fielen und Brandbomben Leuchtspuren über den dunklen Himmel zogen.

Ein paar besonders schöne Erinnerungen hatte Chops so plastisch vor Augen, als wäre das alles erst gestern geschehen: das schmerzverzerrte Gesicht eines getaserten Niggers. Eine junge Frau, die sich mit blutverschmiertem Mund, in dem schon Zähne fehlten, ängstlich wegduckte, als der Schlagstock zum zweiten Mal auf sie niederging. Ein Teenager, der heulend ein »LOVE TRUMPS HATE«-Schild umklammerte. Der Anblick erinnerte an ein verdammtes Kriegsgebiet, und damals hatte es sich angefühlt, als könnten sie *alles* tun. Einfach weitermarschieren, über den Parkplatz, quer durch die Stadt, marodierend durchs ganze Land ziehen, auf ihrem Weg jeglichen Widerstand niederwalzen, bis nach Kalifornien, wo sie selbst die allerletzten Demokraten, Sozialisten und Liberalen ins Meer jagen und Amerika ein für alle Mal von diesem Abschaum reinigen würden. Mit Augen, die in der Tränengas-geschwängerten Luft nicht nur vor Begeisterung glänzten, hatten Marty und er sich im Siegestaumel in den Armen gelegen, »USA! USA! USA!« johlend, während um sie herum mit Holzlatten, Baseballschlägern und Eisenstangen auf die Köpfe der letzten verbliebenen Demonstranten eingeprügelt wurde. Es war ein Gefühl, als hätten sie das ganze verfickte Land in der Hand.

»DREI TOTE UND ACHTZEHN VERWUNDETE DEMONSTRANTEN AUF TRUMP-WAHLKAMPF-KUNDGEBUNG«, hatte die *Washington Post* am nächsten Tag getitelt.

»ANTIFA ATTACKIERT TRUMP-UNTERSTÜTZER!«, hieß es bei Fox.

Als Chops aus seinem rosaroten Tagtraum ins Hier und Jetzt zurückkehrte, zeigte Fox gerade eine Aufzeichnung von Beckermans legendärer Ansprache bei seiner Amtseinführung. Damals hatte er auf dem NRA-Kongress in Houston den Posten von Wayne LaPierre übernommen, dessen Schmusekurs für den Geschmack der Mehrheit ein wenig zu nachgiebig gewesen war. Chops stellte den Fernseher lauter.

»Und ich sage euch«, donnerte Beckerman, »wenn das Tragen von Waffen nicht für alle Highschool-Schüler über sechzehn Jahren verpflichtend wird, dann können wir diese Schulen auch in Schlachthäuser umbenennen. Schlachthöfe, die bloß auf einen neuen Adam Lanza warten, oder wer auch immer den nächsten Amoklauf starten wird. Ich sage nicht, dass ihr keine richtigen Amerikaner seid, wenn ihr keine Waffen tragt. Ich sage: IHR SEID ÜBERHAUPT KEINE AMERIKANER! Wenn ihr freiwillig in der Gegend herumlauft, ohne mit der Waffe für euch selbst oder eure Mitbürger einstehen zu können, was seid ihr dann? Ich sage: VERSCHWINDET DOCH MITSAMT EUREM LIBERALEN SOZIALISTISCHEN MIST NACH ENGLAND, DAMIT EUCH SO EIN DURCHGEKNALLTER MOSLEM EIN MESSER IN DEN BAUCH RAMMEN ODER SÄURE INS GESICHT SCHÜTTEN KANN, OHNE DASS IHR DIE MÖGLICHKEIT HABT, EUCH ZU VERTEIDIGEN!«

Das Arena-Publikum in Houston rastete kollektiv aus. Endlich ein Anführer, der sich nicht scheute, die Wahrheit zu sagen. Der zu den Menschen in ihrer Sprache

sprach, so wie es der große Donald getan hatte. Beckermans Worte noch einmal zu hören, rührte so sehr an
Chops' patriotischer Ader, dass ihm fast die Tränen kamen.

Er stopfte sich eine Handvoll Pommes in den Mund.
Dabei gelangte er überraschend zu der Einsicht, dass er
unbedingt aufhören musste, am Drive-in die Frage, ob
er eine große Portion haben wolle, jedes Mal mit »Ja« zu
beantworten. Eine innere Stimme bestand allerdings
darauf, dass es unamerikanisch sei, ein solch lukratives
Angebot auszuschlagen. Chops stand auf und ging zu
dem einzigen Stuhl im Zimmer. Über der Lehne hing
das Schulterholster mit dem Revolver. Er zog ihn heraus, setzte sich zurück aufs Bett und betrachtete die
Waffe, eine vernickelte .357er Magnum mit kurzem Lauf
und Gummigriff – sein treuer Begleiter in all den Jahren
bei der Polizei. Sicher, sie war klobig und der Rückstoß
etwas heftig, was sie in der Handhabung ein wenig zi-
ckig machte. Aber die Stoppwirkung war unvergleich-
lich, und sie klemmte niemals. Man könnte damit den
lieben langen Tag Nägel einschlagen und würde danach
immer noch bei jedem Schuss genau ins Schwarze treffen. Chops löste die Verriegelung mit dem Daumen und
schwenkte die Trommel heraus, aus der ihn sechs fette
Patronen anlachten. Er klopfte sie aufs Bett, pickte sich
eine raus, küsste sie und rollte sie über sein Gesicht,
sodass er das kühle Metall auf den Wangen und Au-
genlidern spürte. Dann ließ er die Trommel wieder zu-
schnappen und zielte mit der leeren Waffe auf verschiedene Punkte im Zimmer: den Nachrichtensprecher im
Fernsehen, der gerade über die beiden anderen Männer

berichtete, die zusammen mit Beckerman getötet worden waren; auf die Lampe; auf den Badezimmerboden. Es war lange her, dass er einen Menschen erschossen hatte. Er vermisste es. Dieses Gefühl, eine Runde Blei in ein lebendes Wesen zu pumpen. Zu sehen, wie sich das Opfer krümmte und wand. Dieser mexikanische Drogendealer. Das Erstaunen in seinem Gesicht, als er aus kürzester Entfernung eine Ladung Schrot schluckte.

Natürlich war der Kerl nicht sofort verreckt. Er und die Jungs hatten den Raum gesichert. Dann war Chops zurückgekommen, hatte sich über dem Kerl aufgebaut, der verzweifelt versuchte, ihm irgendetwas mitzuteilen. Chops war neben ihm auf die Knie gegangen und hatte gelauscht, wie der Wichser stammelnd Blut spuckte, aber die durchsiebte Lunge des armen Schweins bekam weder genug Luft zum Atmen noch zum Sprechen. Die Augen traten aus den Höhlen und starrten ihn voller Angst an, während das Licht in ihnen allmählich erlosch. Chops wusste, dass es ein seltenes Privileg war, dabei zusehen zu dürfen, wie ein Mensch sein Leben aushauchte, auch wenn es nur ein Mexikaner war. Chops hatte dem Dealer direkt in die Seele geblickt. »Sieht ganz so aus, als würdest du krepieren, Bohnenfresser«, hatte er geflüstert. Das Letzte, was der Junge sah, war Chops' hämisch grinsendes Gesicht.

»Verdammt, du bist echt eiskalt, Chops«, hatte einer seiner Jungs bewundernd zu ihm gesagt.

Scheiße, wer würde nicht zugeben, dass Töten ein höllischer Kick ist. Frank Brill hatte vor Hauser noch nie jemanden umgebracht, da war sich Chops verdammt sicher. Aber jetzt war der Drecksack offenbar auf den Geschmack gekommen. Oder er hatte sich zumindest daran gewöhnt. Jemanden mit einer .22er Woodsman abzuknallen, war *eine* Sache. Drei Typen mit einem AR-15 niederzumähen, war etwas völlig anderes. Heiliger Bimbam!

Chops ließ den Revolver auf seinen Oberschenkel sinken und widmete sich wieder Brills Ordner: Zeitungsausschnitte – hauptsächlich aus solchen Blättern der Lügenpresse – über den Amoklauf an der Schule in Indiana. Eine echt üble Sache, erinnerte sich Chops. Ein Haufen kleiner Kinder und ein paar Lehrer waren dabei umgelegt worden. Das wäre nicht passiert, wenn sie auf Beckerman gehört hätten, der in der *New York Times* zu dem Amoklauf in Schilling zitiert wurde: »Wie oft werden Amerikas Kinder solch schwere Opfer am Altar der Freiheit noch bringen müssen?« Der Artikel befand sich unter den Zeitungsausschnitten, und Chops erinnerte sich, dass die Linken bei seiner Veröffentlichung auf die Barrikaden gegangen waren.

Er sah, dass Beckermans Foto mit blauer Tinte eingekreist war. Sein Blick wanderte wieder zum Fernseher, wo zum zigsten Mal die körnige Aufnahme einer Überwachungskamera lief, die einen Mann zeigte, der mit einer Sporttasche über der Schulter das italienische Restaurant in Fairfax betrat.

Der Kerl hatte Hauser ermordet, weil der Coach einen von Brills kleinen Schulfreunden gefickt hatte.

Die alte Schwuchtel in Vegas musste dran glauben, weil sie Brills Frau etwas angetan hatte. Der Tod der zweiten Tunte, vermutete Chops, war nicht geplant gewesen.

Und Beckerman war von Brill umgenietet worden, weil dieser ihm in seiner kranken, verdrehten, sozialistischen Logik die Schuld daran gab, dass irgendein Irrer seine Frau und sein Kind abgeknallt hatte.

Persönliche und politische Gründe. Wen würde Frank Brill als Nächstes töten? Die Antwort, das spürte Chops, war in diesem Ordner zu finden. Er packte den vierten – und letzten – Cheeseburger aus und las weiter.

»... der wird abgeknallt, das kannste mir glauben.«

Frank ließ das Autofenster herunter und sog die warme Luft tief in seine Lunge. Er hatte die Nacht in einem Motel namens Jimmy's Cabins (»Wasserbetten«, »HBO«) verbracht und war schon um kurz nach sieben Uhr wieder aufgebrochen.

Bevor Adam damals eingeschult wurde, waren sie jedes Jahr im Winter nach Florida in ihre Ferienwohnung gefahren. Sie hatten sogar darüber gesprochen, irgendwann einmal herzuziehen. Doch Frank hatte befürchtet, er würde sich aufgrund des Lebensstils hier unten – Golf, die Sonne, die täglichen Ausflüge zum Strand – bald wie ein Rentner fühlen. Dazu war er damals noch nicht bereit gewesen. Wieder so eine scheinbar unbedeutende Entscheidung, die ihn später teuer zu stehen kommen sollte. (*Wenn wir hierher gezogen wären, dann wären Pippa und Adam niemals an dieser Schule gewesen, und dann ...*) Er blickte auf die vertraute Landschaft, die am Fenster vorbeizog – die Seen, das Schilf und die Schilder, die vor den Alligatoren warnten. Der blaue Himmel und die wärmende Sonne. Frank hatte

Brock noch vom Motel aus angerufen, um ihm mitzuteilen, dass er für ein paar Tage in der Gegend war und sich freuen würde, ihn zu sehen. Fast hätte er den ehemaligen Eigentümer der Zeitung »Mr. Schmidt« genannt. Immerhin hatten er und sein Vater ihr Leben lang für diesen Mann gearbeitet, und alte Gewohnheiten sind verdammt hartnäckig. Brock und seine Frau hatten ihn für heute zu sich nach Hause zum Abendessen eingeladen.

Frank nahm die Ausfahrt nach Lake Tranquil.

Dort angekommen, parkte er den Wagen in der Tiefgarage. Es versetzte ihm einen Stich ins Herz, als er an die glückliche, viel zu kurze Zeit mit Adam zurückdachte, der gewöhnlich schlafend auf der Rückbank gelegen hatte, wenn sie nach der zweitägigen Reise endlich hier eintrafen. Er holte die Tüte mit den Einkäufen aus dem Kofferraum und fuhr mit dem Aufzug in den vierzehnten Stock.

Beim Öffnen der Wohnungstür registrierte er erstaunt, dass die Zeit seit seinem letzten Besuch offenbar spurlos an der Wohnung vorbeigegangen war. Fünf Jahre war er jetzt nicht mehr hier gewesen. Er bezahlte eine Servicefirma, die zweimal im Monat Leute vorbeischickte, um Staub zu wischen, zu saugen und sicherzustellen, dass alles in Ordnung war. Wenn es während des hiesigen »Winters« doch einmal zu kalt wurde, drehten sie auch die Heizung auf. Frank und Pippa hatten die bescheidene Zweizimmerwohnung geerbt, nachdem Pippas Mutter verstorben war, und Pippa hatte sie wieder auf Vordermann gebracht. Sie hatte die gelben Wände in einem kühlen, neutralen Grau gestrichen und die alten Sofas im Wohnzimmer mit ihren mint- und apricotfarbenen Blumenmustern durch zwei neue ersetzt. Marineblau mit weißer Paspelierung. Er warf die Autoschlüssel in die Holzschale auf dem kleinen Couchtisch aus Eiche, den sie bei einem ihrer Sonntagsausflüge auf einem Flohmarkt drüben in Kissimmee entdeckt hatte. Frank erinnerte sich noch genau an diesen Morgen. Daran, wie er mit dem zweijährigen Adam im Schatten gesessen und ihn mit Eiscreme verwöhnt hatte, während Pippa zwischen den Ständen umhergeschlendert war. Den ausgeblichenen Linoleumfußboden in der kleinen Pantry-Küche hatte sie gegen sandfarbene Steinfliesen ausgetauscht.

Er öffnete den Kühlschrank: ein paar Bierdosen, eine Flasche stilles Wasser. Diverse Würzsaucen. Sämtliche Haltbarkeitsdaten waren lang überschritten. Frank warf alles in den Müll und packte die Lebensmittel aus, die er in einer Tankstelle an der I-95 gekauft hatte. Ein Sixpack 7-Up, ein paar Nudelgerichte für die Mikrowelle, Milch, Kaffee, ein halbes Pfund Butter, sechs Eier. Er wusste, dass er versuchen sollte, etwas zu essen. Sein Gürtel war bereits beim letzten Loch angekommen, und die Hose rutschte trotzdem. Obwohl er keinen Hunger hatte, ließ er ein Glas Mayonnaise, Schnittkäse, eine Packung Kochschinken und ein Toastbrot auf dem runden Esstisch stehen. Sein Einkauf war ziemlich wahllos gewesen. Was sollte man auch kaufen, wenn man einfach keinen Hunger hatte. Außerdem war er sich nicht sicher, wie lange er überhaupt bleiben würde. Das hing ganz davon ab, wie es am Abend mit Mr. Schmidt …

verdammt ... mit Brock laufen würde. Er schmierte Mayo auf eine Scheibe Toast, belegte sie dick mit Schinken und Käse, dann packte er eine zweite Scheibe obendrauf. Er öffnete eine der 7-Up-Dosen und nahm den Imbiss mit hinaus auf den Balkon – das Beste an der ganzen Wohnung.

Er nippte an seiner Limo, blickte über den See, lauschte dem Brummen der Jetskier und beobachtete die Familien, die auf der Promenade spazieren gingen. Es war seltsam. In seiner Erinnerung hatte er dauernd hier draußen gestanden. Jedes Mal, wenn sie hier angekommen waren, war er mit einer Limo (ganz früher noch mit einem Bier) und einer Zigarette raus auf den Balkon gegangen. Der einzige Unterschied zu heute bestand darin, dass damals noch ein kleines Kind in der Wohnung herumtobte und seine Frau in der Küche die Einkäufe auspackte, während im Fernseher Zeichentrickfilme liefen. In Wahrheit war das in den fünf Jahren, die Adam gelebt hatte, höchstens ein halbes Dutzend Mal passiert. Ihre gemeinsame Zeit war so schrecklich kurz gewesen.

Nachdem er ausgetrunken und es sogar geschafft hatte, ein paar Bissen von seinem Sandwich hinunterzuwürgen, stand Frank auf, ging ins Wohnzimmer und schaltete Fox an.

Auf einen Beitrag über die Mauer (die jüngsten Probleme beim Bau waren heldenhaft bewältigt worden) und einen über die Wirtschaft (alles lief fantastisch, das Defizit von sieben Billionen Dollar war offenbar kein Grund zur Sorge) folgte einer zu den Morden von Fairfax.

Verschiedene NRA-Mitglieder wurden interviewt (»Wer immer das war ... der wird abgeknallt, das kannste mir glauben!«) und ein Tweet von Ivanka eingeblendet: »Bob Beckerman war ein großer Amerikaner, der unermüdlich für den zweiten Verfassungszusatz gekämpft hat. Wir werden seinen Mörder finden!« Dann sagte der Moderator: »Die Polizei hat Aufnahmen vom Tatort veröffentlicht, die zeigen ...« Auf dem Fernsehdisplay erschien das Standbild einer Überwachungskamera. Von Frank. Es war unscharf und aus einiger Entfernung gefilmt – fraglos von einer Kamera auf der Straße vor dem Restaurant – und zeigte ihn mit der Sporttasche über der Schulter. Er trug eine Sonnenbrille und war kaum zu erkennen. »Der Täter wird als Anfang bis Mitte sechzig, schlank und dunkelhaarig beschrieben. Er gilt als bewaffnet und gefährlich ...« Frank stellte den Fernseher leiser. Natürlich hatte er auf der Fahrt hierher regelmäßig die Nachrichten gehört. Beim Frühstück war er sämtliche Tageszeitungen durchgegangen. Scheinbar war das alles, was sie hatten – ein unscharfes Bild von ihm. Keine Rede von seinem Auto, seinem Namen oder sonst irgendeiner handfesten Spur. »Und die NRA«, fügte der Sprecher an, »hat soeben bekanntgegeben, dass sie für Informationen, die zur Ergreifung des Mörders von Bob Beckerman und zwei seiner Mitarbeiter führen, eine Belohnung von einer halben Million Dollar ausgesetzt hat. Wir schalten jetzt live zur Pressekonferenz der NRA ...« Nun war es also offiziell: Frank war zur Fahndung ausgeschrieben. Sie hatten ein Kopfgeld auf ihn ausgesetzt.

Er lachte.

Das einzige Möbelstück in diesem Wohnzimmer, das auf Franks Initiative zurückging, war ein alter, brauner Relaxsessel, der vor der Glastür zum Balkon stand. Er stammte von Pippas Vater, und Frank hatte trotz ihrer Proteste darauf bestanden, dass er blieb. *Gott, ist das bequem,* seufzte er im Stillen, als er sich in den Sessel sinken ließ und den Hebel betätigte, der die Fußbank ausklappte.

»In diesem verdammten Ding siehst du aus wie ein alter Mann«, pflegte Pippa immer zu sagen, und seine Antwort lautete stets gleich: »Ich bin ein alter Mann.« Er blickte auf die Uhr: kurz nach zwei. Vor der neunzigminütigen Fahrt nach West Palm Beach blieb ihm reichlich Zeit für ein Nachmittagsschläfchen. Von der langen Reise erschöpft, genoss Frank Brill die laue Brise, die vom See durch die offene Balkontür wehte, und döste auf der Stelle ein. Im Traum saß er am Strand, der gleich gegenüber auf der anderen Straßenseite lag. Er aß einen Hotdog, brach kleine Stückchen davon ab und fütterte damit seinen toten Sohn. Seine tote Frau war auch nicht weit, er sah sie aus den Augenwinkeln.

* * *

Eine knappe Stunde später schreckte Frank aus dem Schlaf. Er ging ins Bad, um zu duschen – was länger dauerte als erwartet. Denn als er den Duschvorhang zur Seite zog, um das Wasser anzudrehen, fiel sein Blick auf etwas, das er völlig vergessen hatte: An einem

Saugnapfhaken hing ein Einkaufsnetz, voll mit Adams Badespielzeug aus buntem Plastik. Seine Bötchen, seine Quietscheenten und zu Franks Überraschung noch ein kleiner Pinguin. Schlagartig erinnerte er sich, wie er das Gummitierchen immer vom Rand der Wanne »über die Planke« geschickt hatte, um es dann mit einem Hilfe-schrei ins Wasser fallen zu lassen. (»Noch mal! Noch mal, Daddy!«) Nach diesem Schock hockte er eine Weile heulend auf dem Badezimmerboden. Er musste eine halbe Xanax nehmen, um sich wieder zu beruhigen, wes-halb er erst um 16:30 Uhr im Auto saß und es schon dun-kel wurde, als Frank schließlich um 18:30 Uhr in Brock Schmidts Straße einbog.

Franks Ferienwohnung lag in einer guten Gegend, aber Prospect Park war unbestreitbar um einiges schi-cker: große Villen, die meisten davon in den 1920er-Jah-ren erbaut und durch Reihen von Palmen und hohen Hecken voneinander getrennt. Auf den Rasenflächen der Vorgärten standen Schilder, die potenziellen Ein-brechern mit Schusswaffengebrauch drohten. Dies war West Palm Beach. Die Nachbarschaft östlich von hier, gleich am Atlantik, war natürlich noch reicher und mon-däner. Aber seit die Präsidentenfamilie von Oktober bis Mai ihren offiziellen Wohnsitz hier hatte, war West Palm Beach immer weiter abgeschottet worden.

Frank hielt an dem schmiedeeisernen Tor, lehnte sich aus dem Autofenster und drückte den Knopf der klei-nen Metallkiste. »Kann ich Ihnen helfen?«, fragte eine Stimme.

»Hallo. Mein Name ist Frank Brill. Ich bin hier, um …«

»Natürlich, Mr. Brill. Einen Augenblick ...«

Ein Klicken, dann ein Summen, und das schwere Tor öffnete sich. Frank fuhr die Kiesauffahrt hinauf und parkte vor dem Haus. Er atmete tief durch. Gewöhnlich bemühte er sich, Begegnungen mit Menschen aus seinem früheren Leben (überhaupt aus seinem Leben) zu vermeiden, denn nichts war so schwer zu ertragen wie ihr Mitleid. Aber diesmal blieb ihm keine andere Wahl. Für den letzten Akt – falls Frank wirklich so weit kommen sollte – war es unumgänglich. Als er aus dem Wagen stieg, erwartete ihn Brock bereits auf der Türschwelle. »Frank!«, rief er und kam ihm freudestrahlend entgegen. »Was für eine schöne Überraschung!« Sie schüttelten einander die Hände.

»Hallo, Brock«, sagte Frank. Sein Ex-Chef, den er seit Pippas und Adams Beerdigung nicht mehr gesehen hatte, musste jetzt fast achtzig Jahre alt sein. Mit seiner gleichmäßigen Bräune und den strahlend weißen Zähnen machte er im Poloshirt immer noch eine gute Figur und schien weitaus besser in Form zu sein als Frank. »Toll siehst du aus.«

»Ach was, ich vergreise und verdumme jeden Tag ein bisschen mehr, Frank. Aber wie geht es dir?« Frank lächelte schief und zuckte mit den Schultern, als wollte er sagen: »Irgendwie bin ich wohl immer noch da.« Brock nickte nur und drückte Franks Schulter. *Eine nette Geste,* dachte Frank. Sie sagte: »Wir wissen, was du durchgemacht hast, und du brauchst nicht darüber zu sprechen, wenn du nicht willst.« Brock und seine Frau hatten sicher noch Verbindungen in die alte Heimat und waren vermutlich über Olivias Tod informiert. Gut möglich, dass sie sogar eine Beileidskarte geschickt hatten, aber viele Erinnerungen an diese Zeit hatte Frank erfolgreich verdrängt. Er war fest entschlossen, den beiden nicht von seiner Krebserkrankung zu erzählen. Warum auch? »Also, komm doch rein«, sagte Brock. »Cyn ist in der Küche. Sie kann es kaum erwarten, dich wiederzusehen ...«

Frank war erst einmal in diesem Haus gewesen, auf Besuch mit Pippa und Adam, und trotzdem war ihm der Geruch sofort vertraut. Der Duft des Holzes – die Mahagonivertäfelung, der Parkettboden – vermischte sich mit einem Potpourri süßerer Noten: frisch geschnittene Blumen aus dem Garten, Brocks Aftershave, Zitronenbäume und irgendwo in der Ferne dezente Küchenaromen. Das üppige Bouquet des saturierten amerikanischen Ruhestands.

Als sie das großzügige Foyer betraten, stand Cynthia Brock in der Küchentür und begrüßte ihn überschwänglich. »Frank! Wie wundervoll, dich wiederzusehen!« Ihr breites Lächeln konnte die Sorgenfältchen um ihre Augen nicht ganz kaschieren. Der leicht zur Seite gelegte Kopf und der sanfte Blick, mit dem sie ihm die Arme entgegenstreckte, war die weibliche Variante von Brocks mitfühlendem Schultergriff. Er sagte so viel wie: »Du armer Kerl, wir wissen, was du durchgemacht hast.« Cynthia drückte ihn an sich. Der Geruch ihres Parfüms und der Zwiebeln, die sie gerade geschnitten hatte, gesellte sich zu der olfaktorischen Symphonie.

»Hallo, Cynthia«, sagte Frank. »Hier riecht es aber gut.«

»Oh, das ist nur das Lamm. Ich bin fast fertig damit. Brock, ich dachte, wir könnten vielleicht auf der Terrasse essen. Magst du mit Frank schon mal auf einen Drink nach draußen gehen? Ihr habt euch sicher eine Menge zu erzählen. Ich komme dann gleich zu euch.«

»Brauchst du Hilfe in der Küche?«, fragte Frank.

»Siehst du«, sagte Cynthia lächelnd zu ihrem Mann. »Gute Manieren. Ich glaube nicht, dass ich diesen Satz von dir in vierzig Jahren auch nur einmal gehört habe, Brock Schmidt.«

»Rechne nicht so bald damit, Schatz. Komm, Frank, wir gehen nach hinten ...«

Frank folgte seinem Gastgeber hinaus auf eine große Terrasse mit Blick auf einen üppigen Garten und einen kleinen Pool. Der Pool war von unten beleuchtet, und in der einsetzenden Dunkelheit schimmerte das Wasser türkisgrün. Frank erinnerte sich, wie Adam darin geplanscht hatte. Lampen leuchteten in den Büschen, und auf dem für drei Personen eingedeckten Tisch flackerten bereits die Kerzen.

»Was trinkst du?«, fragte Brock auf dem Weg zu der gut bestückten Bar neben dem Pool.

»Nur eine Cola«, antwortete Frank.

»Dem Alkohol abgeschworen, hmmm?«

»Na ja, so ähnlich. Ist 'ne lange Rückfahrt. Und ich bin nicht mehr ganz so gut dabei wie früher.«

»Wem sagst du das ...« Brock ließ ihn vom Haken. Verriet man Leuten, die man eine Weile nicht gesehen hatte, dass man nichts mehr trank, dann benahmen sich manche, als hätte man ihnen das Trinken verboten. Oder ihnen zumindest davon abgeraten. Als würden sie glauben, dass man sie für Versager hielt, wenn sie etwas tranken. Brock öffnete die Glastür des kleinen Kühlschranks, um eine Cola und eine Flasche Wein herauszunehmen, und füllte die Gläser. Sie machten es sich in zwei Loungesesseln bequem. »Cheers«, sagte Brock.

Frank wartete auf das, was unweigerlich kommen würde.

»Hör mal, Frank.« Brock senkte die Stimme und warf einen verschwörerischen Blick Richtung Haus, als wollte er es hinter sich bringen, solange sie sich noch von Mann zu Mann unterhielten. »Ich muss dir wohl nicht sagen, wie schrecklich leid es uns getan hat, als wir von der Sache mit Olivia gehört haben. Das ist ... völlig irrsinnig. Nach all dem, was du bereits ertragen musstest. Ich kann nicht mal ansatzweise ahnen, was du durchgemacht hast, mein Sohn.« Immer dieses »mein Sohn«. Mr. Schmidt, wie Frank ihn damals genannt hatte, war Ende dreißig gewesen, als der Teenager Frank Brill bei seiner Zeitung angefangen hatte.

Frank nickte stumm und nahm einen großen Schluck von seiner Cola. Er war inzwischen so selten unter Menschen, dass es sich surreal anfühlte. Vielleicht hätte er doch einen Drink nehmen sollen. Reflexartig tastete er nach dem Pinguin in seiner Tasche, aber er hatte ihn in der anderen Hose gelassen.

»Es war hart«, sagte er. »Ist aber inzwischen drei Jahre her. Mit der Zeit wird es erträglicher.«

»Natürlich.«

Sie nippten an ihren Gläsern.

»Und wohnst du in eurem Apartment?«

Frank nickte.

»Wie lange willst du denn hier bleiben?«

»Ein paar Wochen. Um diese Zeit wird es zu Hause unangenehm kalt. Das kennst du doch auch ...«

»Allerdings.« Brock schauderte. »Du solltest länger bleiben. Du bist jetzt im Ruhestand. Wir könnten Golf spielen. Ist eine Ewigkeit her, dass wir beide eine Runde auf dem Platz gedreht haben.«

Das kam früher als erwartet. Frank hatte damit gerechnet, das Gespräch erst mühsam auf das Thema lenken zu müssen. Vielleicht würde er doch früher von hier wegkommen, als er befürchtet hatte. Er könnte Kopfschmerzen oder die Erschöpfung von der langen Autofahrt vorschieben. »Das wäre toll«, sagte er. »Wie steht's denn um dein Spiel?«

»Ich krieg den Ball kaum noch vom Tee. Aber warte mal, bis du in meinem Alter bist. Mir fehlt einfach die Kraft. Ich kann nicht mehr so durch den Ball gehen wie früher«, klagte Brock und deutete dabei einen Golfschwung an. Frank erinnerte sich an ihre gemeinsame Zeit im Country Club. Der Alte schlug einen extrem kräftigen und hohen Draw.

»Oh, das geht mir genauso«, sagte Frank. »Letzten Sommer hab ich im Club mit ein paar jungen Kerlen gespielt«, schwindelte er. »Unglaublich, über was für Distanzen die den verdammten Ball dreschen. 280 Meter. 290 Meter.«

»Ich weiß. Das ist irre, oder?«

»Wahnsinn, ein Eisen 5 über 180 Meter zu schlagen ...«

»Als ich angefangen habe zu spielen, war das ein ordentlicher Drive«, schmunzelte Brock. »Letztens hab ich so einen Jungspund im Fernsehen gesehen. Der Kerl hatte einen Carry von 230 ...«

Während er sich Wein nachschenkte, plauderte Brock weiter, und Frank entspannte sich allmählich. Jetzt führten sie Männergespräche, sie unterhielten sich über Sport – das war unvermintes Terrain, wo alles außer Schlagweiten, Statistiken, Form und Technik tabu war. Alles drehte sich um Fakten. Und Fakten, das hatte ihm @AmericanWarLord666 mehr als einmal eingehämmert, scherten sich nicht um Gefühle. Was ihm zupasskam. Schließlich fragte Frank: »Wie wäre es mit morgen?«

»Morgen ... morgen ...«, überlegte Brock. Gut möglich, dass er schon Pläne hatte. Aber Frank setzte voll und ganz darauf, dass sich eine Verquickung von zwei Faktoren – nämlich der Tatsache, dass sie sich seit Jahren nicht gesehen hatten, und dem Umstand, dass Frank so unglaubliche Qualen zu erleiden hatte – zu seinen Gunsten auswirken würde.

»Ist es denn schwer, Gäste mit auf den Platz zu nehmen?«, fragte Frank. »Wegen der ganzen Sicherheitsvorkehrungen, meine ich?«

»Nein, eigentlich nicht. Momentan sind sie ja nicht hier.« Das hatte Frank bereits recherchiert. Sie waren in El Paso, zu irgendeiner Feierlichkeit an der Mauer. »Wenn sie hier sind, ist das was völlig anderes. Dann wird dein Auto durchsucht, deine Golftasche durchleuchtet ... das volle Programm. Selbst die Mitglieder werden nicht verschont.«

»Wow.« Aber auch das hatte Frank schon recherchiert.

»Na ja, man kann wohl nicht vorsichtig genug sein. Sieh dir doch an, was in Fairfax passiert ist ...«

»O ja, das habe ich mitbekommen ...«

»Weißt du was, ich glaube, ich kann ein wenig umdisponieren. Aber es geht nur am Nachmittag.«

»Das passt mir ausgezeichnet«, erwiderte Frank. »Mein Terminkalender ist ... nicht gerade prall gefüllt.«

»Alles klar, dann sind wir jetzt verabredet. Ich versuche, uns für 13 Uhr anzumelden, in Ordnung? Sollen wir uns um zwölf im Club treffen? Dann können wir vorher noch eine Tasse Kaffee zusammen trinken.«

»Das wäre toll. Danke, Brock.«

Cynthia, die sich in Schale geschmissen hatte und ein wogendes weißes Kleid trug, gesellte sich zu ihnen. »Jungs, lasst uns was essen«, sagte sie und führte die kleine Gesellschaft rüber zum Tisch.

Eine Hausangestellte servierte das von Cynthia zubereitete Essen, und Frank überließ dem liebenswerten alten Paar das Wort. Sie sprachen über ihre Enkel, die Urlaube, dass sie ihren Kindern bei Hypothekenkrediten, Zinszahlungen und Schulgebühren aushalfen. Über Ivankas Outfit bei der Einweihungsfeier des neuen Mauerabschnitts. Alle waren sich einig, dass Vizepräsident Hannity ein paar schlimme Dinge gesagt hatte, aber die Schmidts waren überzeugt, dass bellende Hunde nicht beißen würden. Und überhaupt, wenn diese Leute nicht wollten, dass man sie in Käfige sperrte, dann hätten sie halt nicht versuchen dürfen, illegal ins Land zu kommen. Wobei Cyn die Bilder der eingesperrten Kinder dennoch schwer erträglich fand. Währenddessen arbeitete sich Frank durch üppige Portionen von dicken, saftigen Shrimps, grünem Salat, Lammkoteletts mit Limabohnen und Fondant-Kartoffeln, und seine Gastgeber öffneten nacheinander einen Sancerre, einen Cabernet und schließlich – zur Limonentarte – einen Sauternes. Frank blieb bei seiner Cola, trank danach einen Kaffee und vermisste immer wieder seinen kleinen Pinguin. Zum Abschied umarmte er beide, beteuerte, wie sehr er den Abend genossen habe, dass er sich ungemein darauf freue, Brock morgen auf dem Golfplatz zu treffen, und dass er hoffe, Cynthia möglichst bald wiederzusehen. Dann stieg er ins Auto, winkte noch einmal zum Abschied und fuhr über den knirschenden Kies davon.

KAPITEL 20

»Holen Sie das Abendessen für Ihre Familie?«

Chops packte eilig zusammen.

Fairfax hatte ihn kein Stück weitergebracht. Dass er außerhalb seines Heimatstaates kaum Befugnisse besaß, erschwerte seine Arbeit ungemein. Die örtliche Polizei schaltete auf stur und weigerte sich, ihre Erkenntnisse – selbst Gerüchte oder Vermutungen – mit ihm zu teilen. Also drückte er sich in der Nähe des Hauptquartiers der NRA herum und sprach mit einigen der Unterstützer, die sich zu Hunderten dort herumtrieben. Das Restaurant, in dem sich die Morde ereignet hatten, lag nicht weit entfernt, war aber als Tatort immer noch abgesperrt. Chops hatte sich in den Straßen rundherum umgesehen und konnte sich so ein Bild davon machen, wie der Mörder vorgegangen war. Er hatte die Eingangstür des Lokals verschlossen und war durch den Hinterausgang geflüchtet, der auf eine schmale Gasse hinausging. Sie mündete in eine ruhige Wohnstraße, die rechts in einem Wendehammer endete und links auf die Hauptstraße führte. Dort hatte Frank Brill sein Fluchtfahrzeug abgestellt. *Die Gasse runter, zack, ab ins Auto und in nur zwei Minuten verduftet.* Auf diesem Abschnitt der Hauptstraße gab es nicht einmal Überwachungskameras. Die grobkörnige Aufnahme von Brill, wie er das Restaurant betrat, war alles, was sie hatten. Chops klapperte die ganze Gegend ab, sprach mit Ladenbetreibern, Hausbesitzern und jedem, der ihm sonst noch vor die Füße kam. Ohne dabei nennenswerte Erkenntnisse zu gewinnen, besuchte er die örtlichen Sehenswürdigkeiten – wie das 29 Diner, wo er sogar einen der berühmten Cheeseburger probierte. Er schmeckte beschissen. Für Chops' Gaumen, der an KFC, McDonald's und Burger King gewöhnt war, irgendwie zu natürlich, zu sehr nach »bio«. Egal wo er hinkam, die hiesigen Bullen waren schon vor ihm da. Niemand hatte etwas gesehen. Niemand wusste etwas.

Der Kerl war aus dem Nichts aufgetaucht, und genauso war er auch wieder verschwunden. Wie ein Geist. Für einen Amateur war das ziemlich ungewöhnlich. Die Akte half Chops auch nicht groß weiter: Sie lieferte keinen einzigen Hinweis, wohin er sich als Nächstes wenden sollte. Ihm blieb nur noch eine einzige Option. Aber das war ein solcher Schuss ins Blaue, dass es eigentlich keinen Versuch wert war.

Gestern Abend war er kurz davor gewesen, das Handtuch zu werfen. Der Fall war zutiefst verfahren und längst Gegenstand einer mehrere Staatsgrenzen überschreitenden Bundesermittlung. Es ging jetzt nur noch darum, den Mörder zu schnappen, alles andere war zweitrangig. Also würde er zum FBI gehen und den Wichsern alles erzählen, was er wusste. Von Hauser, den Tunten in Vegas und wie er eins und eins zusammengezählt hatte.

Was Beckerman betraf, würde er ihnen wohl einen Bären aufbinden müssen. Er konnte ihnen natürlich die »Einsamer Wolf folgt einer Fährte«-Nummer verkaufen. Zumindest bis zu seinem Supermarkt-Besuch in Vegas würde er damit durchkommen, aber danach ... Der Einbruch in das Haus eines unbescholtenen Bürgers? Ein Kreditkartenkonto hacken? Diebstahl privater Dokumente? Das würden sie ihm nicht durchgehen lassen. Also würde er in Oklahoma City bei diesem Schlitzauge Donnie Chong anrufen, einem alten Bekannten, der dort in der Außenstelle des FBI arbeitete.

Das war zumindest sein Plan gewesen, als er gestern Abend in seinem Motelzimmer vor der Glotze gehockt und sich durch einen Eimer Hähnchenteile, vier Portionen Pommes frites, Bohnen, Soße und eine große Cola gearbeitet hatte. »Holen Sie das Abendessen für Ihre Familie?«, hatte ihn das farbige Mädchen am Schalter des Drive-in bei seiner Bestellung fröhlich gefragt. »Nein, das ist für mich ganz allein«, hatte Chops nicht ohne Stolz geantwortet und im Stillen ein »Kümmer dich um deinen eigenen Scheiß, du Fotze!« hinzugefügt.

Das war sein Plan gewesen – bis zu dem Moment, in dem der Nachrichtensprecher bei Fox verkündete: »Die NRA hat soeben bekanntgegeben, dass sie für Informationen, die zur Ergreifung des Mörders von Bob Beckerman und zwei seiner Mitarbeiter führen, eine Belohnung von einer halben Million Dollar ausgesetzt hat.«

KAPITEL 21

»Sieht aus, als hättest du ein bisschen übertrieben ...«

Am nächsten Tag war Frank zur verabredeten Zeit am Golfplatz. Kurz nach zwölf fuhr er die Zufahrt zum Clubhaus hoch. Der Anblick entlockte ihm ein anerkennendes Pfeifen.

Trump International, West Palm Beach.

Franks Name stand auf der Besucherliste, und der Sicherheitsmann winkte ihn auf den Parkplatz, wo ihn Brock bereits erwartete. Er war noch nicht aus dem Auto gestiegen, da eilte schon ein Caddy herbei und brachte die Tasche mit den Schlägern zum Golfwagen, während der Concierge ihm ein Ticket reichte und anschließend den Camry parkte. Dabei musterte er den Wagen, als wäre Frank mit dem Skateboard oder einem Kinderdreirad vorgefahren.

»Willkommen!«, begrüßte ihn Brock.

»Junge, die tragen einem hier ja wirklich den Hintern nach!«

»Allerdings.« Brock legte ihm den gebräunten Arm um die Schulter und führte ihn zum Clubhaus. »Das kann man bei diesen Mitgliedsbeiträgen aber auch erwarten«, sagte er mit gesenkter Stimme.

»Nicht zu vergleichen mit dem guten alten Country Club in Schilling ...«

»Das kannst du laut sagen, mein Sohn. Und das Novemberwetter ist hier auch angenehmer, oder? Also los jetzt, wir haben noch eine halbe Stunde. Lass uns einen Kaffee trinken, und dann zeig ich dir die Umkleide ...«

Als sie schließlich in ihrem Golfwagen saßen – einer Art Mini-Luxusauto mit GPS, getönter Windschutzscheibe und einer Kühlbox voller kalter Getränke –, hatten Pomp und Überfluss Frank längst die Sprache verschlagen. Wirklich alles, von den extra flauschigen Handtüchern (gerollt, nicht gefaltet) bis zum Geschirr und den Gläsern, von den Teppichen bis zu den Gratis-Stiften und -Bällen, signalisierte: *Geld ist hier kein Thema.* Hin und wieder begrüßte Brock andere Clubmitglieder, einige stellte er Frank vor: Banker, Ärzte, Zahnärzte und Baulöwen, die ihren Ruhestand unter der Sonne Floridas verbrachten. All diese Menschen zahlten eine Aufnahmegebühr von 150 000 Dollar sowie einen jährlichen Beitrag von 40 000 und ein paar Gequetschten, damit sie ihr Lebensende an diesem prächtigen Ort, dieser Festung ungezügelter Prasserei genießen konnten. In einer Zeit, die sie vermutlich schon deshalb als die glorreichste Ära der amerikanischen Geschichte betrachteten, weil der Steuersatz dieser Menschen höchstens 15 Prozent betrug.

»Dann zeig mal, was du draufhast«, sagte Brock und deutete auf das erste Tee – ein langes Par 4, das zur Rechten von einem gewundenen Flussarm und dichtem Rough mit vielen Bäumen begrenzt wurde. Frank trat an den Abschlag, legte sich den Ball zurecht und machte ein paar Übungsschwünge, bevor er den Ball – und davon war niemand mehr überrascht als er selbst – 240 Meter weit aufs Fairway schlug.

»He!«, rief Brock. »Lass es langsam angehen, mein Sohn! Es wäre nett, wenn du mir auch eine Chance geben würdest ...«

Sie fuhren mit dem Golfwagen durch die sanfte, grüne Hügellandschaft. Brock steckte sich eine Cohiba an und referierte über den Club. Er wusste zu berichten, dass der zweite Abschlag über einem Atomschutzbunker lag, den die ursprünglichen Besitzer während des Korea-Krieges gebaut hatten. Er schwärmte vom Ausbau der Tee-Box an Bahn 14, durch den sich die Distanz zum Loch um dreißig Meter erhöhte. Von seinem Freund Van Peters, der vor ein paar Wochen ein Eisen 8 bis ins dreizehnte Loch und damit einen Eagle gespielt hätte, wenn der Ball nicht wieder herausgehüpft wäre. Und vom ehemaligen Präsidenten. Von seinem letzten Besuch auf dem Platz. Von seinem nächsten Besuch in ein paar Wochen. Davon, dass Donald mit achtzig Jahren noch immer die meisten Altersgenossen an die Wand spielte. (Wobei seine Definition von Sportsgeist durchaus Fragen aufwarf, zum Beispiel bezüglich der Tatsache, dass er sich ständig Putts gab, die selbst einem Profi schwerfallen dürften, oder seiner Unfähigkeit, bei Strafschlägen weiter als bis fünf zu zählen.) Dass er auf der Terrasse, im Speisesaal oder auf dem Platz immer für ein kurzes Schwätzchen zu haben war. Und Brock wusste zu berichten, dass manche Mitglieder sich bei dem Alten über seine Tochter ausließen. Sie klagten über ihre gefühlsduselige Politik und dass sie bei der Immigration und der Grenzsicherung zu weich geworden sei. Das beste Beispiel sei die Wiedervereinigung dieser dreckigen kleinen Flüchtlingsgören mit ihren Eltern. Frank fiel immer wieder auf, dass man Männer einer gewissen Generation bloß von ihren Frauen trennen musste, etwa indem man sie in die riesige Green-Bar eines Golfplatzes pferchte, und schon kam es zu einer eigentümlichen Transformation. Plötzlich fühlten die Kerle sich frei, ganz sie selbst zu sein – oder zumindest eine Variante ihrer selbst, die sie zu Hause, in halbwegs gesitteter Gesellschaft, nicht sein konnten.

Scheiß Regierung ... baut endlich die Mauer fertig ... schickt die verdammten Aasgeier zurück nach Hause, kümmert euch um die eigenen Leute ...

Obwohl er gut spielte – er lag nur 4 über Par und gegenüber Brock drei Löcher vorne –, überkam Frank mit der Zeit ein nicht mehr zu ignorierendes Unwohlsein. Ihm wurde regelrecht übel. Es war nicht die gewohnte Übelkeit, die auf den wuchernden Krebs oder die Medikamente zurückzuführen war. Ihm war übel von dieser endlosen Gülleflut, die er sich zeit seines Lebens auf amerikanischen Golfplätzen anhören musste. Von all dem Dreck, den er dort selbst zum Besten gegeben hatte.

America first ... beschissene UNO ... schaut euch doch an, was Putin für sein Land getan hat, die wischten sich die Ärsche mit der nackten Hand ab ... verdammte Demokraten ... ein bisschen globale Erwärmung tut uns ganz gut ... was diese Menschen wollen, ist ein Holocaust am ungeborenen Leben.

Den letzten Satz ließ Brock fallen, als er sich auf der Fahrt zum neunten Tee darüber ereiferte, dass die Demokraten in der naiven Hoffnung, in Ivanka eine Verbündete gefunden zu haben, wiederholt den Anlauf starteten, Roe vs. Wade zu reinstallieren. Und es war dieser Satz, der das Fass beinahe zum Überlaufen brachte. Einen kurzen Moment lang war Frank versucht, die Stimme zu erheben und Brock die Geschichte von seiner einzigen Tochter zu erzählen, die in einem schäbigen Motelzimmer verreckt war, nachdem sie Hunderte von Kilometern fahren musste, um eine Abtreibung vornehmen zu lassen. Stattdessen rang er sich ein gequältes Lächeln ab. Er durfte Brock nicht verärgern. Er brauchte ihn für den letzten Akt. Den schwierigsten Teil seines Plans. Und hier, am nächsten Loch, würde er die Sache durchziehen.

Er hatte den Golfplatz genau studiert. Das neunte Loch war der perfekte Ort.

Dank der vielen Stunden, die er auf Google Earth gestarrt und in denen er aus dem Internet ausgedruckte Scorekarten und Platzpläne studiert hatte, kannte Frank das neunte Loch in- und auswendig. Es war ein Par 5, knapp unter fünfhundert Meter lang, mit Palmen und Büschen auf der rechten Seite des Fairways. Alle Golfer, die etwas auf sich halten, beherrschen einen Schlag, der ihnen immer gelingt. In Franks Fall war das ein hoher Fade, von rechts nach links gespielt. Ein Schlag, der – wenn Frank im richtigen Maß überzog – nach rechts abdriftete, erst zum Push und dann zum Slice wurde.

Frank hatte das letzte Loch geholt, also gehörte der erste Abschlag ihm. Er setzte den Ball aufs Tee, öffnete das Schlägerblatt ein wenig und wich beim Takeaway bewusst etwas von der Ideallinie ab. Eine winzige Pause auf dem Höhepunkt des Rückschwungs und ... *zack* ... Frank verfolgte, wie der Ball raketengleich davonflog. In einer kerzengeraden Linie stieg er hoch auf, bevor er nach rechts driftete, weiter nach rechts und immer weiter nach rechts, bis er schließlich zwischen Palmen im Gebüsch landete.

»Mist«, schimpfte Frank.

»Verdammt«, sagte Brock, insgeheim erfreut. »Sieht aus, als hättest du ein bisschen übertrieben ...«

Doch damit Franks Plan funktionierte, musste Brock seinen Ball erst noch aufs Fairway spielen. Als der alte Mann sich den Drive zurechtlegte, ergriff Frank eine Nervosität, wie er sie auf dem Golfplatz schon ewig nicht mehr gespürt hatte. Mindestens seit er damals den Fünf-Meter-Putt versenkt und so die Clubmeisterschaft gewonnen hatte. Das war vor Jahren gewesen, da hatte Adam noch Windeln getragen.

Seine Frau und sein Sohn hatten zu Hause auf ihn gewartet. Pippa war dabei, Gemüse für einen Eintopf zu schneiden, und er sagte zu ihr: »Lass gut sein. Wir gehen heute aus – Steak essen!« Damals konnte er noch noch nicht wissen, dass das Leben nicht mehr besser werden würde. Ganz im Gegenteil.

Brock schwang seinen Driver. Frank schloss die Augen, bis er hörte, wie die Schlagfläche sauber den Ball traf. Als er die Augen wieder öffnete, beobachtete er, wie sich sein Golfpartner lässig nach dem Tee bückte, statt den Flug des Balls zu verfolgen. Golfamateure, die glaubten, einen besonders guten Schlag gelandet zu haben, machten das häufig, weil sie es aus dem Fernsehen kannten. Die Profis verfolgten nur die schlechten Abschläge. Anders als die Profis konnten die meisten Amateure allerdings nicht umhin, dann doch noch heimlich hinzuschauen, um sich des seltenen Anblicks zu erfreuen. So wie Brock es nun tat. »Den hast du sauber getroffen«, sagte Frank.

»War knapp vorm Toe«, murmelte Brock verlegen und stieg in den Wagen zu Frank, der sich schon ans Steuer gesetzt hatte.

»Spielst du ihn aufs Green?«, fragte Frank und flitzte über das Fairway.

»Ich schätze, das sind von dort noch gute 220 Meter.«

»Komm schon, Brock. Wer nicht wagt, der nicht gewinnt.«

Brock lachte. »Ach, was soll's. Mein letzter Eagle ist eine Ewigkeit her ...«

»Das ist die richtige Einstellung. Ich setz dich an deinem Ball ab, und du lässt dir so viel Zeit, wie du brauchst. Ich fahre inzwischen zu den Büschen rauf und suche nach meinem.«

»Bist du sicher, dass du keine Hilfe brauchst?«, fragte Brock, den die verlockende Aussicht, ein Loch aufzuholen, fast zum Sabbern brachte.

»Ach was. Der liegt ziemlich weit im Rough. Wenn ich ihn nicht schnell finde, schenke ich dir den Putt.«

»Na gut ...«

Brock hüpfte aus dem Wagen und zog sein Holz 3, seinen Sand-Wedge sowie seinen Putter aus der Tasche, bevor Frank die flache Hügelflanke raufdüste, wo er zwischen den Bäumen verschwand – außerhalb der Sichtweite seines Spielpartners. Er stieg aus und vergewisserte sich, dass er vom dichten Laubwerk komplett verdeckt wurde. Als er einen passenden Platz zwischen einem großen Rhododendron und dem Stamm einer Palme gefunden hatte, kramte er aus der Golftasche einen wiederverschließbaren Plastikbeutel und einen Spachtel hervor.

Dann grub er ein etwa dreißig Zentimeter tiefes Loch neben der Palme. Vom Fairway, etwa sechzig bis siebzig Meter rechts von ihm, hörte er ein lautes »Klock«, gefolgt von einem geknurrten »Verdammt!«. Er würde sich beeilen müssen. Da Brock seinen Ball gespielt hatte, würde er bald auftauchen, um Frank bei der Suche zu helfen. Frank legte die Plastiktüte in das Loch, füllte es wieder auf, strich die Erde mit seinem Fuß glatt und schob dann ein paar Blätter und Palmwedel darüber. Mit Hilfe des Spachtels ritzte er ein »X« in die Rinde der Palme, da hörte er auch schon, wie sich Schritte näherten. Zweige raschelten und knackten, dann ertönte ganz in der Nähe Brocks Stimme: »Und? Fündig geworden?«

Frank trat hinter dem Baum hervor und wischte sich die Hände an der Hose ab. »Was zum Geier ist dir denn passiert«, fragte Brock. Frank betrachtete seine schmutzigen Hände und die lose Erde auf der Kleidung. »Ich bin gestolpert, als ich aus dem Wagen ausgestiegen bin. Wie lief's bei dir?«

»Ich hab den Ball vorne links in den Bunker geschlagen.«

»Das Loch geht trotzdem an dich«, erwiderte Frank. »Ich kann meinen nicht finden.«

»Warte mal«, sagte Brock und ging ein paar Schritte nach rechts. »Was für einen Ball spielst du?« Da lag er, für jedermann sichtbar, gleich auf der anderen Seite des Busches. Noch dazu an einer ziemlich guten Stelle. »Titleist 4«, antwortete Frank.

»Hier, bitte«, sagte Brock und bemühte sich, seine Enttäuschung zu verbergen. »Verdammt, du bist fast zwanzig Jahre jünger als ich, und deine Augen sind schlechter als meine!«

»Tut mir leid, Brock. Danke.«

Frank entschied sich für ein Eisen 7, um zurück aufs Fairway zu kommen, und von dort mit einem Holz 3 bis kurz vors Green – einer dieser perfekten Bälle, der fast 180 Meter weit durch die Luft flog und dann ausrollte, was Brock ein anerkennendes Schnalzen wert war. Der Schlag versetzte Frank einen echten Stich ins Herz, denn wenn alles glattlief, dann spielte er gerade die vorletzte Golfpartie seines Lebens.

Mit dem Pitching-Wedge beförderte er den Ball aufs Green und lochte ihn dann mit zwei Putts ein. Sechs Schläge. Das war ein Bogey. Brock brauchte sieben: zwei, um aus dem Bunker zu kommen, und dann drei Putts. Trotz seines Drives gewann Frank diese Runde und lag nun fünf Löcher vorne. »Verdammt, Brock«, zischte sein Gegner, als er seinen Ball vom Green und in Richtung des Golfwagens schlug, nachdem er den letzten Drei-Meter-Putt vermasselt hatte.

Zwei Stunden später, bei Trump-Steak und Trump-Fritten im Trump-Clubhaus, drückte Brock dem Gewinner einen Zwanzig-Dollar-Schein in die Hand und prostete ihm zu. »Klasse Spiel, Frank. Ich hätte mich fast wieder an dich rangekämpft.«

»Und fast wäre es dir gelungen«, erwiderte Frank. »Dir sind nur die Löcher ausgegangen.«

Auf den letzten neun hatte Brock wirklich etwas besser gespielt, aber es war immer noch leicht verdientes Geld gewesen. Aus Angst, Brock würde sonst vielleicht nicht mehr gegen ihn antreten wollen, hatte Frank absichtlich ein paar kurze Putts verfehlt, damit das Spiel nicht schon vor dem sechzehnten Loch entschieden war. Und Frank brauchte dieses Rückspiel. Unbedingt. Deshalb würde er gleich das tun müssen, wonach ihm am allerwenigsten zumute war. Ihm blieb nichts anderes übrig, er musste über seinen verdammten Krebs sprechen.

Als Brock den letzten Rest von seinem Bratensaft mit Pommes frites auftunkte, berichtete er von einem Freund, der nach einer Untersuchung gerade die schlechte Nachricht erhalten hatte. »Tja«, sagte Brock, »das hat ihn schwer getroffen.« Eine bessere Gelegenheit würde nicht kommen.

»Brock?«, unterbrach ihn Frank. Und dann spuckte er es aus. Es dauerte nicht lange. Was gab es schon groß zu sagen? Brock hörte mit gesenktem Kopf zu und sagte bloß »Ach, Frank«, »Gütiger Gott« und zweimal »Als hättest du nicht schon genug erleiden müssen«.

»So«, kam Frank schließlich zum Ende. »Jetzt ist es raus.«

»Haben die Ärzte gesagt ... ich meine, wie lange du ...?«

»Monate. Kein Jahr mehr.«

»O Gott.«

»Ist schon in Ordnung, Brock. Du ... ich danke dir für den heutigen Tag. Das hat mir wirklich viel bedeutet. Golf gehört zu den ganz wenigen Dingen, die mir immer noch Freude bereiten.«

»Jederzeit wieder, Frank. Ehrlich, jederzeit.«

Frank setzte zum Angriff an. »Wie wäre es denn in zwei Wochen? Bevor ich nach Hause fahre? Vielleicht am 14.?«

»Der 14. ...«, murmelte Brock und griff nach seinem Clubkalender. »Ja, da hätte ich Zeit.« Er stutzte kurz. »Oh.«

»Was ist denn? Passt das nicht?« Frank spürte, wie ihm das Blut, sein krankes, krebszerfressenes Blut, aus dem Gesicht wich.

»Nein, aber ...«, Brock senkte die Stimme. »In der Woche ist der große Mann hier. Wir Mitglieder werden immer vorab informiert, wenn er kommt.« Das wusste Frank bereits. »Wegen der erhöhten Sicherheitsmaßnahmen und solcher Dinge. Wir dürfen trotzdem spielen, aber wir müssen für alles ein bisschen mehr Zeit einplanen, besonders wenn wir Gäste haben.«

»Verstehe.«

»Bei den Abschlagzeiten staut es sich dann gewöhnlich ein bisschen. Die Leute wissen ja, dass er hier ist, und viele möchten gerne in Gruppen abschlagen, die gleich vor oder nach ihm an der Reihe sind. Vielleicht bekommen sie ja Gelegenheit, ihn zu sehen oder wenn möglich sogar ein Foto zu schießen.«

»Verstehe.«

»In ein paar Tagen wird mir unser Pro sicher mehr sagen können. Dann wird er mir bestimmt verraten, wann der Präsident auf den Platz geht. Und wir können dann vor oder nach ihm spielen.«

»Das klingt gut.«

»Ich freue mich drauf, Frank. Gib mir eine Chance, meine zwanzig Dollar zurückzugewinnen.«

Sie stießen miteinander an, und einen Moment lang herrschte Schweigen, bis Brock sagte: »O Gott, Frank. Das tut mir so leid.«

KAPITEL 22

»Ich erfülle doch nur meine Pflicht als Staatsbürger!«

Wenn man nur einen einzigen Hinweis hatte, dann ging man ihm nach. So einfach war das. Deshalb stand Chops nun im klimatisierten Gang eines Supermarkts, in den er vor der Hitze geflüchtet war, und kaufte Vorräte. In seinem Einkaufswagen stapelten sich bereits eine XL-Packung M&Ms, ein Sixpack Bier, eine große Tüte Schweinekrusten, ein Glas Hotdog-Würstchen, Zigaretten und Kaugummis. Nachdem für das leibliche Wohl gesorgt war, kümmerte er sich um geistige Nahrung: Eine Ausgabe von *Guns & Ammo*, der *Enquirer* und ein paar Teenie-Magazine – wegen der Bilder – wanderten in den Einkaufswagen. Er sah sich gerade bei den Hörbüchern um und konnte sich nicht zwischen dem neuen Grisham und *Immer noch am Drücker* entscheiden, dem dritten Teil der Memoiren von Donald Trump Jr., als er zufällig hörte wie sich ein paar Meter weiter, bei den Frühstücksflocken, eine Mutter mit ihrer Tochter unterhielt.

»Die da«, sagte das kleine Mädchen. Sie war vielleicht fünf.

»No, no«, erwiderte die Mutter. Sie senkte die Stimme, und es folgte ein schneller Wortwechsel auf Spanisch.

Chops warf die Biografie von Trump Jr. in den Einkaufswagen und schlurfte zu den beiden rüber. »Hola«, grüßte er mit breitem Lächeln die Mutter.

»Hallo«, antwortete sie und nickte ihm zu.

Chops blickte das kleine Mädchen an. Er wusste aus Erfahrung, dass die meisten Menschen sein grinsendes Gesicht nicht für einen erfreulichen Anblick hielten. »Ganz schön eigensinnig in dem Alter, was?«

Die Frau reagierte mit einem schiefen Lächeln, nahm das Mädchen an der Hand und versuchte dann, mit ihrem Einkaufswagen an ihm vorbeizukommen. Chops stellte sich ihr in den Weg. »Papiere?«, fragte er, immer noch lammfreundlich.

»Wie bitte?« Die Frau blickte ihn stirnrunzelnd an.

»Haben Sie Papiere, junge Frau?«

»Was meinen Sie ...« Sie konnte ihre Nervosität nicht mehr verbergen.

»Sie wissen genau, was ich meine.« Schlagartig schlug Chops' Tonfall um, wurde nun kalt und hart. »Sind Sie amerikanische Staatsbürgerin?«

Sie musterte ihn mit furchtsamem Blick. Nach Chops' Erfahrung gab es an diesem Punkt zwei Möglichkeiten. Ein amerikanischer Staatsbürger ging – selbst wenn er ein Bohnenfresser war – vor Empörung in die Luft und geigte dir gewaltig die Meinung. Eventuell zückte er sogar sein Handy und filmte dich, um sich in den sozialen Medien von den Linken bemitleiden zu lassen. Wer keine Staatsbürgerschaft besaß, hielt schön die Klappe und versuchte, sich aus dem Staub zu machen. Genau wie diese Frau, die sich die Hand ihrer Tochter krallte und an ihm vorbei drängen wollte.

»He! Ich mein's ernst!«, sagte Chops. »Sind Sie amerikanische Staatsbürgerin?« Das kleine Mädchen versteckte sich hinter dem Bein der Mutter und starrte ihn verängstigt an. »Also gut, Sie haben es ja nicht anders gewollt ...« Chops zückte sein Handy. Er hatte die Nummer der landesweiten Hotline auf Kurzwahl gespeichert. Dort wurde man gewöhnlich in Sekunden zur örtlichen Außenstelle durchgestellt. Er begann zu wählen.

Die Frau sah ihn flehend an. »Bitte, Mister. Bitte.« In ihren Augen stand die blanke Panik, ihr trotziger Widerstand hatte sich von jetzt auf gleich in Luft aufgelöst.

»Hab ich's doch gewusst«, seufzte Chops. Es war die Art, wie sie ihre Stimme gesenkt hatte, als sie ins Spanische wechselte.

»Sie haben die nationale Hotline des ICE erreicht. Für die Meldung illegaler Einwanderer drücken Sie jetzt bitte die Eins ...«

»Nein! Bitte, Mister!«

Chops drückte die Eins.

»Nennen Sie uns nach dem Piepton bitte Ihren Aufenthaltsort ...«

»Also, ich bin im ...«

In diesem Augenblick versuchte die Frau zu flüchten. Sie zerrte das Kind hinter sich her und rannte Richtung Tür, krachte aber in einen Stapel mit Cornflakes-Schachteln. Chops blieb völlig entspannt. Er zog die Waffe aus

dem Hosenbund – die kleine .38er, die er immer dabeihatte – und schoss seelenruhig einmal in die Decke.

»Tut mir leid, ich habe Sie nicht verstanden. Bitte ...«

Die Frau erstarrte, hob die Hände in die Luft und sank
auf die Knie, um ihr weinendes Kind zu trösten. Der
Schuss rief einen Supermarkt-Angestellten auf den Plan.

»Was ist hier los?«, fragte der Junge.

Chops hielt ihm seine Marke unter die Nase. »Ich bin
Polizist. Hol den Geschäftsführer. Das hier sind Illegale.«

*»Tut mir leid, ich habe Sie nicht verstanden. Bitte nen-
nen Sie uns Ihren Aufenthaltsort nach dem Piepton ...«*

Chops gab die Adresse durch und half anschließend
dem Geschäftsführer dabei, die Frau und das Kind in
eine Abstellkammer zu sperren. Die Agenten des ICE
brauchten nur fünfzehn Minuten, bis sie da waren. Vier
Mann in voller Schutzkleidung. Vermutlich aus Rück-
sicht auf den kleinen Menschenauflauf, der inzwischen
zusammengekommen war, und wegen der vielen Überwachungskameras führten sie die beiden Illegalen auf-
fällig höflich und respektvoll zu ihrem Transporter. Der
verantwortliche Sergeant reichte Chops zum Abschied
die Hand. »Vielen Dank, Sir«, sagte er.

»Scheiße, ich erfülle doch nur meine Pflicht als Staatsbürger!«

Staatsbürger. Dieses Wort war ihm heilig. Die Staatsbürgerschaft war nicht bloß ein Geburtsrecht. Sie musste
verdient werden. Und jede Generation musste sie sich
neu verdienen, musste sie denen entreißen, die sie schwä-
chen und verwässern wollten, musste sie notfalls unter
Blutvergießen ein- und zurückfordern.

Erschöpft von seinen heldenhaften Bemühungen, fügte Chops seinen Einkäufen ein Eis-Sandwich hinzu. Draußen vor dem Supermarkt setzte er sich auf eine Bank, betrachtete die Aussicht auf den See, das Hitzeflimmern in der Luft, lauschte dem Brummen der Jetskier. Zufrieden biss er in sein Eis-Sandwich und beobachtete die braven Bürger, die ihren Geschäften nachgingen.

Zwei Mäuler weniger zu stopfen. Zwei Schmarotzer, die sich nicht mehr an Amerikas Futtertrögen sattfressen werden, dachte Chops und öffnete die Tüte mit den Schweinekrusten.

KAPITEL 23

»Manchmal weist eine verlorene Schlacht den Weg, um den Krieg zu gewinnen.«

Drei Tage später war Frank am frühen Nachmittag auf der Interstate 10 unterwegs Richtung Westen. Vor der texanischen Küste zu seiner Linken schimmerte flach und grau der Golf von Mexiko. Gestern war er neun Stunden durchgefahren und hatte die Nacht in einem Motel außerhalb von Mobile in Alabama verbracht. Seitdem ging ihm dieser Dylan-Song nicht mehr aus dem Kopf: *»Oh, Mama ...«*

Die letzten drei Tage waren kein Spaß gewesen. Vielleicht lag es an den reichlichen Mahlzeiten – das Lamm bei den Schmidts, das Steak im Clubhaus –, oder es war eine verspätete Reaktion auf das, was er in der Woche davor durchgemacht hatte. Er hatte sechs Menschen getötet. Damit war er ganz offiziell ein Serienmörder, wie er mit grimmiger Zufriedenheit feststellte. Vielleicht war es auch nur die fortschreitende Krankheit. Oder eine Kombination aus allen drei Faktoren. Wie auch immer: Nachdem er vom Golfplatz in die Ferienwohnung zurückgekehrt war, hatte er fast achtundvierzig Stunden im Bett verbracht. Er war so schwach gewesen, dass er nur ein paar Löffel Suppe essen und dünnen Tee trinken konnte. Er hatte ein weiteres Loch in seinen Gürtel stanzen müssen. Aber es gab auch Positives zu vermelden: Da er drei Tage lang in die Glotze gestarrt hatte, war er einigermaßen sicher, dass man ihn bislang nicht mit den Morden in Verbindung brachte.

Kurz vor Corpus Christi glitzerte ein Stück voraus etwas in der texanischen Sonne. Es war das erste Mal, dass er eins sah. Nicht nur im Fernsehen, sondern in echt. Er fuhr rechts ran und stieg aus dem Auto, um es genauer zu betrachten. Es lag ungefähr achthundert Meter entfernt am Ende einer langen Zufahrt. Wie viele andere war auch dieses ein ehemaliger Supermarkt. Die Blechfassade war noch immer im gleichen tristen Braunton lackiert wie alle SupraMart-Filialen. Damit endeten die Ähnlichkeiten allerdings auch schon. Hier hingen keine Sonderangebotsplakate in den Fenstern. Genau genommen gab es gar keine Fenster, die Scheiben waren vollständig geschwärzt. Der gesamte Komplex war von hohen, mit Stacheldraht gekrönten Maschendrahtzäunen umgeben. Überall hingen Schilder mit Warnungen wie »Staatseigentum! Unbefugtes Betreten verboten!« oder »Achtung, Schusswaffengebrauch!«. Er sah Wachleute mit Hunden patrouillieren. Das ursprüngliche Gebäude war ausgebaut und stark modifiziert worden. Auf dem ehemaligen Parkplatz, der offenbar als Auffanglager genutzt wurde, standen in dichten Reihen hastig zusammengezimmerte Holzbaracken und an jeder Ecke ein mit Maschinengewehren und Suchscheinwerfern bestückter Wachturm. Wie lautete doch gleich die offizielle

Bezeichnung für diese Lager? Ah ja: FRZ. Familienrückführungszentrum.

Die ersten waren 2018 aus dem Boden gestampft worden, in Trumps erster Amtszeit, als sie jeden verhafteten, der illegal einzureisen versuchte. Als rauskam, dass dabei Kinder von ihren Eltern getrennt wurden, waren die Medien und die Demokraten durchgedreht. Viele Menschen, vor allem Frauen, zeigten sich schockiert. Aus Angst, es könnte ihn die Wahl kosten, war Trump beinahe eingeknickt. Schließlich blieb er jedoch bei seiner harten Linie und behauptete einfach steif und fest, Obama hätte damit angefangen und diese schrecklichen Käfige gebaut. Er selbst würde bloß geltendes Recht und Gesetz umsetzen. Nach seiner triumphalen Wiederwahl im Jahr 2020 gehörten die FRZ zu den ersten Projekten, die er mit Geld überschüttete. In diesen neuen »verbesserten« Lagern wurden keine Familien mehr auseinandergerissen ... beziehungsweise passierte es immer noch, allerdings auf eine sehr viel raffiniertere Art und Weise. Stephen Miller, der neue Minister für Innere Sicherheit, hatte erfolgreich argumentiert, dass die Zahl der Internierten in den neuen Einrichtungen aufgrund der immer umfangreicheren Verhaftungen und des dadurch entstehenden Engpasses bei den Abschiebungen bald ungeheuer ansteigen würde. Unter diesen Umständen sei es kontraproduktiv, beide Geschlechter gemeinsam unterzubringen, weil man dann bald mehr Einwanderer produzieren würde, als man zurückschicken könnte. Das läge einfach in der Natur des Menschen. Und diese Kinder würden formal gesehen nicht einmal

Immigranten sein, da sie hier geboren wären. Die Konsequenzen wären zweifellos ein juristischer Albtraum. Also wurden Familien zwar in ein und dasselbe Lager gesperrt, aber Frauen und Kinder unter vierzehn Jahren in einem anderen Block untergebracht als die Männer. Wenn sie das vierzehnte Lebensjahr überschritten, kamen die Jungen zu ihren Vätern, Onkeln, Brüdern und Cousins in den Männerblock, während die Mädchen bei den Frauen blieben.

Die Verhaftungswellen hatten inzwischen gewaltige Ausmaße angenommen.

Als die Handelszölle zu greifen begannen, war in Lateinamerika die Armut – und damit auch Gewalt und Drogenkriminalität – durch die Decke gegangen. Die Zahl der illegalen Grenzübertritte hatte sich verdreifacht. Inzwischen gab es entlang der gesamten Südgrenze des Landes mehr als hundert FRZ. Wie Pilze waren sie in den letzten Jahren aus dem Boden geschossen, von Brownsville im Osten bis nach San Diego im Westen, und jedes einzelne dieser Lager beherbergte im Schnitt zweitausend Insassen. In den großen Superzentren, Lagern wie dem, auf das Frank gerade blickte, waren sogar zehn- bis fünfzehntausend Menschen untergebracht. Für das siechende Einzelhandelsimperium SupraMart, das nach Jahrzehnten des Kampfes gegen Amazon völlig am Boden lag, hatte sich diese Entwicklung als Segen erwiesen. Ein Teil seiner defizitären Filialen war zu Lagern umgebaut und der Konzern dafür mit einträglichen Regierungsaufträgen belohnt worden.

Je nachdem, wie kompliziert ihr Fall und wie tüchtig der Rechtsbeistand war, den sie sich leisten konnten, verbrachten die Insassen zwischen einigen Monaten und einigen Jahren dort. Es war schwierig, offizielle Zahlen zu erhalten, aber 2026 waren in den amerikanischen Lagern durchschnittlich bestimmt rund eine halbe Million Menschen interniert. In der Umgebung der Lager entstanden ganze Zulieferindustrien, vor allem in den Bereichen Rechts- und Gesundheitswesen, Bauwesen, Transport und Logistik. Cateringfirmen und Nähereien buhlten um die begehrten Verträge. Wie überall, wo große Menschenmengen festgehalten werden, blühte der Schwarzmarkt. Prostitution, Gangs, Drogenhandel und Kindesmissbrauch boomten. Im Internet (so ziemlich der einzige Ort, an dem es noch eine kritische Auseinandersetzung mit der Regierungspolitik gab) fand man Artikel, die detailliert über die Menschenrechtsverletzungen in einigen der Zentren berichteten. Von einem Gouverneur, der im Lager ein Bordell für die Einheimischen betrieb. Von verschwundenen Kindern und Säuglingen, die an kinderlose Paare oder in die Sklaverei verkauft wurden, wenn sie nicht noch Schlimmeres erwartete. Von einer Flut an Bestechungsgeldern und Milliardensummen (»Milliarden und Abermilliarden von Dollar«, hatte Frank noch immer Trumps Stimme im Kopf), die in diesem Sumpf versickerten. Von überhöhten Rechnungen der privaten Lagerbetreiber, die für die Unterbringung eines einzigen Insassen häufig rund tausend Dollar am Tag verlangten. Doch statt einer Unterbringung im Fünf-Sterne-Hotel mit Seidenlaken und

Filet Mignon bekamen die Gefangenen ein schmutziges Fleckchen auf dem kalten Zementboden, eine Plastikplane und eine Schale Reis. Natürlich kursierten solche Informationen nur unter der Hand. Offiziell wurde ein Großteil der Kosten durch die Arbeitsleistung der Insassen ausgeglichen. Für ihr »Bett« und ihre Verpflegung mussten sie Postsäcke nähen, putzen und im Straßenbau schuften. In seinen letzten Monaten im Amt hatte Trump versucht, einen ehrgeizigen »Deal« mit Amazon auszuhandeln: Der Konzern sollte seine Versandzentren künftig neben den Lagern ansiedeln, von denen sie dann durch unterirdische Tunnel mit billigen Arbeitskräften versorgt worden wären. Die Aktionäre hätten sich über steigende Profite, die Konsumenten über sinkende Preise freuen dürfen. Alle hätten profitiert. Es war sogar die Rede von einem Programm namens »Arbeite, um zu bleiben«, bei dem Internierte durch jahrelange Sklavenarbeit in den Lagern Boni für den Erwerb der US-Staatsbürgerschaft sammeln konnten. Aber Trump hatte es nicht geschafft, den Deal noch rechtzeitig vor seinem Rückzug unter Dach und Fach zu bringen, und Ivanka hatte den Faden bislang nicht wieder aufgenommen. Angeblich, weil sie besorgt war, dass es nicht gut aussähe, wenn sie von der Sklavenarbeit in den Lagern noch mehr profitieren würde als ihr Vater. Frank erinnerte sich, dass sie erst kürzlich eine Pressereise zu einem dieser FRZ unternommen hatte. Dass man es für ihren Besuch mit viel Geld aufgepeppt hatte, war augenfällig. Auf diversen Fotos sah man sie durch ordentliche Reihen von perfekt gemachten

Etagenbetten laufen oder vor Freude über saubere Spielecken voller Kinderspielzeug in die Kamera strahlen. Auf dem Bild, das es auf die meisten Titelseiten geschafft hatte, hatte Ivanka eine Schürze umgebunden und verteilte mit breitem Grinsen Suppe an einen Haufen lächelnder Kinder, die offenbar allesamt hocherfreut waren, die Präsidentin zu treffen. Das hatte nichts mit dem Anblick gemein, der sich Frank gerade bot. An einer Seite des Hauptgebäudes sah er Menschen in einem Hof herumlaufen. Ein staubiger, mit Stacheldraht eingezäunter Platz, auf dem sich geduckte braune Gestalten im Kreis bewegten.

Aus einem Impuls heraus richtete er die Kamera seines neuen iPhones auf den Komplex und machte ein Foto von dieser riesigen zusammengeschusterten Monstrosität. Das schmiedeeiserne Schild über dem Eingang konnte er aus der Entfernung zwar nicht lesen, aber aus Zeitungsartikeln wusste er, was darauf stand: »Manchmal weist eine verlorene Schlacht den Weg, um den Krieg zu gewinnen.« Ein Trump-Zitat. Als er das Handy wieder in die Tasche steckte, wurden seine Überlegungen vom plötzlichen Aufheulen einer Sirene unterbrochen. Erschrocken drehte er sich um und sah hinter seinem Camry einen Polizeiwagen.

Zwei Beamte der Texas Highway Patrol schlenderten auf Frank zu. Mit ihren braunen Schnürstiefeln wirbelten sie kleine Staubwolken auf. »Entschuldigen Sie, Sir«, sagte der erste Trooper, ein kleiner Kerl Anfang dreißig mit dunklem Schnäuzer. »Darf ich Sie fragen, was Sie hier machen?«

»Ich hab nur ... ich hab noch nie eins von diesen Dingern gesehen. Ich mache Urlaub.«

»Sie wissen, dass es gegen das Gesetz verstößt, staatliche Einrichtungen zu fotografieren?« Der andere Trooper stand gleich hinter seinem Kollegen und starrte Frank an. Er war deutlich größer, über 1,80 Meter, hatte blonde Haare und eine martialische Stoppelfrisur. Beide trugen verspiegelte Pilotenbrillen und verzogen keine Miene.

»Nein, das wusste ich nicht. Wie ... woher hätte ich das auch wissen sollen?«, fragte Frank und deutete auf die leere Landschaft.

»Da vorne gibt es Schilder. Am Eingang.«

»Die konnte ich von hier ja nicht sehen.«

»Führerschein und Ausweis bitte«, sagte der Kleine mit dem Schnauzbart.

»Warum das denn?«

»Wie bitte?«, fragte der Trooper. Auf seinem Namensschild stand »Daniels«.

»Wofür brauchen Sie ...«

»Hör zu, Freundchen«, unterbrach ihn der Blonde – laut seinem Schildchen hieß er McAllister – und schob sich an seinem Partner vorbei. »Entweder du zeigst uns sofort deinen verdammten Ausweis, oder das hier wird der beschissenste Tag deines Lebens.«

Frank blickte Daniels fassungslos an. Daniels spuckte bloß vor ihm aus.

»Drohen Sie mir etwa?«, fragte Frank. »Denn ich bin amerikanischer Steuerzahler, und i...«

Es geschah ungeheuer schnell: Trooper McAllister packte Franks linke Schulter, drehte ihm mit der anderen

Hand den Arm auf den Rücken und drückte sein Gesicht mit Gewalt auf die Kofferraumhaube des Camry. Das heiße Blech verbrannte Frank die Wange.

»Halt's Maul, du Würstchen«, zischte McAllister.

»Wo ist Ihr Ausweis, Sir?«, fragte Daniels betont freundlich.

»In ... meinem Mantel. Auf dem Beifahrersitz. Sie ... au! ... Sie brechen mir das Handgelenk!« McAllister presste Franks Gesicht nur noch fester gegen das heiße Blech. Frank spürte eine Bewegung in seinem Rücken, und ehe er wusste, wie ihm geschah, schloss sich kühles Metall um seine Handgelenke. Der Trooper hatte ihm Handschellen angelegt.

Als Daniels mit Franks Brieftasche zurückkehrte, zerrte McAllister ihn hoch. »Du bleibst hier stehen«, zischte er ihn an. »Wenn du dich auch nur einen Zentimeter vom Fleck bewegst, brech ich dir die Nase.«

»Mr. Frank Brill«, las Daniels von Franks Ausweis ab. »Aus Schilling, Indiana?«

»Ja«, sagte Frank. Ihm war schlecht. Er hatte weiche Knie. Seine Arme und Beine fühlten sich an, als wollten sie sich verflüssigen.

»Sie sind ganz schön weit weg von zu Hause, Mr. Brill. Was führt Sie nach Texas?«

»Ich mache Ferien«, antwortete Frank, der Schwierigkeiten hatte zu atmen. »Hören Sie, ich habe gesundheitliche Probleme. Ich habe Krebs.«

»Schnapp dir sein Telefon, Greg.«

McAllister tastete Frank ab und zog ihm das iPhone aus der Tasche, das er sich in Fairfax gekauft hatte, nachdem sein altes von der Washingtoner Polizei einkassiert worden war. Der Trooper warf es seinem Partner zu. »Ich benötige die Passwörter für ihre Social-Media-Konten, Mr. Brill.«

Das nun wieder. »Ich habe keine!«

»Pass bloß auf, du verfickter ...«, drohte McAllister, aber Daniels ging dazwischen.

»Bleib ruhig, Greg.« Seufzend nahm er die Sonnenbrille ab und sah Frank an. Der blickte ihm in die Augen und entdeckte dort nicht einen Funken Menschlichkeit. »Sir, wir haben Grund zu der Vermutung, dass Sie in rufschädigender Absicht Fotografien von dieser Einrichtung gemacht haben, um sie in den sozialen Medien zu posten.«

Frank brauchte einen kurzen Moment, bis er begriffen hatte. »Und wenn es so wäre?«

»Das ist illegal, Sir. Nach den Statuten des ...«

»Lassen Sie mich raten«, unterbrach ihn Frank. »Des Extreme Patriot Act?«

Daniels grinste. »Das Gesetz ist Ihnen also bekannt. Dann schlage ich vor, dass Sie sich ein wenig kooperativer verhalten. Es sei denn, Sie möchten die nächsten zweiundsiebzig Stunden in einer Zelle verbringen.«

Es war heiß. Die texanische Sonne knallte auf sie herab, und über dem Asphalt der Straße brachte die Hitze die Luft zum Flimmern. Franks Beine wurden immer wackeliger, als das Feuer des Widerstands allmählich erlosch. »Ich schwöre: Ich habe keine Social-Media-Konten.«

Stumm wartete er ab, bis Daniels sämtliche Apps – gerade mal eine Handvoll – auf dem Smartphone überprüft hatte. Schließlich verkündete der Trooper: »Ich werde Ihr Telefon nicht konfiszieren. Obwohl wir das Recht dazu hätten. Ich werde nur die Fotos löschen, die Sie hier aufgenommen haben.«

»Das dürfen Sie?«

»Ja, Sir«, antwortete Daniels, und als er fertig war, schob er das Handy zurück in Franks Tasche. »Ich rate Ihnen, wieder in Ihr Auto zu steigen und weiterzufahren – wo immer Sie hinwollen. Hier gibt es für Sie nichts zu sehen.«

Am liebsten hätte Frank gesagt: »Dieses Gebäude wurde mit meinen Steuergeldern finanziert. Warum darf ich es dann nicht fotografieren?« Und der Satz »Ich habe mir Ihre Namen notiert und werde Sie wegen Polizeibrutalität anzeigen« lag ihm ebenfalls auf der Zunge. Genau wie: »Sie können mich mal!« Er hätte so einiges sagen wollen. Aber dann blickte er sich um, betrachtete die menschenleere texanische Landschaft und den leeren Highway. Hier gab es weder Menschen noch Überwachungskameras. Wenn er hier zusammengeschlagen würde, gäbe es keine Zeugen. Nichts und niemand würde filmen. Kein Clip oder GIF würde im Internet kursieren. Also sagte er gar nichts. Stattdessen nahm er wortlos seinen Führerschein entgegen und stieg ins Auto. »Einen schönen Tag noch«, rief McAllister, als er die Tür hinter ihm zuschlug.

Frank blieb still sitzen und sah zu, wie der Streifenwagen davonbrauste und schließlich von der flimmernden Luft verschluckt wurde. Er war erschüttert, keine Frage. Er fühlte sich missbraucht. Doch er war keineswegs überrascht von dem, was er gerade erlebt hatte. Ganz anders, als es vor zwanzig oder sogar zehn Jahren zweifellos noch der Fall gewesen wäre, wenn er zum zweiten Mal innerhalb einer Woche gezwungen worden wäre, einem Polizeibeamten Zugang zu seiner privaten Kommunikation zu gewähren. Es war wirklich so: Der Prozess geschah schleichend, Stückchen für Stückchen, bis man eines Morgens an einem Ort erwachte, wo das Undenkbare erst denkbar, dann machbar und schließlich alltäglich geworden war.

Er war schon ein paar Kilometer gefahren, als ihm auffiel, dass er noch Glück im Unglück gehabt hatte: Keiner der beiden war auf die Idee gekommen, sein Nummernschild zu überprüfen.

Als er schließlich in San Antonio eintraf, nahm er sich zuerst ein Zimmer in einem Motel und brach dann in den schicken Vorort Champions Ridge auf, wo er mit den üblichen Observierungsmaßnahmen begann.

KAPITEL 24

»Denken Sie daran, wie viele Leben ich gerettet habe.«

»Heilige Scheiße, was für ein Arsch.« »Debbie« zog ihre Strümpfe zurecht und überprüfte im Spiegel ihr Make-up. »Jeden Dienstag dasselbe ...«

»So schlimm ist es auch wieder nicht – er kriegt doch nicht mal mehr einen hoch«, erwiderte »Kelly« und zupfte im milchigen Licht der Badezimmerlampe an ihren spärlichen Klamotten herum. Das wollte beiden nicht in den Kopf: Der Kerl besaß so viel Kohle, da sollte man doch denken, dass er ein anständiges Hotel springen lassen würde. Aber nein, es war jeden Dienstagnachmittag dieselbe billige Absteige, ein schäbiges Motel 6 an der Interstate. Debbie – die einundzwanzig war, aber auf der Internetseite als »süße neunzehn« angepriesen wurde – arbeitete oft hier. Kelly war siebzehn, wurde aber als achtzehn ausgegeben. Dies war ihr dritter Besuch. Beide Mädchen entsprachen den Standards der Agentur: blonde Haare, große Silikonbrüste sowie perfekte, durchtrainierte und gebräunte Körper. Sie kamen beide aus texanischen Kleinstädten, sparten für den Umzug nach L.A. und trugen die in ihrem Geschäft üblichen

Outfits: Tanga-Slips, Strapse und Bauchkettchen. Kelly hatte sich außerdem noch einen großen schwarzen Dildo umgeschnallt.

»Beeilt euch mal da drin. Papa Bär wartet!« Die Stimme war kalt und rüde. Die Stimme eines Mannes, der es gewohnt war, Kellner zurechtzuweisen.

»Du hast gut reden, Süße«, sagte Debbie im Flüsterton zu Kelly. »Immerhin darfst du den Macker spielen.« Sie schielte auf den schwarzen Gummiphallus, den ihre Kollegin um die Hüfte geschnallt hatte.

»Willst du vielleicht tauschen?«, fragte Kelly, allerdings nicht besonders nachdrücklich.

»Lass gut sein. Ist schon in Ordnung.« Sie hatten noch nicht oft zusammengearbeitet, aber Debbie entwickelte bereits eine Art schwesterlichen Beschützerinstinkt für die Jüngere. »Pass nur auf, dass du genug von dem Zeug da draufschmierst.« Sie reichte ihr eine Tube mit Gleitgel.

»VERDAMMT – KOMMT ENDLICH IN DIE HUFE!«

Sie verließen das Bad. Zuerst Debbie, die sich lasziv aufs Bett gleiten ließ. Kelly trat nach ihr durch die Tür, legte die Hände auf die Hüften und warf sich in Pose, damit das riesige schwarze Monster, das sie nun mit kreisenden Bewegungen zum Schwingen brachte, bestmöglich zur Geltung kam. Die Lederriemen schnitten ihr jetzt schon in die Haut.

Der Mann klatschte entzückt in die Hände. Nur mit seiner Feinripp-Unterwäsche bekleidet, saß er in einem Cocktailsessel und trank Bourbon aus einem Plastikbecher. »Heilige Scheiße, genau so hab ich mir das vorgestellt.«

»Was dürfen wir heute für dich tun, Loverboy?«, fragte Debbie vom Bett aus, wo sie bereits an sich herumspielte.

»Sieht aus wie ein Negerschwanz, nicht wahr?«, sagte der Mann. »Wie ein verdammt großes Stück schwarzes Rammelfleisch.« Die Mädchen kicherten. »Gefällt dir der Niggerschwanz, Schätzchen?« Die Frage richtete er gezielt an Kelly, denn er wusste genau, dass sie die Unsicherere von beiden war. Und tatsächlich zögerte sie zu antworten. Ein »Nein« würde ihn vielleicht abtörnen, aber ein »Ja« könnte ihn verärgern.

»Nicht so sehr wie deiner, Papa Bär!«, säuselte sie und fuhr mit der rechten Hand den Dildo rauf und runter. Bei diesem Anblick schob er die Hand in die Unterhose und fuhrwerkte darin herum. Debbie sah den grausamen, berechnenden Blick, mit dem er Kelly anstarrte. Sein Adamsapfel hüpfte auf und ab, als er schluckend gegen seine Geilheit ankämpfte. Sie musste an die Bibelschule in Denton denken. An Adam, den ersten Mann in ihrem Leben, den Mann, der all diese Wichser nach sich zog, mit denen sie sich tagtäglich abgeben musste. Debbie bemerkte, dass ihr Kunde gar nicht Kelly selbst, sondern bloß den verdammten Dildo anstarrte. Das wunderte sie nicht. Viele dieser Kerle waren eh halb schwul. Vermutlich träumte er schon sein ganzes Leben von einem schwarzen Schwanz in seinem Arsch. »Was ihr heute für mich tun dürft?«, wiederholte er die Frage, fast so, als könnte er sie nicht richtig glauben. Der Kerl war alt genug, um ihr Großvater, ach was, ihr Urgroßvater zu sein. Er nahm einen großen Schluck Bourbon und schmatzte mit den Lippen. »Ich will, dass du ...«, sagte er dann und streckte Kelly seinen Zeigefinger entgegen, um anschließend auf Debbie zu deuten, »... ihr da deinen dicken Niggerschwanz in den Arsch schiebst. Fick sie richtig durch.« Beide Mädchen waren zu jung, um sich noch an die große Zeit dieses Mannes auf der politischen Bühne zu erinnern. Andernfalls wären sie wohl erstaunt darüber gewesen, wie weit sein Image in der Öffentlichkeit von dem Bild abwich, das sie von ihm hatten.

»O mein Gott«, sagte Debbie so enthusiastisch, wie es ihr eben möglich war, ging auf die Knie und reckte Kelly ihren Hintern entgegen. Gleitgel tropfte in langen Fäden von dem monströsen Sexspielzeug und glitzerte in der Nachmittagssonne, die durch die dünnen, geschlossenen Gardinen fiel.

Kelly stellte sich hinter das Bett und presste die Spitze des Dildos gegen Debbies Po. Debbie schnappte nach Luft, als sie das kalte Gel spürte. »Schön langsam«, sagte der Mann, setzte sich auf und rutschte auf die Sesselkante, um besser sehen zu können.

Debbie machte sich gerade bereit, da klopfte es dreimal kurz hintereinander an der Tür.

»Aufmachen! Polizei!«

Alle drei erstarrten. Die beiden Mädchen blickten zur Tür. Für einen kurzen Augenblick geschah gar nichts, dann klopfte es erneut. Wieder dreimal. Diesmal energischer.

»San Antonio PD. Öffnen Sie sofort die Tür, Sir.«

Was zum Teufel ging hier vor? Der Mann mühte sich auf die wackeligen Füße, und die kurze Andeutung einer Erektion löste sich auf der Stelle wieder in Luft auf.

Langsam führte er den Zeigefinger der linken Hand an die Lippen und zeigte mit der rechten auf die Badezimmertür. Die Mädchen krabbelten eilig ins Bad und schlossen die Tür hinter sich. »Nur 'ne verdammte Minute«, rief der Alte unwirsch. Schwitzend und keuchend zog er die Hose an. *Wer immer das ist, er ist auf jeden Fall seine verfickte Marke los,* dachte er im Stillen und öffnete. Vor ihm stand ein fremder Mann. So um die sechzig. Unter seiner schwarzen Wollmütze quoll graues Haar hervor.

»Mr. Rockman?«, fragte der Fremde.

Bevor Rockman antworten konnte, taumelte er zurück, fasste sich an die Nase, aus der jetzt Blut spritzte, und stürzte gegen das Bett.

Frank trat ins Zimmer, zog die Tür hinter sich zu und richtete den kurzen Lauf der .38er, mit der er Rockman gerade die Nase gebrochen hatte, direkt auf den am Boden kauernden Greis.

»Scheiße, wer sind Sie?«, brüllte Rockman.

»Nennen Sie mich Frank«, antwortete Frank. Er musste zugeben, dass er allmählich Gefallen an der Sache fand.

Er hatte ihn über eine Woche lang beschattet, war dem hochbetagten Rentner quer durch San Antonio gefolgt. Von seiner Villa in einem wohlhabenden Vorort zu seinem Golfclub, dann zu seinem bevorzugten Feinkostladen und schließlich zu diesem Motel. Wie schon sein drittes, war auch sein viertes Zielobjekt ein Gewohnheitstier. Letzten Dienstag war Rockman exakt zur gleichen Uhrzeit wie heute hier gewesen. Den Wagen hatte er am anderen Ende des Parkplatzes abgestellt, offenbar möglichst weit weg von dem Zimmer, in dem er dann verschwunden war. Eine halbe Stunde später hatte er die Tür für zwei junge Frauen geöffnet. Beide trugen Jogginganzüge und Sporttaschen. Die zahlreichen Gerüchte über Rockman mit seinen acht Kindern von vier verschiedenen Frauen entsprachen offenbar der Wahrheit. Der Mann hatte gewisse Leidenschaften. Dass er seinen Begierden ungehemmt frönte, dämpfte allerdings niemals den Enthusiasmus, mit dem dieser Lustgreis den Menschen in Amerika ein frigides, biblisches Moralverständnis aufzwang. Frank war sich ziemlich sicher gewesen, dass Rockman seinen Motelbesuch am darauffolgenden Dienstag wiederholen würde. In einem Trödelladen am Stadtrand hatte er sich die .38er gekauft und dann gewartet.

»Wie ... was ...«, stammelte Rockman panisch und robbte rückwärts über den Boden. Plötzlich sah er uralt und zerbrechlich aus.

Frank ging um ihn herum und zog sich die Mütze – eigentlich eine wollene Skimaske – übers Gesicht, sodass nur noch sein Mund und seine Augen zu sehen waren. Mit dem Griff der Waffe klopfte er an die Badezimmertür. Er hätte einen perfekten Vergewaltiger abgegeben.

»Mädels? Macht die Tür auf. Kommt schon. Ich habe kein Problem mit euch, und niemand wird euch etwas tun.«

Nach einem kurzen Moment öffnete Debbie die Tür. Kelly hockte hinter ihr auf dem Rand der Badewanne. »Ogottogott«, keuchte Debbie. Kelly brach in Tränen aus, als sie die Maske und die Waffe sah.

»Schhh«, versuchte Frank sie zu beruhigen. »Hört zu. Ich werde nur kurz mit ihm reden. Höchstens zwei oder drei Minuten. Schließt einfach die Tür ab und bleibt, wo ihr seid.« Er hörte, wie hinter ihm eine Lampe umfiel: Rockman klammerte sich an den Nachttisch und versuchte, wieder auf die Füße zu kommen. Frank ging zu ihm rüber und trat ihm in die Rippen. Zwar nicht besonders fest, aber es reichte, um den Alten wimmernd wieder zu Boden zu schicken. Frank kehrte zum Bad zurück. »Bleibt da drin, in Ordnung? Das ist eine Sache zwischen ihm und mir. Mit euch hat das nichts zu tun.«

Debbie nickte unter Tränen.

»Wenn ich weg bin, wartet bitte fünf Minuten, und dann könnt ihr tun und lassen, was ihr wollt.« Sein Blick wanderte zu dem Tisch, an dem Rockman gesessen hatte: eine Flasche Bourbon, ein Eiskübel, ein Autoschlüssel und diverser anderer Kram. Frank griff nach Rockmans Brieftasche. Sie war voller Geldscheine. »Hier«, sagte Frank und drückte den Mädchen die Kohle in die Hand. »Das ist für euch.« Debbie nahm sie mit zitternden Händen entgegen. »Ihr habt da drinnen doch keine Handys, oder?« Debbie schüttelte den Kopf. »Also gut. Schließt die Tür und kommt nicht raus. Habt ihr mich verstanden?«

»Wie ... woher sollen wir wissen, wann Sie weg sind?«, fragte Debbie.

»Das werdet ihr schon merken. Und jetzt bleibt, wo ihr seid.«

Als er die Tür gerade schließen wollte, stammelte Kelly: »M-mister?« Frank sah sie über Debbies Schulter hinweg an. Sie zitterte, ihr Gesicht war tränennass, und sie trug einen Gummidildo. »Was hat er Ihnen getan?«

Frank überlegte einen Augenblick. »Er hat meine Tochter getötet.« Er machte die Tür zu und hörte, wie sie von innen abgeschlossen wurde. Er nahm die Skimaske ab und ging zurück zu Dennis Rockman. Der ehemalige Richter am Supreme Court der Vereinigten Staaten robbte keuchend über den Teppich zum Bett, auf seinem Unterhemd glänzte ein großer roter Fleck. Frank sah, dass er dem Alten einen Schneidezahn ausgeschlagen hatte. *Im Kino werden die Leute ständig mit Pistolen geschlagen und stecken das einfach weg – wenn überhaupt, dann tragen sie eine kleine Platzwunde davon. Aber wenn du im wahren Leben mit einem massiven Stück Metall auf ein Gesicht einschlägst? Dann ist das Opfer ganz schön am Arsch.*

Wegen der gebrochenen Nase und des ausgeschlagenen Zahns klang Rockmans Stimme seltsam nasal, pfeifend und flach. »Bitte ... bitte warten Sie, nur eine Minute«, flehte er und hob abwehrend die Hand. Das Blut lief ihm blubbernd aus Mund und Nase.

Frank setzte sich in den Sessel. Die Hand mit der Pistole ruhte auf seinem Oberschenkel. Der Lauf der Waffe war auf die Brust von Rockman gerichtet, der sich mit dem Rücken gegen das Bett stützte.

»Das muss ein Missverständnis sein. Ich habe noch nie jemanden getötet.«

»Es ist fünf Jahre her«, begann Frank. Er merkte, dass er jetzt sehr viel ruhiger war als bei Hauser und dem Zahnarzt. *Das erste Mal ist das schwerste.* »Sie waren Richter am Supreme Court, und Ihre Stimme war entscheidend, um Roe vs. Wade zu kippen. Daraufhin wurden Abtreibungen landesweit verboten. Ein paar Jahre danach ist meine Tochter an den Folgen einer unprofessionell durchgeführten, illegalen Abtreibung gestorben.« Frank ließ ihm Zeit, darüber nachzudenken. Rockmans Miene zeigte erst Verwirrung, dann Panik.

»Sie haben mein Beileid, mein aufrichtiges Beileid … aber … aber ich trage daran keine Schuld.«

»Ach, und wer trägt dann die Schuld?«

Rockman blickte ihn an, starrte auf die Waffe in Franks leicht zitternder Faust. Der erfahrene Ankläger in ihm suchte verzweifelt nach den magischen Worten, jenen Worten, die sein Richter hören wollte und die ihn für sich einnehmen würden. »Ich war im Gericht nur eine Stimme von vielen. Ja, sicher … ich habe dafür gestimmt, dieses Gesetz zu kippen. Aber es war eine Gewissensentscheidung.«

Frank spannte den Hahn des Revolvers.

»Nein! Nein! Warten Sie! Wollen Sie Geld? Ich habe viel Geld!«

»Das wird Ihnen hier und heute nicht helfen.«

Rockman sah ein, dass er mit Bestechung nicht weiterkam. Also versuchte er es auf andere Weise. »Ich bin Oberster Richter im Ruhestand. Denken Sie doch nach, mein Junge! Na los … benutzen Sie Ihren verdammten Kopf! Wenn Sie mich umbringen, dann ist Ihr Leben vorbei. Die werden Sie drankriegen, und dann schicken die Sie auf den Stuhl.«

»Mein Leben ist sowieso vorbei. Ich habe Krebs im Endstadium.«

Oh, fuck. Verzweifelt suchte Rockman nach einer neuen Taktik. »Okay ... wir haben unterschiedliche Überzeugungen. Sie sagen, dass ich für den Tod Ihrer Tochter verantwortlich bin. Aber betrachten Sie das doch mal aus meiner Perspektive. Denken Sie mal ... denken Sie an all die Babys. Denken Sie daran, wie viele Leben ich gerettet habe.«

»Was ist mit meiner Tochter? Meinem kleinen Mädchen, das in einem schäbigen Zimmer wie diesem hier verblutet ist. Völlig auf sich gestellt. Daran denke ich ununterbrochen. Ist sie irgendwann aufgewacht? Wusste sie, was mit ihr passierte? Hatte sie Angst? So ganz allein. Vielleicht hat sie nach ihrer Mommy gerufen. Oder ...« Franks Stimme versagte. Zischend sog er Luft durch die Zähne. »... nach ihrem Daddy.«

Einen Moment lang herrschte völlige Stille, bis auf das Blubbern in Rockmans blutender Nase und das rhythmische Klatschen, wenn Frank mit dem Revolver gegen seinen Oberschenkel klopfte. Der Alte schlug einen neuen Ton an. Den besänftigenden, vernünftigen Ton, den er seit seiner Zeit als Staatsanwalt im Repertoire hatte. In vielen Gerichtssälen hatte er sich als äußerst hilfreich dabei erwiesen, besonders starrsinnige Richter auf seine Seite zu ziehen. »Wissen Sie, Frank, in der Bibel heißt es ...«

»Die Bibel?«, unterbrach ihn Frank. »Die *Bibel*? Oh, das ist gut. Das ist wirklich großartig. Verraten Sie mir, Richter Rockman ... was sagt die Bibel dazu, sich vor minderjährigen Huren mit Dildos einen runterzuholen? Steht das im Alten Testament oder im Neuen Testament? Die Passage muss ich wohl überlesen haben.«

Rockman begegnete Franks Blick, und es gelang ihm, durch seinen Schmerz und seine Angst hindurch noch einmal neue Kraft zu schöpfen. »Ich bin nicht perfekt, Sir. Ich bin ein Sünder. Wenn ich vor meinen Schöpfer trete, werde ich Buße tun und, so Gott will, von meinen Sünden losgesprochen. Gelobt sei Jesus Christus. Und wie schon gesagt: Ich bedaure Ihren Verlust zutiefst. Ehrlich. Aber was heute hier geschehen ist, wird am Jüngsten Tag gegen die Taten aufgewogen, auf die ich in meinem Leben zurückblicken kann. Ich habe geholfen, einen Holocaust an einer ganzen Generation unschuldiger Ungeborener zu beenden. Bedenken Sie das! Denn wenn Sie an die Gleichheit allen Lebens glauben, dann habe ich sicherlich mehr Gutes als Schlechtes getan.«

Rockman schaffte es tatsächlich, seinen Worten eine Art Würde, einen trotzigen Stolz zu verleihen. Und das ungeachtet seiner blutbefleckten Unterwäsche, des eingeschlagenen Gesichts und der beiden Nutten, die sich im Badezimmer verschanzten. Sein aalglatter Charme, der den zähen alten Drecksack zweifellos einmal zu einem gefürchteten Gegner gemacht hatte, ließ sich immer noch erahnen.

Frank presste ihm ein Kissen aufs Gesicht, bohrte den Lauf der Waffe hinein, um das Geräusch des Schusses zu dämpfen, und drückte ab.

Er hörte das Schreien und Schluchzen im Bad, schloss die Augen. Er wollte das über die Bettdecke und die billige Holzvertäfelung verspritzte Blut und Hirn nicht sehen. Dann warf er die Waffe in den Mülleimer. Als er das Zimmer verließ, zog er die Handschuhe aus und die Mütze tief in die Stirn, um sein Gesicht so gut wie möglich zu verbergen.

Der Parkplatz war menschenleer. Frank überquerte die Straße und bog dann rechts in eine schmale Gasse ein. Keine fünf Minuten später saß er in seinem Auto und fuhr auf der Interstate zurück Richtung Florida.

KAPITEL 25

»Die meisten Schulden haben mit Liebe zu tun.«

»Ich finde es schrecklich. Ich halte es für eine Schande.« Frank stellte den Fernseher lauter. »Sehen Sie, so ist das mit dem Verbrechen. Wir müssen nämlich sogar noch härter durchgreifen. Und ... er war ein guter Mensch. Ich hab ihn dahin gebracht, das wissen Sie, oder? Ich habe die Entscheidung getroffen, und dann hat er ... nun, er hat eine großartige, eine gewaltige Entscheidung gefällt, eine Entscheidung für dieses Land, die viele ... wer weiß, wie viele Leben er gerettet hat. Denken Sie nur ... an die letzten fünf Jahre, von der Zukunft gar nicht zu reden. Es heißt, es waren eine halbe Million, vielleicht mehr, vielleicht sehr viel mehr Babys, die ermordet wurden, im Mutterleib, in diesem Land, weil es die Demokraten – und auch die Republikaner, das muss gesagt werden – so lange zugelassen haben. Und ich hab's beendet. Und Richter Rockman hat dabei geholfen. Sehr geholfen. Dafür hat er unsere Anerkennung verdient. Das ist also eine schreckliche Art, ein großartiges Leben zu beenden. Aber ich glaube, er wird als ein großer, als ein fantastischer Konservativer und als etwas Großartiges für dieses Land in die Geschichte eingehen.« Der Wind fegte über die Rollbahn und wirbelte die dünnen Haarsträhnen des Ex-Präsidenten wie Zuckerwatte herum, als im Hintergrund der Rotor des Hubschraubers anlief. Kaum hatte Trump seinen Monolog beendet, brüllten die Reporter los, wie sie es inzwischen seit über zehn Jahren machten.

»Mr. Trump!«

»Sir!«

In der Hoffnung, von ihm herausgepickt zu werden, probierte es einer der Journalisten betont respektvoll mit: »Herr Ex-Präsident!« Trump zeigte stattdessen auf einen der Kollegen.

»Sir, was sagen Sie zu den Behauptungen, dass Rockman in Gesellschaft von zwei Prostituierten war, als er starb?«

»Das werde ich nicht kommentieren, denn das sind nichts als ... kranke Gerüchte. Vermutlich von den Linken gestreut. Man weiß es nicht, aber es ist sehr wahrscheinlich. Was ich aber sagen kann, ist ... bei allem, was ich über Dennis Rockman weiß – ein guter Christ, ein Familienmensch –, wäre ich nicht überrascht, wenn sich auch das bloß als ein weiterer, kranker Versuch der Lügenpresse erweisen sollte, mit Fake News den Ruf eines großen Mannes zu ruinieren. Denn Sie haben gesehen, ich meine, Sie werden sich erinnern ... nein, Entschuldigung, Sie haben es gesehen, als wir Roe vs. Wade gekippt haben. Damals sagten alle – und das sagen sie heute immer noch: ›Das hätte sonst wohl niemand geschafft.‹ Und die Liberalen, die Demokraten, die Lügen-

264

presse, die sind alle ausgeflippt. Und er, Richter Rockman, hat sogar Morddrohungen gekriegt, wirklich ganz schlimme Sachen. Die allerschlimmsten. Sachen, die Sie nicht glauben würden. So viel Hass. Einfach krank. Und er war so mutig ... so ein mutiger Mann, das zu tun. Übrigens ... genau wie ich. Was das betrifft, muss ich mich wirklich mal selbst loben, denn ihr werdet das niemals tun, Leute. Und ich habe mein Versprechen gehalten, das ich dem amerikanischen Volk gegeben habe. Im Gegensatz zu allen anderen Präsidenten – außer Ivanka natürlich. Sie schlägt sich nämlich großartig, nicht wahr? Ich weiß, dass manche Leute sagen: ›Oh, sie ist aber nicht so knallhart wie ihr alter Herr.‹ Aber wissen Sie was? Geben Sie ihr etwas Zeit. Sie lernt dazu. Ja, sie lernt dazu. Und wissen Sie was? Die Kurve geht steil nach oben, das kann ich Ihnen aber sagen. Es ist ... worum man sich alles kümmern muss, als Präsident! So viele Sachen! Das kann sich keiner vorstellen! Keiner kann sich vorstellen, wie hart das ist. Aber im Gegensatz zu allen anderen habe ich auch getan, was ich gesagt habe. Ich glaube, mehr als jede andere Regierung bisher. Aber der Punkt ist doch, dass diese Gerüchte ... nun ja, ich sage allen, die sie drucken, allen, die sie senden: Seid vorsichtig. Seid sehr, sehr vorsichtig. Denn, wie Sie ja wissen, haben wir die Gesetze gegen Verleumdung verschärft, bevor ich das Amt abgegeben habe. Und damit haben wir es euch ...«, Trump deutete auf die versammelte Presse, »... sehr viel schwerer gemacht, einfach hinzugehen und alles zu sagen, was ihr wollt. Ich glaube, im Augenblick konzentrieren wir uns darauf, den Mörder zu schnappen oder ... die Mörderin. Es könnte ja eine Mörderin sein, wer weiß das schon? Denn die Frauen ... also damals, als wir diese Entscheidung getroffen haben, da sind die Frauen ... also einige von ihnen sind ganz schön ausgerastet, oder? Es könnte durchaus eine Frau sein. Aber ich halte es jetzt für wichtig, dass wir den Mörder schnappen und nicht über diese kranken Fake-News-Gerüchte diskutieren. In Ordnung? Danke, Leute. Macht's gut. Ich mach mich jetzt auf den Weg nach Mar-a-Lago, das ›Winter White House‹, wie wir es während meiner Präsidentschaft genannt haben. Und ich glaube, Ivanka hat es dabei belassen. Wir freuen uns auf eine großartige, eine wirklich fantastische Zeit da unten. In Palm Beach sind wir den ganzen Winter über ausgebucht, komplett. Aber für ...«, er wandte sich der Kamera zu, die ihm am nächsten war, »... aber für das Trump-Wintererlebnis gibt es ja auch noch das Trump Miami Beach Resort, das ich erst letztes Jahr eröffnet habe, und es ist wirklich ein absolut unglaubliches Resort. Okay. Danke.«

Eine Phalanx (auch so ein Begriff, der außer im geschriebenen Wort nirgendwo sonst Verwendung fand, meldete sich Franks innerer Redakteur zu Wort) von Secret-Service-Agenten umringte die bullige schwarze Gestalt und schob sie Richtung Hubschrauber. Das Gesicht des Nachrichtensprechers von CNN füllte den Bildschirm. »Das war Ex-Präsident Trump auf der Andrews Air Force Base, wo er sich heute Morgen zu dem Mord an dem ehemaligen Obersten Richter Dennis Rockman äußerte. Die jetzige Präsidentin kommentierte die schockierende Nachricht aus Texas wie folgt ...« Als zu Ivanka in den Rosengarten geschaltet wurde, stellte Frank den Fernseher wieder leiser. Er hatte den Beitrag bereits gesehen.

Er gähnte und streckte sich auf seinem riesigen Bett im New Orleans Four Seasons aus. Vielleicht steckte ihm die Sache mit Rockman noch in den Knochen, und diese schmuddelige Billig-Absteige des Richters war schuld. Wie auch immer: Letzte Nacht, nach zehn Stunden Fahrt, erschien ihm die Aussicht auf einen der üblichen Gasbeton-Bungalows mit Blick auf den Highway, leckenden Wasserbetten, gesperrten Telefonen und leerem Pool als dermaßen unerträglich, dass er wenigstens eine Nacht in einem anständigen Hotel verbringen wollte. Also war er in New Orleans von der Interstate abgefahren und hatte sich ein Deluxe-Zimmer für siebenhundert Dollar genommen.

Er schlürfte seinen Kaffee, schaute aus dem Fenster hinaus auf die Stadt, die viele Stockwerke unter ihm zum Leben erwachte, und dachte an die letzten Wochen zurück. Oklahoma, Vegas, Washington, Florida, Texas und jetzt New Orleans ... Tausende von Kilometern. Er hatte so viel von diesem Land gesehen und war – zumindest bisher – mit sieben Morden in vier Bundesstaaten davongekommen. Ob er mit größeren Schwierigkeiten gerechnet hatte? Er war sich ziemlich sicher gewesen, dass er bei Hauser und Roberts nicht auf Probleme stoßen würde, aber bei den anderen ...

Doch es gab durchaus Faktoren, die ihm in die Karten spielten. Im Jahr 2025 war es in den USA zu 29 456 mit Waffengewalt begangenen Tötungsdelikten gekommen, darunter zweiundvierzig Massenerschießungen – ein neuer Rekord. Vor diesem Hintergrund sahen Franks läppische sieben Morde exakt nach dem aus, was sie im Grunde auch waren: vier willkürliche Akte völlig normaler Durchschnittsgewalt. Außerdem half ihm, dass die Budgets für die Strafverfolgung in den letzten zehn Jahren sowohl auf lokaler wie auf nationaler Ebene immer weiter zusammengestrichen worden waren. Das FBI war nur noch ein Schatten seiner selbst, nachdem die Behörde die Hälfte ihrer Außendienstmitarbeiter vor die Tür setzen musste. Die einzige Exekutivbehörde, die von zehn Jahren Trump-Regierung profitieren konnte, war das ICE, dessen Gelder ständig weiter aufgestockt wurden.

Derweil war die Verbrechensrate in allen städtischen Ballungsräumen durch die Decke gegangen, und bei der unterbesetzten Polizei lagen die Nerven blank. Interessanterweise glaubte die Öffentlichkeit offenbar immer noch, die Republikaner stünden für Recht und Gesetz, während die Demokraten – wenn sie nach zehn Jahren an der Seitenlinie noch einmal die Chance bekämen – die Apokalypse, einen Karneval des Verbrechens herbeiführen würden. Wie kamen die Leute darauf? Schlicht und einfach, weil die Regierung es weiterhin steif und fest behauptete, obwohl sämtliche Statistiken das Gegenteil belegten. Frank blickte in die Zeitungen, die er auf dem Bett ausgebreitet hatte – die *Washington Post*, die *New York Times*, den *New Orleans Sentinel* –, und zählte insgesamt sieben verschiedene Artikel, in denen führende Kabinettsmitglieder (Miller, Conway, Hannity und Gorka) unkorrigiert irreführende Aussagen über die Kriminalitätsstatistiken und die politischen Ziele der Demokraten trafen. Die wenigen Storys zu Verbrechen beschäftigten sich allesamt mit Vergehen von illegalen Immigranten. Seit dem Pressefreiheitsgesetz von 2022, jenem Gesetz, auf das Trump sich eben in seinem Fernsehkommentar bezogen hatte, waren all diese Zeitungen nur noch Regierungsorgane.

Im Grunde lud das politische Klima weiße Amerikaner regelrecht dazu ein, Verbrechen zu begehen.

Aber brauchten die Menschen nicht bloß ihre Köpfe aus den Fenstern zu stecken, um die Wahrheit zu sehen? So einfach war es leider nicht. Diejenigen, die in den letzten Jahren am meisten profitiert hatten und nur noch halb so viel Steuern zahlen mussten, lebten in geschlossenen Wohnanlagen oder auf privaten Anwesen, bewacht von Sicherheitsleuten, die sie aus eigener Tasche bezahlten. Die ärmere Hälfte der Bevölkerung – diejenigen, die unter den Amokläufen, Raubüberfällen, Einbrüchen und Brandstiftungen am meisten zu leiden hatten – war aufrichtig davon überzeugt, dass die Regierung ihr helfen wolle und damit auch sofort beginnen würde, sobald sie die Masse der kriminellen Immigranten losgeworden war. In Anbetracht dieser Einsicht und des bohrenden Schmerzes (die zweite Tasse Kaffee hätte er sich besser sparen sollen), mit dem sich der mörderische Eindringling in seinem Unterleib bemerkbar machte, gelangte Frank einmal mehr zu der Schlussfolgerung, dass er sich eigentlich glücklich schätzen konnte, bald abtreten zu dürfen und nicht mit ansehen zu müssen, wohin dieser Albtraum noch führen würde.

Er wandte sich erneut dem Fernseher zu, wo auf dem Rasen von Andrews gerade Trumps Helikopter abhob. Der Ticker am Bildschirmrand verkündete: »NRA ER-HÖHT BELOHNUNG FÜR ERGREIFUNG VON BE-CKERMAN-MÖRDER AUF EINE MILLION.« Er verspürte einen seltsamen Anflug von Stolz, als er verfolgte, wie der Hubschrauber des Ex-Präsidenten langsam kreiselnd in den kalten Himmel aufstieg. Einen Augenblick lang schwebte er auf der Stelle, um dann wie ein Tier, das eine Fährte aufnimmt, die schwarze Nase zu senken, bevor er in Richtung der wärmenden Sonne Floridas aufbrach. Frank checkte aus seinem Hotel aus und tat es ihm gleich – wenn auch auf bescheidenere Weise.

Der letzte Abschnitt seiner Reise, die Fahrt von New Orleans zurück nach Florida und zugleich die letzte lange Autofahrt, die er je unternehmen würde, hätte eigentlich neun oder zehn Stunden dauern sollen. Letztendlich brauchte er fünfzehn.

Auf der gesamten Länge des Küsten-Highways gab es ICE-Straßensperren, an denen der Verkehr angehalten und die Papiere kontrolliert wurden. Da die Grenze zwischen Mexiko und den USA auf dem Landweg inzwischen sehr viel schwerer zu überwinden war, kamen zahlreiche Flüchtlinge übers Meer. Sie brachen an den Stränden im Nordosten von Mexiko auf, bestiegen winzige Boote, Kanus, sogar Schlauchboote, und überquerten den Golf. Viele kamen dabei um. Die Glücklichen, die es schafften, landeten an der texanischen Küste.

An einer der Straßensperren, ein Stück westlich von Pensacola, sah Frank einen dunkelhäutigen Mann auf die Beamten einreden, als die seinen Freund von dessen Frau und Kindern trennten. Einer der Beamten schubste den Mann in Richtung des Transporters. Der schubste den Beamten zurück. Sofort stürzten sich vier seiner Kollegen auf den Mann, der im Schlagstockhagel zu Boden ging. Viele der Menschen, die in der Autoschlange warteten, wurden Zeugen des Vorfalls. Manche riefen »STOPP!« und »LASST IHN IN RUHE!«. Sehr viel mehr riefen »MACHT IHN FERTIG!« und wie immer »USA! USA!«. Es dauerte nur ein paar Sekunden, bis der Mann aufhörte, sich unter den Schlägen zu winden, und – bewusstlos oder tot? – zum Transporter getragen wurde. Kinder streckten die Arme aus den Autofenstern, um das Ganze mit leidenschaftsloser, desinteressierter Miene zu filmen. Frank fragte sich, was in zwanzig, dreißig Jahren wohl *deren* Kinder davon halten würden.

Schon gingen zwei Uniformierte durch die Reihen der wartenden Autos. Unter Berufung auf den Extreme Patriot Act, dessen Wortlaut Frank inzwischen reichlich vertraut war, konfiszierten sie die Handys. Natürlich würden ihnen einige durch die Lappen gehen, und bald würden die ersten Aufnahmen des Einsatzes in der Öffentlichkeit auftauchen. Auf den üblichen Kanälen und zur Unterstützung der üblichen Interessen. Auf CNN als Zeugnis eines grundlosen Angriffs auf einen Unschuldigen, als Kritik an den inzwischen fast grenzenlosen Befugnissen des ICE. Auf Fox als Beispiel für die tapferen Verteidiger unserer Freiheit, die auf die Provokation durch einen illegalen Immigranten, vermutlich sogar ein Mitglied der gefürchteten MS-13-Gang reagierten. Auf eher linksgerichteten Internetseiten als Beweis dafür, dass die USA ein Polizeistaat waren. Auf den rechtsgerichteten als Zeugnis für die Wachsamkeit des Staates. Die Linken würden glauben, was sie glauben wollten, und die Rechten würden ebenfalls glauben, was sie glauben wollten, während die Menschen in der Mitte, die Menschen, die zwischen den Fronten gefangen waren, die Hände heben und sagen würden: »Woher soll man schon wissen, was stimmt und was nicht?«

Frank Brill war einmal Chefredakteur einer Zeitung gewesen. Heute schätzte er sich glücklich, nicht mehr lange leben zu müssen.

KAPITEL 26

»Das pikst jetzt gleich ein bisschen.«

Es war kurz nach fünf Uhr am folgenden Morgen und noch stockdunkel, als Frank die Ferienwohnung betrat. Er war erschöpft, dehydriert und zitterte am ganzen Körper. Während der letzten zehn Stunden seiner Reise hatte er nichts gegessen. Die McDonald's-Papiertüte in seiner Hand enthielt zwei McMuffins mit Ei und Würstchen sowie vier Hash Browns – das einzig Essbare, was er in der Stadt um diese Uhrzeit kriegen konnte. Er warf die Autoschlüssel in die Holzschale auf dem Couchtisch und streckte die Hand nach der Lampe daneben aus. Seine Finger lagen schon auf dem Schalter, da nahm er einen ungewohnt strengen Geruch wahr. Es stank nach Alkohol und Nikotin, als ob jemand eine Party gefeiert hätte. Er knipste die Lampe an.

»Guten Morgen«, sagte eine Stimme.

Frank schrie erschrocken auf.

Der Mann saß in dem Relaxsessel am Fenster. Er war kräftig, richtiggehend fett, und der Lauf seines schweren, vernickelten Revolvers war direkt auf Frank gerichtet.

»Immer mit der Ruhe. Setz dich einfach da drüben aufs Sofa, keine Panik«, forderte Chops ihn auf. »Halt die Tüte schön weiter fest und lass die Hände da, wo ich sie sehen kann.«

Das Zimmer sah aus wie nach einem Bombeneinschlag.

Der gesamte Fußboden und jede freie Fläche waren übersät mit Fastfood-Verpackungen, Chipstüten, Bierdosen und Aschenbechern.

Franks Knie wurden weich, und er stürzte mehr aufs Sofa, als dass er sich setzte.

»Ich hab Geld. Im Safe«, krächzte er.

Den Kopf leicht nach links geneigt, blickte Chops ihn an. »Entschuldige die Unordnung«, sagte er. »Ich bin seit über 'ner Woche hier. Ich hatte einfach nicht die Zeit, mich um die Hausarbeit zu kümmern.«

Frank wartete.

»Deine Mäuse interessieren mich nicht, Frank Brill«, fuhr Chops fort. »Okay, ich werde ein wenig Geld einsacken, aber nicht von dir.«

»Wie ... was ...?«

»Du hast meinen Kumpel umgelegt. In Oklahoma. Coach Hauser. Ich kleb dir seit 'ner Weile am Arsch. Lüg mich also besser nicht an, oder ich schwöre zu Gott, dass ich ...«

»Schon gut«, sagte Frank. »Ich habe ihn getötet.«

»Prima. Wir schaffen hier 'ne echte Vertrauensbasis, Frank.« Chops setzte sich auf. Vor ihm auf dem Tisch standen ein paar Dosen Bier, von denen er jetzt eine öffnete und daraus schlürfte, ohne dabei die Waffe zu senken. »Und in Vegas? Die beiden Schwuchteln? Die hast du auch kaltgemacht?«

»Ja.«

»Und dann Beckerman und die zwei anderen? In Virginia?«

»Ja.«

»Das war 'ne taffe Nummer, Frank. Und ich nehm an, dass du gerade ...«, er deutete mit der Waffe auf den Fernseher, »... aus Texas zurückkommst, wo du den armen alten Richter Rockman ermordet hast.«

Frank schwieg.

»Auf die ersten beiden, Oklahoma und Vegas, bin ich von allein gekommen. War einfach nur gute alte Polizeiarbeit. Bei Beckerman hatte ich etwas Hilfe ...« Chops hielt einen von Franks Ordnern in die Höhe. »Diese alten Ordner haben mir enorme Dienste dabei geleistet, nachzuvollziehen, was in deinem Kopf vorgeht. Und ich muss schon sagen, Frank«, sagte Chops lachend, »die Nummer fünf auf der Liste? Du hast echt Mumm in den Knochen, mein Freund. Scheiße, ich hab ernsthaft mit dem Gedanken gespielt, dich laufen zu lassen, nur um zu sehen, wie zum Teufel du das anstellst.«

»Sie sind Polizist?«

»Anfangs wollte ich nur den Wichser schnappen, der meinen Freund umgelegt hat. Aber dann ... na ja ... dann wurde es interessant. So interessant, wie eine Belohnung von einer Million Dollar eben sein kann. Mein erster Gedanke war, dich einfach abzumurksen, wenn ich dich gefunden hab. Dich dazu zu bringen, alles zu gestehen, und dir dann die Rübe wegzuballern. Aber da sie dich ja ohnehin grillen werden, dachte ich mir ... warum liefere ich dich nicht einfach aus? Dann kann ich die Belohnung kassieren und dich auch noch auf dem elektrischen Stuhl zucken sehen.« Chops grinste über das ganze Gesicht. Ein furchteinflößender Anblick.

Das war es dann also, dachte Frank. Früher, als es noch so was wie Rechtsstaatlichkeit gab, hätte er vermutlich darauf setzen können, dass der Krebs seinen Job erledigte, bevor es zum Prozess kam, und er im Knast starb. Aber heutzutage? Mit dem Programm zur Beschleunigung der Justiz? So weit würde Frank es nicht kommen lassen. Der elektrische Stuhl war keine Option. Er spannte die Beinmuskeln an. Er würde jeden Moment aufspringen, sich einfach auf den Kerl stürzen, und dann – bingo – würde ihm der Bulle den Rest geben.

»Mach jetzt bloß keinen Scheiß, Frank. Wenn du auf mich losgehst, damit ich dich umlege ...« Der Kerl konnte offenbar seine Gedanken lesen. »Dann jag ich dir ein paar Kugeln ins Knie. Dann hast du für den Rest deines Lebens höllische Schmerzen und wirst im Rollstuhl zu deiner Hinrichtung geschoben.« Frank ließ sich wieder in die Polster sinken. »Eine Sache wäre da noch.« Chops griff in die Hosentasche und zog ein kleines schwarzes Plastikgerät hervor. »Ich wüsste nur zu gerne, was hinter der Sache mit Roberts in Vegas steckte. Ich schätze, es hatte mit deiner Ex-Frau zu tun? Das mit Marty ist mir klar. Er hat früher mal einen deiner kleinen Kumpels gebumst, hab ich recht, Frank?«

»Er hat meinen Freund missbraucht, als der noch ein Kind war.«

»Heilige Scheiße. Wegen so einer Lappalie hast du dir all die Mühe gemacht und einen guten Mann getötet? Wie heißt es doch so schön bei uns in Oklahoma: Wenn sie alt genug sind, ihnen den Arsch zu versohlen, sind sie auch alt genug, ihnen den Arsch ... du weißt schon.«

»Er hat sich umgebracht«, zischte Frank zähneknirschend. Wenn Blicke töten könnten, hätte Chops auf der Stelle krepieren müssen, stattdessen lachte er laut auf.

»Ja, klar, ganze zwanzig Jahre danach«, erwiderte er. »Seitdem kann'ne Menge passiert sein. Gut möglich, dass der Junge seitdem Hunderte von Schwänzen gelutscht hat.«

Frank ballte die Fäuste.

»Ganz ruhig, Brauner«, sagte Chops. »Mach bloß keine Dummheiten. Weißt du, wegen den NRA-Leuten und Rockman und natürlich dem großen Tier auf deiner Liste hier ...«, er tippte auf den Ordner, »... hätte ich normalerweise gedacht, du wärst so ein durchgeknallter liberaler Spinner. So'ne linke Zecke, die glaubt, sie müsste ein Zeichen setzen. Aber wie passen die beiden Tunten ins Bild? Linke laufen nicht in der Gegend rum und ballern Homos ab.«

»Roberts hat meine Ex-Frau in den Ruin getrieben ...«, setzte Frank an.

»Moment noch. Ich muss dein Geständnis aufnehmen«, unterbrach ihn Chops und schaltete das Diktiergerät ein. »Kann ja sein, dass ich es brauche, um die Beweise in diesem Ordner zu stützen. Ich will die ganze Geschichte hören. Von Anfang bis Ende.«

»Könnte ich bitte ein Glas Wasser bekommen?«, fragte Frank.

»Vergiss es, ich steh nicht auf. Aber hier ...« Chops warf ein Bier auf das Sofa neben Frank.

»Das kann ich nicht trinken.«

»Warum?«

»Ich bin Alkoholiker. Ich kann kein Bier trinken.«

Chops schüttelte kichernd den Kopf. »Scheiße, mein Freund, du trinkst jetzt gefälligst das verdammte Bier. Um diesen ›Ich bin Alki‹-Mist würde ich mir gerade keine großen Sorgen machen. Du bist eh bald tot. Außerdem kann ich dieses Gejammer langsam echt nicht mehr hören«, fuhr er fort. »*Mi-mi-mi ... ich bin Alkoholiker, und ich esse kein Fleisch.*‹ Steck dir dein beschissenes Gutmenschentum sonst wohin. Wir sind gottverdammte Amerikaner. Wir trinken Bier und essen Cheeseburger. Und wenn dir das nicht passt, dann verpiss dich aus diesem Land.«

Seufzend stellte Frank die Bierdose und die McDonald's-Tüte auf den Boden.

»He«, kläffte Chops, »was ist da drin?«

»McMuffins. Hash Browns.«

»Na dann lass mal rüberwachsen.«

»Hören Sie, wer immer Sie sind ...«

»Nenn mich Chops.«

»Chops, ich hab nichts mehr gegessen, seit ...«

»Dumm gelaufen, Kumpel. Ich sitze seit Tagen in diesem Sessel, und du hast nur beschissenes Kabelfernsehen und nix im Kühlschrank, also gib mir jetzt deinen verfickten Fraß.«

Frank reichte ihm die Papiertüte, und Chops stopfte sich einen Hash Brown in den Mund. »Mmmm. Gut. Das Geständnis. Los.«

Frank erzählte von seinem Krebs. Von Hauser, dem Kinderschänder. Von dem Zahnarzt, der das Leben seiner Ex-Frau zerstört hatte. Vom Tod seiner Frau und seines Sohnes. Vom Tod seiner Tochter. Von den Männern, die er dafür verantwortlich machte. Er brauchte nicht sehr lange. Vielleicht zwanzig Minuten. Chops nickte ab und zu, aß mit der Linken, legte die Pistole in der Rechten dabei nicht einen Augenblick zur Seite und gab gelegentlich ein bellendes Lachen, ein verächtliches Schnaufen oder eine kurze Bemerkung wie »Linke Schwuchtel« von sich, etwa als Frank über den Amoklauf oder Roe vs. Wade sprach. Als er zum Ende kam, verschlang Chops gerade seinen zweiten McMuffin. »Das war's?«, fragte er. Frank nickte. »Dann hör mal zu, Kollege. Ich will nicht, dass du mir irgendwelche Schwierigkeiten machst, bis ich dich ausgeliefert habe. Und dafür, dass du meinen besten Kumpel in ein Sieb verwandelt hast, hab ich auch noch was gut. Also werde ich dir jetzt mit dieser .38er die Kniescheibe zertrümmern ...« Er hob die Waffe.

»Nein, bitte ...«

Chops stopfte einen letzten großen Bissen in sich rein und erklärte dann mit vollem Mund kauend: »Das pikst jetzt gleich ein bisschen, also mach dich lieber darauf gefasst. In Ordnung?«

Er senkte den Lauf des Revolvers ein kleines Stück und zog den Hahn zurück.

»STOPP! ICH WERDE NICHT ABHAUEN. Sie müssen das nicht …«

»Bereit?«

Chops kaute immer noch. Plötzlich weiteten sich seine Pupillen, und er griff mit den Händen nach seiner Brust. »GNNNUFFFFF!«, keuchte er. »ARRRRRG!«

Sein Herz fühlte sich an, als würde es sich krampfartig zusammenziehen, sich in seiner Brust zu einer Faust ballen.

O Gott, nein. Nicht jetzt, konnte er gerade noch denken.

Zitternd sah Frank zu, wie Chops in die Knie ging. Stammelnd schnappte der Bulle nach Luft, und seine Augen traten langsam aus ihren Höhlen. Er starrte Frank voller Verzweiflung an. Frank stand auf. Chops überkam die blanke Panik. Er ließ die Pistole fallen, rollte sich auf den Rücken und zog seine Knie so weit an, wie seine mächtige Wampe es zuließ.

Frank kickte die Pistole zur Seite, während Chops, der sich zu seinen Füßen krümmte und wand, immer mehr rot anlief bis sein Gesicht eine beängstigend violette Farbe hatte. Erfolglos versuchte der Fettsack, wieder auf die Beine zu kommen. Der Kerl wog mindestens hundertvierzig Kilo. Er kippte vornüber, mit dem Gesicht in den Teppich, krallte sich fest und trat mit den Füßen aus. Frank hob die Pistole auf und sah mit finsterer Miene zu, wie Chops mit den Fäusten auf den Parkettboden trommelte. Der Herzinfarkt jagte Wellen des Schmerzes durch den Körper des Mannes, und er schlug laut keuchend um sich. Dabei machte er so einen Lärm, dass Frank das Radio einschaltete. Auf UKW fand er einen Sender aus Orlando und drehte die Lautstärke voll auf. Während Franks Peiniger auf dem Fußboden um sein Leben kämpfte, wurde es draußen langsam hell. Auf dem See glitzerten die ersten Sonnenstrahlen.

Chops wälzte sich wieder auf den Rücken, und sein Gesicht lief jetzt richtig blau an. Frank hatte das immer für eine Phrase gehalten, eine Übertreibung, die Wut oder Frustration ausdrücken sollte. Doch die teigige, schwitzende Visage dieses fetten Schweins nahm tatsächlich die Farbe einer Blaubeere an. Mit einem feuchten, ploppenden Geräusch, vergleichbar mit dem eines Gummipömpels, der sich von einem verstopften Abfluss löst, schoss schließlich ein halb gekauter Klumpen aus Fleisch, Käse und Brot aus Chops' Schlund und flog fast anderthalb Meter hoch in die Luft, um anschließend auf seiner Brust zu landen. Unfähig, den Blick abzuwenden, sah Frank dem Leiden seines Kontrahenten weiter entgeistert zu. Selbst als die Luftröhre wieder frei war, rang Chops noch immer um Atem, krallte beide Hände in die linke Seite seiner Brust und verschmierte die hochgewürgten Burgerreste mit den Handflächen auf seinem karierten Hemd, während er kreischend vor Schmerzen seine Hacken auf den Holzboden knallte.

Erst fühlte sich Chops' Herz an, als wäre es mit Stacheldraht umwickelt. Dann, als zöge jemand die Drahtschlinge mit aller Gewalt zu. »Bi-bi-bi...«, stammelte er flehend, brachte aber kein einziges Wort hervor.

Frank sah Chops an, und die Blicke der beiden Männer trafen sich: Chops' Augen waren weit aufgerissen, flehend, voller Panik, die von Frank dagegen zu schmalen

Schlitzen verengt. Angewidert hob er den Revolver und legte an. Es wäre ein Gnadentod. Die Haut um die Augen des Mannes färbte sich bereits schwarz. Frank zog den Hahn des Revolvers zurück. Chops wimmerte nur noch, die Schmerzen waren so schlimm, dass sie ihn schließlich ganz verstummen ließen.

»Ach, scheiß drauf«, sagte Frank und löste den Hahn wieder.

Er schob die Pistole in den Gürtel, drehte sich um, nahm seine Autoschlüssel und ging in den Flur, wo er sich seine Tasche griff, bevor er die Wohnung verließ.

Jeglicher Hoffnung beraubt, starrte Chops zur Zimmerdecke, und als sein Blick schließlich schwand, sah er sich selbst zum himmlischen Königreich aufsteigen. Um ihn herum war ein helles Licht, eher golden als weiß, warm und versöhnlich, und er fühlte, wie seine Sünden in diesem Licht von ihm abfielen, wie die Vergebung des Herrn all seine Verfehlungen von ihm abwusch. Denn der Herrgott scherte sich nicht um die läppischen Torheiten, denen Chops hin und wieder gefrönt hatte. Was konnten ein paar kleine Jungs schon groß ins Gewicht fallen? Er hatte so viel Gutes getan, so viel Böses verhindert.

Dann schwebte er auf Gott höchstpersönlich zu. Gottes dünnes, blondes Haar flog unter Gottes roter Baseballkappe hervor, und Gottes Gesicht war ihm angenehm vertraut. Chops war keineswegs überrascht, sondern sah sich nur in dem bestätigt, was er immer schon geglaubt hatte: Gott hatte den Auserwählten tatsächlich nach seinem eigenen Abbild erschaffen ...

KAPITEL 27

»Viel Spaß!«

Am letzten Abend seines Erdenlebens saß Frank Brill alleine auf der großen Terrasse. Die Einheimischen, denen die Dezembernacht zu kalt war, hatten es sich hinter dickem Fensterglas gemütlich gemacht. Erstaunt über die unerwartete Rückkehr seines Appetits, aber noch unter dem Eindruck der Ereignisse dieses Morgens und des grandiosen Ausblicks auf den Atlantik, hatte er auf rotes Fleisch (wieder so eine Formulierung, die man nie in den Mund nahm, sondern nur schriftlich verwendete) verzichtet und sich stattdessen für Meeresfrüchte entschieden: Nachdem er ein Dutzend Austern bestellt und verspeist hatte, wartete er auf die gefüllte Brasse aus dem Ofen.

Als sich im Laufe des Tages überraschend sein Appetit bemerkbar machte, hatte er überlegt, ob seinem Arzt eventuell ein Fehler unterlaufen war. Vielleicht war der Krebs zurückgegangen. Vielleicht hatte er eine falsche Diagnose gestellt. Hätte Frank eine zweite Meinung einholen sollen? War das die perverse letzte Wendung dieser Story? Hatte er all diese Morde begangen, all diese Leben geraubt (darunter mindestens ein unschuldiges), nur um am Ende doch nicht zu sterben? Nun, das spielte jetzt keine große Rolle mehr. Und da er schon mal an Dinge dachte, die keine Rolle mehr spielten: Für jemanden, der keinen Alkohol trank, starrte er gerade unnötig lange auf die Weinkarte. Aber was konnte ein Gläschen Wein schon schaden? Ein kalter Chablis oder Sauvignon zu seiner Brasse ...

Alleine zu speisen, ist ein unterschätztes Vergnügen. So hieß es zumindest. Doch Frank aß bereits seit so langer Zeit alleine, dass er sein Hirn schon sehr anstrengen musste, um sich zu erinnern, wann er zuletzt in Gesellschaft gegessen hatte. *Ach Gott, stimmt ja, das war der Abend mit Brock und seiner Frau, vor nicht mal zwei Wochen und nur ein paar Straßen von hier entfernt.*

Sein Hirn ...

Rockmans Hirn – es war über die gesamte Tagesdecke verspritzt.

Bis vor vier Wochen hatte Frank in seinem ganzen Leben noch nie getötet. Er war nicht ein einziges Mal jagen gewesen. Aber hier saß er, Frank Brill, ein siebenfacher Mörder, und knabberte Grissini.

Manches von dem, was geschehen war, bedauerte er. Auf seiner Liste hatten nur fünf Männer gestanden. Der Tod des Zahnarzt-Lovers war nicht vorgesehen gewesen. Oder die beiden Kerle, die mit Beckerman zu Mittag gegessen hatten. Was waren deren Verbrechen? Dass sie für die NRA gearbeitet hatten? War das schon Grund genug? Er dachte an die Anfangsjahre der Trump-Regierung zurück, als noch viel über »Anstand« diskutiert worden war. Darüber, was man im Internet oder in der

Öffentlichkeit sagen konnte und was besser nicht. Wie das alles immer weiter unterhöhlt wurde. Man entschied sich für eine Seite, und alles lief so lange fair ab, bis eine der beiden Parteien die Oberhand gewann und auf Anstand zunehmend mit Pöbeleien und Beleidigungen reagierte. Und auf Beleidigungen mit den Fäusten oder dem Schlagstock. Auf Fäuste und Schlagstock mit Nagelbomben und Schusswaffen.

»Und hier ist Ihre Brasse ...« Die Kellnerin weckte ihn aus seinen Tagträumen, als sie den Teller mit dem Fisch vor ihm abstellte.

»Danke«, sagte Frank.

Sie bemerkte die Weinkarte in seiner Hand. »Würden Sie gerne einen Wein bestellen?«

Frank blickte sie an. »Nein, vielen Dank«, erwiderte er. »Ich habe alles, was ich brauche.«

Der Fisch auf seinem Teller sah köstlich aus, mit den Kräutern und Zitronenscheiben im Bauch und der vom Grill leicht angekokelten Kirschtomatenrispe. »Guten Appetit. Und viel Spaß dabei!«, sagte sie und ging.

»*Viel Spaß dabei!*« Genau das hatte *er* auch immer geschrieben, in seinen Tweets.

»*Um 22 Uhr werde ich auf Fox interviewt. Viel Spaß dabei!*«

Für Frank, der mit dem Duft von gegrilltem Steak und Fisch in der Nase nach dem kalten Hals der Mineralwasserflasche im Eiskübel griff, wurde es Zeit, sich einer lange verdrängten Wahrheit zu stellen.

Manchmal wollte er es selbst nicht glauben, aber durch sein eigenes, unbedeutendes Dazutun war er für all das mitverantwortlich. Auf die gleiche Weise, wie eine winzig kleine Termite mit dafür verantwortlich war, wenn irgendwann das Haus zusammenbrach. So abstrus ihm das heute auch erscheinen mochte, doch was sein Zutun betraf, gab es nichts schönzureden. Frank war sein Leben lang Wechselwähler gewesen. Bei der Präsidentschaftswahl von 1984 durfte er zum ersten Mal seine Stimme abgeben und hatte sein Kreuzchen hinter Reagan gesetzt, dem er so zu einer zweiten Amtszeit verhalf, weil ... na ja, weil Reagan aus Indiana kam und weil er Ronald Reagan war. Als Clinton zum ersten Mal antrat, hatte er für ihn gestimmt, beim zweiten Mal nicht mehr. Obama hatte er beide Male gewählt.

Bei der Wahl von 2016 hatte er gedacht ... ja, was eigentlich genau?

Er hatte Hillary nie gemocht, das stimmte wohl. Sie wirkte unaufrichtig. So mechanisch. Und selbstgefällig. Als wäre sie sich absolut sicher, dass sie nicht verlieren konnte. Das hatte die Leute auf die Palme gebracht. Es hatte Frank auf die Palme gebracht.

Und was Trump anging, so war Frank von einer Sache felsenfest überzeugt gewesen: Dieser Wahnsinnige konnte nicht gewinnen. Das war einfach nicht vorstellbar. Aber wenn er vierzig Prozent der Stimmen bekäme, dann wäre das ein heilsamer Schock, den Washington, die Clintons, die ganze Maschinerie gut gebrauchen konnten. Und selbst nachdem das Undenkbare geschehen war, waren Frank und viele seiner Freunde immer noch überzeugt gewesen, Trump würde bloß ein bisschen Golf spielen, sich die Taschen vollstopfen und ansonsten den Experten das Steuer überlassen. Tja, er spielte ständig Golf, und er stopfte sich kräftig die Taschen voll. Aber leider beließ er es nicht dabei. Und die Experten? Wie sich herausstellte, mieden sie das Weiße Haus wie die Pest. Bis dahin hatte Frank den Begriff *Kakistokratie* noch nie zuvor gehört. Er sollte ihm ziemlich schnell geläufig werden.

Sicher, das war damals eine sehr schwere Zeit für Frank. Keine Situation wie jede andere. Immerhin hatte er gerade seinen Job verloren. Er war wie dieser Typ in der Bar, dem irgendein Kerl aus heiterem Himmel in die Brust boxt, ihn angrinst und dann sagt: »Was willst du jetzt machen, hä? Du traust dich doch eh nicht!« Und Trump zu wählen, gab ihm das Gefühl, es diesem Kneipenschläger mal so richtig zu zeigen, indem er sich zur Wehr setzte und ihm eine Kopfnuss verpasste. Das war inzwischen zehn Jahre her. Woher hätte er auch wissen sollen, welches Grauen er damit losgetreten hatte?

Frank hatte es wirklich nicht kommen sehen. Was bloß als Warnschuss für den Politbetrieb in Washington gedacht war, erwies sich als Bauchschuss. Als Machetenhieb. Als gegen die Bordsteinkante geschlagener Schädel. Frank fühlte sich wie die jungen Männer im Europa der 1930er- und 40er-Jahre, die aus Protest in die Kommunistische Partei eingetreten waren. Es war ihre Art zu sagen: »Wir glauben an eine andere, eine bessere Welt.« Ihre Art, den Älteren klarzumachen, dass sie die Schnauze voll hatten. Und so leistete jeder Einzelne von ihnen einen winzig kleinen Beitrag zum Aufstieg Stalins. Genau wie Frank einen winzig kleinen Beitrag zum Schicksal Amerikas geleistet hatte. Und das machte ihn für all diese inzwischen alltäglichen Grausamkeiten mitverantwortlich: für die Familien, die in texanischen Supermarktfilialen auf Feldbetten schwitzten; für die alten Leute, die im Winter zu Hause erfroren, weil das Geld nur für Heizung oder Medikamente reichte, aber nicht für beides; für die Journalisten, Muslime und Homosexuellen, die tagtäglich auf offener Straße erschlagen wurden; für die unter Stockschlägen zitternden Mexikaner; für die junge Frau, die bei einem Protestmarsch durch die Luft gewirbelt wurde, als ein Truck mit Vollgas auf den Bürgersteig bretterte und ihr das Rückgrat brach wie einen trockenen Zweig; für die Kinder auf den Spielplätzen, die im Kugelhagel nach ihren Müttern schrien und sich die klaffenden Bauchwunden hielten; für seine eigene Tochter, die sich mit einem Loch in den Eingeweiden schlafen gelegt hatte. Frank und Hunderttausende wie er hatten das alles erst möglich gemacht. Resigniert verlor er sich ein weiteres Mal in müßigen Spekulationen: *Wenn sich in den richtigen Wahldistrikten nur ein paar Tausend Leute anders entschieden hätten, dann wäre Trump niemals gewählt worden, und wenn er niemals gewählt worden wäre, dann hätten Beckerman und Rockman nicht die Gelegenheit gehabt ...*

Er schloss die Augen, und in Gedanken sah er sich selbst an diesem Novembertag vor zehn Jahren, wie er in der Wahlkabine seine Stimme für Trump abgab.

Deshalb hatte er keine Angst zu sterben. Sein Tod erschien ihm wohlverdient.

Irgendwo hatte Frank gelesen, dass man am Ende seines Lebens Rechenschaft ablegen musste. In einer Art Kassenbuch mit Kreditoren und Debitoren. Soll und Haben.

Der einzige relevante Maßstab, so hieß es, war die Liebe. Ob man ihr recht getan oder sich gegen sie versündigt hatte. Frank dachte an seine Affären, an seine Untreue. Daran, wie sehr er seinen Ex-Frauen und seiner Tochter wehgetan hatte. An die tiefroten Zahlen in seinem Kassenbuch. Frank war kein emotionaler Mensch, doch er war zu einer Einsicht gekommen. Der Weg dahin war ein steiniger gewesen. Es hatte die Ermordung seiner Frau und seines Sohnes sowie den Tod seiner Tochter gebraucht, um zu dieser Erkenntnis zu gelangen, aber am Ende konnte er es einfach nicht mehr leugnen: Was Frank an jenem Novembertag getan hatte, war ein schwerwiegendes Vergehen gewesen. Ein Verbrechen gegen die Liebe, das genauso schwer wog wie die Untreue gegenüber seiner Familie. *Und das alles nur, weil ich sauer war. Und weil ich mir nicht vorstellen konnte, dass er tatsächlich gewinnen würde.*

Deshalb muss ich alles tun, um meine Schuld zu begleichen, dachte er beim Blick auf den kleinen Notizblock, der neben ihm auf dem Tisch lag. *Die persönliche und die politische.*

Vier von fünf Namen hatte er durchgestrichen.

~~Hauser~~
~~Roberts~~
~~Beckerman~~
~~Rockman~~

Nur noch einer war übrig.

KAPITEL 28

»Er gewinnt einfach gerne.«

Chops versuchte, in den himmlischen Geräuschen einen Sinn zu erkennen. Gedämpft, als wäre er unter Wasser, hörte er das Summen einer Art Maschine, ein rhythmisches Surren, ein weit entferntes Piepen, ein metallisches Scheppern, wie von Kochtöpfen. Als er die Augen aufschlug, sah er helles Licht und schemenhafte Gestalten. Waren das Engel?

Nein, entschied Chops, als er langsam wieder zu Bewusstsein kam. Ganz sicher nicht. Schon deshalb nicht, weil einer von denen ein Nigger war.

»Können Sie mich hören, Sir?«, fragte der Nicht-Engel-Nigger. Chops sah allmählich klarer: Der Mann trug einen weißen Doktorkittel. Durch die offene Tür hinter dem Arzt bemerkte Chops einen Krankenpfleger, der den Flur mit einer Poliermaschine wienerte. Das Piepen kam von den technischen Geräten, die sich neben seinem Bett auftürmten. Und auf der anderen Seite sammelte eine Krankenschwester die Edelstahltabletts auf, die sie fallen gelassen hatte.

»Hören Sie mich, Sir?«

»Trrrrr...«, knurrte Chops.

»Hallo?«

»Trrrrr...«

Was war mit seinem Mund los? Mit seinem Kiefer? Chops konnte nicht mehr sprechen. Die linke Seite seines Gesichts fühlte sich an, als wäre sie aus Eis und Holz, als hätte ihm jemand ein starkes Narkosemittel gespritzt. Er wollte »Ja« sagen, brachte aber nur dieses »Trrrrr« heraus. Es klang, als ob jemand immer wieder versuchen würde, einen Rasenmäher zu starten.

»Mr. Birner, wir ...«

»Trrrr... Trrrr...« Himmel, war das zum Kotzen.

»Sie sind im Five Palms Hospital. Sie sind seit gestern Abend bei uns. Ich muss Ihnen leider sagen, dass Sie einen Herzinfarkt erlitten haben, gefolgt von einem Schlaganfall. Sie hatten enormes Glück, dass die Notrufzentrale Ihren Anruf orten und Sie so finden konnte.«

»Trrr...« Jetzt erinnerte er sich: Das Handy hatte nicht weit weg gelegen, und mit allerletzter Kraft war es ihm gelungen, die 911 einzutippen. »Trrrrruuu...« Na, das war doch ein Fortschritt! Er hatte ein »Uuu« an das »Trrrr« gehängt.

»Bitte beruhigen Sie sich, Sir. Sie sind stabil, und wir warten noch auf die Testergebnisse, um einschätzen zu können, wie schwer die Schäden sind. Sollen wir jemanden für Sie anrufen?«

»Trrrrruuuuuu...« Chops gab auf. Immerhin fabrizierte er ein Kopfschütteln.

»Ich werde jetzt den behandelnden Arzt informieren, dass Sie bei Bewusstsein sind. Ruhen Sie sich ein wenig aus«, sagte der Negerdoktor.

Die Schwester folgte ihm aus dem Zimmer, und Chops war allein. Auf seiner Brust klebten Sensoren, in seinem rechten Handrücken steckte eine Kanüle und in seiner Nase ein Schlauch. Auf einem Fernseher an der Wand lief ein lokaler Nachrichtensender. Chops war schwach und erschöpft, aber er konnte seine Zehen und Finger bewegen. Scheinbar waren seine Gliedmaßen nicht so stark beeinträchtigt wie sein Gesicht und sein Sprachvermögen. Woran konnte er sich erinnern? Dieser Drecksack, dieser verdammte Brill, hatte zugesehen, wie Chops erstickte. Hatte die Waffe auf ihn gerichtet, aber zu viel Schiss in der Hose, um auch abzudrücken.

Die Fernsehbilder weckten seine Aufmerksamkeit: Grüner Rasen und weiße Sandbunker schimmerten in der Sonne Floridas. Dann sah man Donald Trump. Er trug Baumwollhosen, ein weißes Polohemd, eine rote KAGA-Kappe und winkte den Menschen zu. »Wir senden live aus Palm Beach und sehen jetzt den ehemaligen Präsidenten«, verkündete die Sprecherin, »bei seiner Ankunft in Mar-a-Lago, wo er heute Golf spielen wird.«

»Ich hab gehört, er legt immer noch ein beachtliches Spiel hin.«

»Das ist richtig, Bill. Er gewinnt einfach gerne.«

Chops grinste – er versuchte es zumindest –, als er verfolgte, wie der große Mann seinen Anhängern etwas zurief, ihnen zwei gereckte Daumen zeigte und dann in dem prächtigen Gebäude verschwand.

Blitzartig durchfuhr ihn ein Adrenalinstoß und ließ die dünnen blauen Linien auf dem Monitor neben ihm hektisch nach oben ausschlagen. Er hatte in der Ferien-

wohnung etwas gefunden. Eine Übersichtskarte des Golfplatzes.

Heilige Scheiße. Brill wollte …

Chops starrte auf das Telefon neben dem Bett und
stellte sich vor, er würde jemanden anrufen.»Trrrrruuuu…«
Er stellte sich vor, wie er versuchte, es den Ärzten zu er-
klären.»Trrrrruuuuuu…« Nein. Er musste selbst dorthin.

Er setzte sich auf und blickte durch ein Fenster in den
Flur – niemand zu sehen. Er hievte sich auf die Füße
und musste sich erst einmal orientieren. Er war ziemlich wackelig auf den Beinen. Kaum bewegte er sich vor-
wärts, lösten sich die Sensoren von seiner Brust, und die
Monitore begannen lautstark zu piepen. Chops schaltete sie aus. Er zog die Jalousien vor dem Fenster zum
Korridor herunter und verschloss die Tür. Als er sich in
dem Spiegel betrachtete, der über einem kleinen Waschbecken hing, erschreckte er sich fürchterlich.

Die linke Seite seines Gesichts war zu einem ver-
zerrten Grinsen erstarrt, eigentlich eher ein höhnisches
Feixen. Die zurückgezogene Lippe entblößte gebleckte
Zähne, der Mundwinkel und das linke Augenlid hingen
herab. Er sah aus wie diese Witzfigur aus den Batman-
Filmen. Two-Face. Total geistesgestört. Von Panik und
Ekel überwältigt, stöhnte er auf und hörte voller Erstaunen, wie die eigene Stimme ein vollständiges Wort arti-
kulierte: »TRUUUUUUUMMMPPP!«

Er probierte es nochmal. »Truuuummmp!«

Und nochmal. »Trummmp?«

Offenbar hatte der Schlaganfall ihm nur dieses eine Wort
gelassen. Das und ein Gesicht wie ein geschmolzener

Comic-Bösewicht. Er hatte keine Zeit für Eitelkeiten. Chops hastete so gut er konnte – in einer Art Krebsgang – zu seinen Klamotten. Sein schorfiges, geschundenes Herz pochte, als er sein Hemd und seine Hose abtastete. Bingo: Seine Brieftasche und seine Autoschlüssel waren noch da. Er zog seine Sachen an und öffnete das Fenster nach draußen. Offenbar meinte Gott es abermals gut mit ihm: Er war im Erdgeschoss. »Danke, lieber Gott«, sagte Chops. Doch tatsächlich kam aus seinem Mund bloß: »Truuump, Trrrump, TRUMP!«

Er ließ sich aus dem Fenster in die Büsche plumpsen. Zerkratzt kam er wieder auf die Füße und überquerte den Rasen bis zu einem Fußweg. Trotz seines langsamen Krebsgangs brauchte Chops nur sechs Minuten, um die Hauptstraße zu erreichen, und weitere zehn, bis es ihm gelungen war, ein Taxi anzuhalten.

»Trruummp!«, sagte er zu dem Fahrer.

»Voll der Hammer, Kumpel. Wo soll's denn hingehen?«

»Truummmmmp!«

»Ich bin ja ganz deiner Meinung. Allerdings ...«

»TRRUMMMMMPPPPP!«

»Herr im Himmel, jetzt reicht's aber ...«

Chops schnappte sich Stift und Quittungsblock des Fahrers und schrieb Frank Brills Adresse auf. Sieben oder acht Minuten später stand er auf dem Parkplatz vor Brills Ferienwohnung und öffnete die Tür seines Wagens. Er schaute ins Handschuhfach: Sein Dienstrevolver und die Polizeimarke waren noch da.

Er ließ den Motor an.

KAPITEL 29

»Ich wollte mich nur bei Ihnen bedanken, Mr. President.«

»Die sind wirklich gründlich«, sagte Frank.

»Vorsicht ist besser als Nachsicht, hab ich recht?«, erwiderte Brock.

Sie standen in der Zufahrt des Golfclubs und verfolgten, wie vier Agenten des Secret Service Franks Auto unter die Lupe nahmen. Einer saß im Wagen und fuhr mit der Hand über sämtliche Polsterbezüge und in alle Ritzen, blickte unter die Sitze und ins Handschuhfach. Einer hob den Teppichboden im Kofferraum an und inspizierte die Mulde mit dem Ersatzreifen. Ein dritter ging um das Auto herum und suchte mit einem Spiegel an einer Art Selfie-Stick den Wagenboden nach Sprengladungen ab, während der vierte etwas abseits stand und sich Franks Golftasche vornahm. Nachdem er bereits alle Schläger herausgenommen und wieder zurückgestellt hatte, durchwühlte er nun die Seitentaschen. Er kramte zwischen Tees, Bällen und Handschuhen herum. Zwischen Stiften und uralten, zerfledderten Scorecards – mit verblichenen Bleistiftstrichen festgehaltene Andenken an Spiele mit lange verstorbenen Männern. Spiele, die ihm einmal unglaublich wichtig erschienen und von denen ihm nur ein paar wenige, perfekte Schläge in Erinnerung geblieben waren. Dieser steile Wedge, den er über dreißig Meter hoch geschlagen und gleich neben die Fahne gesetzt hatte. Dieser perfekte Drive. Der hohe Draw, der in einer Kurve genau entlang der Baumgrenze geflogen und mitten auf dem Fairway gelandet war. Und der beste von allen: Ein Socket mit dem langen Eisen, bei dem der Ball entgegen allen Erwartungen nach 180 Metern weich wie ein Schmetterling aufgesetzt hatte und bis in die Mitte des Greens gerollt war. Die Art von Erinnerungen, die alle Golfer bis zum Ende ihres Lebens mit sich herumtragen. Selbst heute würde Frank am ersten Tee noch auf ein perfektes Spiel hoffen. Genau wie damals, als er noch Chefredakteur der Zeitung war und jeder neue Tag mit der Hoffnung auf eine Ausgabe ohne Typo-Bogeys, Satzfehler, schlecht aufgelöste Fotos, unnötig komplizierte, verschachtelte Einführungstexte oder plumpe Zwischenüberschriften begann. Natürlich passierte das nie. Es gab immer einen verpatzten Schlag. Aber so wie das weiße Blatt Papier barg auch das erste Tee stets die Hoffnung, dass es dieses Mal anders kommen würde.

»Danke, Sir«, sagte einer der Agenten, als sein Kollege den Kofferraum schloss, während ein Caddy vortrat, um sich Franks jetzt offiziell für waffenfrei erklärter Golftasche anzunehmen. »Viel Spaß auf dem Platz.«

»Dann mal los«, drängte Brock. »Wir haben noch ungefähr eine Stunde bis zum Abschlag. Lass uns was trinken.«

Das Clubhaus war rappelvoll. Offenbar hatte jedes Mitglied beschlossen, heute samt Gattin hier zu speisen. Die Atmosphäre war spürbar anders als bei Franks letztem Besuch. Es lag fast so etwas wie ein elektrisches Knistern in der Luft, eine Stimmung wie auf einer Party, bei der alle nur noch auf den Ehrengast warten, bevor es losgehen kann.

»Himmel«, staunte Frank. »Ist das immer so?«

»Mehr oder weniger.« Brock lachte. »Einige von denen wollen nur ein Foto, andere einen Handschlag. Manche wissen, dass sie ein paar Sachen ansprechen können, wenn er ihnen ein oder zwei Minuten gibt. Irgendwelchen Gesetzeskram, der ihnen nicht passt. Und vielleicht bleibt ja was hängen, das er dann bei seiner Kleinen thematisiert, oder in einem Tweet.« Auf ihrem Weg durch die Tischreihen grüßte Brock regelmäßig Freunde oder Bekannte. »Das da drüben ist sein Stammplatz ...« Er nickte in Richtung eines Ecktisches unter einem großen Sonnenschirm, abgesperrt durch ein rotes Seil und bewacht von zwei Secret-Service-Agenten mit schwarzen Sonnenbrillen, durch die sie mit versteinerten Gesichtern die Gäste beobachteten.

»Schirmen die ihn von den anderen Gästen ab?«, fragte Frank.

»Wie die Schießhunde«, antwortete Brock. »Na ja, sie versuchen es zumindest. Aber die Hälfte der Leute winkt er einfach zu sich und plaudert mit ihnen. Manchmal fordert er sie sogar auf, sich zu setzen. Du kannst ihm ja schließlich nichts verbieten.«

»Hast du das schon mal gemacht?«

»Ja sicher. Vor ein paar Jahren.«

»Wirklich? Was hast du gesagt?«

»Ach, das Gleiche, was vermutlich jeder sagt. ›Ich wollte mich nur bei Ihnen bedanken, Mr. President ... Sie haben so viel für unser Land getan. ‹«

»Und was hat er gesagt?«

»So was wie: ›Ich sollte eine dritte Amtszeit kriegen, oder?‹ Damals war er noch im Amt, und das war sein erklärtes Ziel. Und ich finde heute noch, er hätte dabei bleiben sollen. Verdammte Demokraten.«

Sie bekamen einen Tisch in der Nähe der Bar – einer der wenigen, die noch frei waren. Nachdem sie Kaffee und Wasser bestellt hatten, rückte Brock seinen Stuhl heran. *Und los geht's,* dachte Frank.

»Also, Frank ... wie geht es dir?«, erkundigte sich Brock.

»So lala. Es wird schwerer, das Essen bei mir zu behalten.«

»Herrje, hat der Arzt dir eine dieser Pillen gegen Übelkeit verschrieben?«

»Ja, aber die machen mich so müde.«

»Das hat mein Freund Roger auch gesagt. Weißt du, wenn man erst mal in unserem Alter ist ...«, sagte Brock, ignorierte dabei die fast zwanzig Jahre Altersunterschied zwischen ihnen, rührte in seinem Kaffee und schüttelte seufzend den Kopf, »... dann bekommt man den Eindruck, dass sich jedes zweite Gespräch darum dreht, wer von uns welche Medikamente nimmt.«

»Ja. Weißt du was? Lass uns einfach über was anderes reden, Brock.«

»Nein, so war das nicht gemeint, Frank. Du kannst so viel darüber sprechen, wie du willst. Was sollst du auch sonst machen? Wie gut ist deine Krankenversicherung?«

»Sehr gut.«

»Hier gibt es nämlich ein paar ausgezeichnete Onkologen ...« Er deutete mit einer vagen Geste auf die reichen weißen Amerikaner um sie herum. »Wenn du noch eine Weile hierbleibst, dann kann ich ...«

»Ehrlich, mein Arzt ist großartig, Brock. Trotzdem danke.«

»Na gut. Aber das Angebot steht. Wenn es eine Frage des Geldes ist, dann helfe ich dir gerne ...«

»Wirklich. Ich bin bestens versorgt. Vielen Dank.«

Sie schlürften ihren Kaffee. *Schon seltsam,* dachte Frank. Auf der persönlichen Ebene waren Männer wie Brock stets großzügig. Für Freunde und Familie würden diese Menschen alles tun. Handelte es sich dagegen um Fremde, vor allem um sehr viele Fremde, dann ging ihnen alles am Arsch vorbei. Der Mann auf der anderen Seite des Tisches würde sich – wie die meisten Leute in diesem Raum – nichts dabei denken, Frank, oder irgendeinem seiner Freunde einen Scheck über zehn-, zwanzig-, ja sogar fünfzigtausend Dollar für die medizinische Versorgung zuzustecken. Aber würde man diesen Leuten vorschlagen, von jedem Dollar ihrer Steuern zwei Cent abzugeben, um fremden Menschen dasselbe zu ermöglichen, dann würden sie den Laden abfackeln.

Plötzlich kam Unruhe auf. Die Leute verließen ihre Tische im Speisesaal und gingen raus auf die Terrasse. Beifallsrufe ertönten. Frank reckte den Hals gerade rechtzeitig, um zu sehen, was der Grund für den Trubel war: das Aufblitzen eines weißen Shirts, einer roten Mütze, einer winkenden Hand, als ein Golfwagen an der Terrasse vorbeiflitzte. Jemand rief laut: »Sie sind der Größte, Sir!«

»War das ...?«, fragte Frank, und sein Herz machte einen Sprung.

»Ja, er legt jetzt los. Ich schätze, er ist uns vier oder fünf Löcher voraus. Er spielt schnell.«

Etwa eine Stunde später standen die beiden Männer zum zweiten Mal am ersten Tee. »Also gut«, sagte Brock und versuchte ein paar Übungsschwünge mit dem Driver. »Zeit, mir mein Geld wiederzuholen.«

»Na dann mal los«, erwiderte Frank und zeigte auf die Tee-Box. Brock trat vor und spielte den Ball nach links ins Rough. »Das war unglücklich.«

»Mist, verdammter«, brummelte Brock, als Frank seinen Platz einnahm und sauber abschlug, und dann anerkennend: »Guter Schlag.«

Die erste Hälfte der Partie verlief ganz ähnlich wie beim letzten Mal, und als sie das neunte Loch erreichten, lag Frank drei vorne. »Pass auf die Bäume auf«, warnte ihn Brock, der Franks wilden Drive von vor zwei Wochen nicht vergessen hatte. Doch Frank bereitete sich darauf vor, exakt diesen Schlag zu wiederholen: die Schlagfläche öffnen, den Ball zu nah am linken Fuß und beim Rückschwung leicht überreißen. Er holte aus – und das Unheil nahm seinen Lauf. Irgendein angeborener Golfsensor in seinen Händen bemerkte, was beim Abschwung passieren würde, und korrigierte seine Bewegung automatisch so, dass er die Schlagfläche sauber durch den Ball spielte, der raketengleich davonschoss.

»Perfekt«, lautete Brocks anerkennender Kommentar.

Fuck!, dachte Frank, als der Ball auf dem Fairway landete. Brock spielte seinen Drive ebenfalls bis in die Mitte, doch sein Ball lag rund fünfzig Meter hinter dem von Frank. Während der kurzen Fahrt im Golfwagen zermarterte sich Frank den Schädel.

»Verdammt, ich muss mal«, sagte er schließlich, als sie bei Brocks Ball ankamen.

»Am nächsten Tee ist eine Toilette«, erwiderte Brock und zeigte zum zehnten Loch.

»Tut mir leid, so lange kann ich nicht warten. Du weißt schon, wegen dem ...« Er führte den Satz nicht zu Ende.

»Oh.«

»Ich nehm einfach den hier mit.« Frank griff in die Tasche und zog seinen Hybridschläger heraus. »Während du deinen Ball spielst, verdrück ich mich kurz nach da hinten ...« Frank nickte in Richtung der Büsche und Bäume rechts von ihnen. »Und dann spiel ich meinen, komme nach, und wir treffen uns am Green.« Brock zögerte, als ob er Frank sagen wollte, dass es zu Hause in Schilling vermutlich kein Problem war, ins Gebüsch zu pinkeln, aber doch um Himmels willen nicht im Trump International Golf Club in Palm Beach. Frank lief zügig zum Rand des Fairways hinauf. Als er die Bäume erreichte, hörte er erst, wie Brocks Schläger den Ball traf, und Sekunden darauf ein resigniertes: »Da laus mich doch der Affe.« Er riskierte einen flüchtigen Blick über die Schulter und sah Brocks Ball auf die Bunker links vor dem Green zufliegen.

Frank trat unter das kühle Blätterdach. Er schaute zurück zum Tee und versuchte herauszufinden, welchen Weg er beim letzten Mal genommen hatte. Ein Baum sah exakt wie der andere aus, und als er die richtige Palme nicht fand, rannte er panisch von Stamm zu Stamm. So ein gottverdammter Mist! Was hatte er sich nur dabei gedacht? In der Ferne hörte er das elektronische Surren des Golfwagens, als Brock Richtung Green davonfuhr.

Dann sah er es.

Ein in die Rinde geritztes »X«.

Frank ging auf die Knie und fing an, mit bloßen Händen zu graben. Wie ein Irrer durchwühlte er das Erdreich zwischen den Wurzeln. Als er nichts fand und bloß warme Erdkrumen und Blätter durch seine Finger rieselten, wurde die Panik immer größer, bis der kleine Finger seiner rechten Hand plötzlich etwas Hartes berührte.

Er grub tiefer und zog die Tüte heraus.

Knapp fünf Minuten und zwei Schläge später traf Frank leicht kurzatmig auf dem Green ein. Brock sah ihn empört an.

»Was ist los?«, fragte Frank verunsichert und spürte den Druck der Pistole in seinem Kreuz.

»Ich habe drei Schläge gebraucht, um aus dem Bunker zu kommen«, seufzte Brock frustriert.

Erneut gewann Frank das Loch nach zwei Putts mit einem Bogey.

KAPITEL 30

»Das ist Amerika, mein Sohn.«

Chops drängelte sich durch den Verkehr von West Palm Beach. Den anderen Autofahrern jagte er eine Höllenangst ein, wenn sie seine grotesk grinsende, schweißnasse Visage im Rückspiegel sahen oder er sie mit einem Affenzahn rechts überholte, auf die Hupe drückte und sie dabei einen flüchtigen Blick auf seine gebleckten Zähne und diese irre, versteinerte Grimasse erhaschten.

Beim Fahren führte Chops laute Selbstgespräche. Er schrie regelrecht, in der verzweifelten Hoffnung, seine Worte wiederzufinden. Je mehr seine Hoffnung schwand, desto lauter flehte und betete er, dass sich diese Sprachblockade lösen möge – wie der McMuffin-Brocken, den er ausgespuckt hatte. Aber nichts dergleichen geschah. Obwohl es durchaus Fortschritte gab: Er konnte das Wort »Trump« inzwischen auf unterschiedlichste Weise betonen.

Als fragendes »Trump?«.

Als klagendes »Trump«.

Als überraschtes »Trump!«.

Und als wütendes »TRRUMMMMPPPPPP!«.

Das muss reichen, dachte er, während er über drei Spuren hinweg scharf links abbog und begleitet von empörtem Hupen und dem Lärm quietschender Reifen die Service-Zufahrt des Trump International Golf Club hinaufraste. Er trat in die Eisen, kletterte aus dem Wagen, ließ den Motor laufen und rannte auf das Wachhäuschen zu. Die beiden diensthabenden Secret-Service-Leute sprangen auf, als er sich ihnen näherte.

»Trump!«, brüllte Chops und deutete hinter sie. Die beiden Agenten bewachten einen Schotterweg, der zum Clubhaus führte und von dem andere Wege abzweigten, etwa in Richtung Golfplatz und Parkplatz.

»Richtig, Sir, der Präsident ist hier.«

»TRRUMMMPPP!«

»Er spielt gerade Golf. Der Platz ist aber nur für Mitglieder zugänglich.«

Chops schüttelte energisch den Kopf und zeigte auf den Golfwagen der beiden Beamten. »Trump! Trump! Trump!«

Die Agenten tauschten einen vielsagenden Blick aus: *O Mann, schon wieder einer dieser Spinner!*

»Tut mir leid, Sir. Aber wir müssen Sie bitten, Ihr Fahrzeug zu entfernen. Sie blockieren die Zufahrt.«

»Mmmm, huuuuuh, Trummmmp«, stammelte Chops und wedelte warnend mit dem Zeigefinger, bevor er zum Auto rannte. Er schnappte sich den Notizblock und kritzelte auf dem Rückweg hastig darauf herum.

»Was zum Teufel ist los mit dem Kerl?« Einer der Secret-Service-Agenten schloss das Tor auf und kam heraus. Er öffnete vorsichtshalber das Schulterholster, als Chops ihm den Block reichte, auf den die Worte »ER WIRD TRUMP UMBRINGEN« gekrakelt waren. Der Beamte blickte in diese versteinerte Fratze, die ihn flehend anstarrte, diese irren Augen.

»Das reicht jetzt! An die Wand da!«, befahl er und fuhr mit der Hand Richtung Achselhöhle.

»Tu ihm nicht weh, Murray«, sagte sein Kollege, und Chops konnte aus den Augenwinkeln sehen, dass er sich mit dem Zeigefinger an die Stirn klopfte.

Chops erkannte, dass er bei den beiden auf Granit biss. Sie würden ihn bestenfalls zum Teufel jagen und schlimmstenfalls zum Verhör wegsperren. Brill könnte in diesem Augenblick irgendwo da drinnen sein und sich bereits dem ehemaligen Präsidenten nähern. Dem Mann, der die USA gerettet hatte, der so hart und unermüdlich gegen alle Wahrscheinlichkeiten und Widerstände angekämpft hatte, gegen die Liberalen, gegen den »Deep State«, gegen die Demokraten und die Lügenpresse. Der auf sein wohlverdientes Salär verzichtet und für dieses Land alles gegeben hatte. Chops brauchte nur einen Sekundenbruchteil, um die Entscheidung zu fällen. Er war auf sich allein gestellt. Es war sonst niemand da, der ihm diese Aufgabe abnehmen konnte.

Er zog seinen Revolver und schoss diesem Murray in den Kopf. Auf dem weißen Eisentor erblühte eine kupferrote Blume aus Hirn und Blut.

Chops wirbelte herum, schob den Lauf des Revolvers durch die Gitterstäbe, und bevor Murrays Partner nach der eigenen Waffe greifen konnte, hatte er ihm zweimal in die Brust geschossen. Der Knall der Schüsse war so laut, dass Chops die Ohren klingelten, als er über den sterbenden Secret-Service-Agenten hinweg in den Golfwagen stieg. Dem Wegweiser mit der Aufschrift »Golfplatz« folgend, bog er in einen Schotterweg ein. Irgendwo hinter ihm, am Clubhaus vermutlich, ertönten laute Rufe.

* * *

Am elften Loch war es endlich so weit.

Brock und Frank kamen den Weg heruntergerollt, als sie auf eine größere Gruppe von Golfern trafen: zwei Fourball-Teams, acht Leute insgesamt, alles ältere Herren, in Chinos und Polohemden gekleidet, in ihrer Mitte die rote KAGA-Kappe, darunter eine widerspenstige Strähne dünnes, blondiertes Haar.

»Willst du rübergehen und Hallo sagen?«, fragte Brock, der am Steuer saß, und hielt an.

Frank schluckte. »Klar«, antwortete er mit bebender Stimme und zittrigen Händen.

»Du brauchst nicht nervös zu sein. Er ist wirklich nett. Und er freut sich über solche Begegnungen. Nur ein kurzes ›Hallo‹.«

Als sie sich dem Grüppchen näherten, hörten sie Gelächter, und dann sahen sie auch die Sicherheitsleute. Zwei Agenten, die ein paar Meter Abstand hielten und sogar bei dieser Hitze ihre Windjacken trugen. Augenscheinlich zu Tode gelangweilt, weil sie diesen Job schon unzählige Male erledigt hatten, musterten sie Brock und Frank mit müdem Blick: nur zwei weitere alte Säcke, die ihre Rente auf dem Golfplatz verjubelten.

Sie waren noch gut zwanzig Meter entfernt, da konnte Frank seine Stimme hören. Zwanzig Meter. Zwanzig Schritte, für die er vielleicht fünfzehn Sekunden brauchte.

»Die Kerle hab ich plattgemacht, Leute«, prahlte Trump in diesem schrecklich vertrauten, ungehobelten Queens-Dialekt. »Und soll ich euch was sagen? 2028 mache ich die genauso platt. Wenn ich wieder antrete, dann gewinn ich auch wieder. Das ist euch doch klar, oder? Ganz genau: Denen geb ich mit links eins auf die Zwölf. Auch jetzt noch.«

Während seines Monologs ertönte in nicht allzu großer Entfernung das Surren eines Golfwagens, der sich mit hoher Geschwindigkeit näherte. »Das ist Ivanka auch klar. Sie ist mein Baby, und ich liebe sie. Aber ich ziehe sie immer damit auf. Ich sage: ›Baby, du hast echt Schwein, dass es gerade nicht anders geht. Denn wenn ich wieder antreten würde, dann würde ich garantiert wiedergewählt.‹ Den Leuten – und das wisst ihr alle, oder? – wird jetzt nämlich erst richtig klar, wie enorm ...« Sie hatten die Gruppe fast erreicht, und Frank sah, dass Trump seinen Vortrag kurz unterbrach, um eine Schirmmütze zu signieren. »... beliebt ich eigentlich war. Genau wie bei Reagan, stimmt's? Oder bei Lincoln. Die Republikaner stellen immer erst hinterher fest, wie großartig jemand war. Aber so ist das nun mal. Ich kann das ab. Ich bin hart im Nehmen.«

Als die Gruppe Brock und Frank bemerkte, öffnete sie ihren Kreis für die Neuankömmlinge. Wie auf einer Art Lichtung stand Frank ihm plötzlich von Angesicht zu Angesicht gegenüber. Das elektrische Surren wurde lauter.

»Stimmt's?«, fragte Trump erneut und sah ihm dabei direkt in die Augen.

Just in diesem Moment kam Leben in die beiden Secret-Service-Leute. Sie pressten ihre Finger an die Ohren. Mit verwirrten Gesichtern drückten sie ihre unauffälligen, hautfarbenen In-Ear-Headsets tiefer in die Muscheln, um besser verstehen zu können. »Können Sie das bitte wiederholen?«, fragte einer der beiden irritiert.

Frank drehte sich um und sah einen Golfwagen, der etwa fünfzig Meter entfernt den Weg verließ und geradewegs auf sie zuschoss. Dann geschah plötzlich alles wie in Zeitlupe …

Beide Agenten zogen ihre Waffen.

Einer von ihnen stieß Trump zu Boden.

Der andere zielte auf den heranrasenden Golfwagen. Frank konnte es nicht fassen, als ausgerechnet Chops aus dem Fahrzeug taumelte. Der Bulle sah völlig durchgeknallt aus. Den Mund zu einem irren Grinsen verzogen, brüllte er: »TRUMP! TRUMP!« Dabei hob er den rechten Arm und zielte mit einem Revolver auf Frank. Die Golfer stoben auseinander, und Frank griff nach der Waffe in seinem Hosenbund, als Schüsse fielen. Die Secret-Service-Männer ballerten wild drauflos, und Frank spürte den Luftzug einer Kugel im Gesicht, während Chops nach mehreren Brusttreffern rückwärts stolperte. Vom Trommelfeuer halb taub, zog Frank die kleine .38er und richtete sie auf den fetten alten Mann mit der KAGA-Kappe, der bäuchlings im Schotter lag.

Der Secret-Service-Agent, der schützend über Trump kniete, feuerte immer noch auf Chops und bekam nichts davon mit. Doch sein Kollege wirbelte herum und zielte schreiend auf Frank, als dieser den Abzug drückte. Dann presste Frank den Lauf der Waffe unter sein eigenes Kinn, und obwohl die Kugeln des Sicherheitsmannes ihn zuerst trafen, spürte er noch, wie die heiße Mündung seine Haut verbrannte, bevor die Einschläge in seiner Brust ihn von den Beinen fegten und er rücklings in das weiche Bermudagras am Rand des Schotterwegs stürzte.

In den letzten Momenten von Frank Brills Leben geschah Folgendes:

Von den Bäumen hinter ihm flogen die Vögel auf.

Die Golfer warfen sich kreischend zu Boden.

Gleich neben ihm schrie Brock: »O MEIN GOTT! O MEIN GOTT!«

Trotz der brennenden Schmerzen und obwohl ihm das Blut in die Kehle schoss, gelang es Frank, den Kopf ein wenig zur Seite zu neigen, und er sah, wie der Agent, der über Trump kniete, mit pumpenden Bewegungen den Brustkorb des Ex-Präsidenten bearbeitete. Der andere Agent stand aufgerichtet über Frank und zielte mit der rauchenden Waffe genau auf sein Gesicht. Es fühlte sich an, als würde all sein Blut in seinen Hinterkopf gepumpt und allmählich seinen Schädel füllen, in seine Augenhöhlen strömen, bis seine Augäpfel darin schwammen und alles langsam dunkel wurde. Heiß und dickflüssig verstopfte es seine Kehle und nahm ihm die Luft zum Atmen.

Frank sah etwas im Gras. Gar nicht weit von ihm entfernt lag sein kleiner Plastikpinguin. Auf dem Bauch war ein blutiger Daumenabdruck. Obwohl die Welt um ihn herum in Dunkelheit versank, konnte er sie noch immer hören. Er hörte, wie Männer »O Gott, o mein Gott!« brüllten, und spürte das Gewicht des Secret-Service-Agenten, der jetzt auf seiner Brust saß. Da war der Vogelschwarm am Himmel über ihm – schwarze Punkte, die vor einem blauen Hintergrund kreisten. Dann war die Welt um ihn herum vollständig verschwunden, ihre leuchtenden Farben wurden ersetzt durch flackernde Bilder, wie bei einem alten Röhrenfernseher, wenn man zu schnell durch die Sender zappte. Die Bilder kamen nicht mehr von außen, es waren ausnahmslos Wiederholungen, nur noch Archivmaterial, das von Farbe zu Schwarzweiß und wieder zu Farbe wechselte, mal scharf, mal unscharf, durchsetzt von Schnee und weißem Rauschen, eine Abfolge von Trailern und Höhepunkten, die sich vor seinem inneren Auge abspulten:

Da war Frank an der Seite der Frauen in seinem Leben, erst mit Grace, dann Cheryl, dann Pippa, an Restauranttischen, in Bars, in Hotelbetten, in Autos, dann sah er Olivia und Adam als kleine Kinder, im Gras, im Sonnenschein, am Strand, auf seinen Schultern. Wie sie auf ihm herumkletterten, vor Freude kreischten, wenn er sie in den Hintern kniff, sie durchkitzelte – ihre kleinen Rippen zart wie Hühnchenknochen. Frank im Büro, in Hemdsärmeln. Graue Bildschirme mit schwarzem Text, dann schwarze Bildschirme mit grünem Text, dann Kohledurchschläge, der Methanolgeruch der Matritzendrucker. Dann Frank

in der Schuldisco – »Everytime You Go Away«. Voll auf
Acid mit Robbie unten am See, ein Sonnenuntergang wie
glühende Orangenmarmelade. Das Gewicht des Mannes
auf seiner Brust schien jetzt abzunehmen, als würde es
keine Rolle mehr spielen, sich verflüchtigen. Frank wurde
federleicht und begann zu schweben. Er schwebte durch
den Mann hindurch, ließ ihn hinter sich zurück und stieg
schwerelos hinauf ins All, seinem Platz im Universum ent-
gegen. Dann war Frank bei seinen Eltern in der Küche.
Seine Mom stand an der Spüle. Frank saß mit seinen Schul-
büchern am Tisch, als sein Vater durch die Hintertür he-
reinkam, in seinem Blaumann, die Finger voller Drucker-
schwärze, auf den Handflächen lauter kleine Brandmale
von der Setzmaschine. Die Geräusche der Welt entfern-
ten sich immer weiter, und das kleine Kind, das er nun
sah, war Frank selbst, in kurzen Hosen. Die Autos auf der
Hauptstraße von Schilling waren groß wie Schlachtschiffe
und hatten noch Chromleisten und Heckflossen. In einem
Kaufhaus blickte er zu seiner Mutter auf, deren Hand er
fest umklammerte. Er war noch ganz wackelig auf den
Beinen, wie ein neugeborenes Fohlen. Dann kochte sie
etwas, und er sah vom Küchenboden zu ihr hoch, aß einen
Keks, ein Stückchen Brot (»Tanke, Mommy«), konnte noch
nicht stehen, gerade mal sitzen, dann krabbeln, und dann
noch nicht einmal das, nur brabbeln, quäken und stram-
peln. Dann hielt ihn sein Vater auf dem Arm, an einem
Sommertag in einem Nationalpark irgendwo in Indiana,
auf einem Felsen, von dem man weit über das Land blickte:
eine Schlucht, Pinienwälder, blauer Himmel, weiße Wol-
ken, große Vögel, die vorüberflogen, Kondensstreifen von

Flugzeugen. Das Radio spielte einen Song – »Paaaper-baaaack Writerrrr« –, der mal ganz nah und dann wieder ganz fern klang. Frank wusste, er war jetzt so klein, dass er noch in den Windeln steckte. Er konnte seinen Daddy rie-chen – Old Spice und Pfeifentabak –, und sein Daddy sagte zu ihm: »Sieh mal, Frankie, das ist Amerika ... das ist Amerika, mein Sohn ...« Dann spürte Frank den Him-mel auf seinem Gesicht, den Himmel, der immer schneller an ihm vorbeirauschte, als er immer höher und höher hi-naufstieg und all das Blut, Getöse und Geschrei weit, weit hinter sich zurückließ. Als er die Fesseln der Atmosphäre überwand und das leuchtende Blau von der schwarzen Eiseskälte des Alls abgelöst wurde. Und dann war er in Si-cherheit, an einem warmen, feuchten Ort. Er schwamm in einer klaren Flüssigkeit und hörte dieses sanfte, tröstende Klopfen. Es war ganz nah, und er erkannte instinktiv den Herzschlag seiner Mutter, den Puls ihres Blutes, das ihn umgab. Schließlich verebbte auch der, und da waren nur noch Zellen, die sich durch die Dunkelheit jagten.

Und dann war Frank Brill nicht mehr da.

Mein herzlicher Dank gilt meinem ältesten Freund Allan Carruthers, der die Idee mit der Liste hatte. Ich hoffe, diese Danksagung ist für ihn Grund genug, mich auch weiterhin nicht auf seine Liste zu setzen. Auf die nächsten fünfzig Jahre, AC.

IT'S ONLY ROCK 'N' ROLL, BUT WE LIKE IT

Choose Life,
Choose Trainspotting

Die Kultserie bei Heyne Hardcore

ISBN 978-3-453-67660-2

ISBN 978-3-453-67705-0

ISBN 978-3-453-67686-2

ISBN 978-3-453-27233-0

ISBN 978-3-453-27040-4

»Ross hat so viele lustige und liebevolle Figuren geschaffen, so viel Herz, Humor und Musik rein-gepackt, dass es einfach eine Freude ist, das zu lesen.« *Welt am Sonntag*

ISBN 978-3-453-27115-9

ISBN 978-3-453-27220-0

Leseproben unter heyne-hardcore.de